薙刀《なぎなた》桔音《きつね》（主人公）
性別＊＊＊男
年齢＊＊＊18歳
種族＊＊＊人間
身長＊＊＊167cm
体重＊＊＊57kg
「私の名前はトリシェ・ルミエイラ。家名でなければ好きなように呼んでくれ」
「うん、よろしくね……えーと、リーシェちゃん？」
トリシェ・ルミ
性別＊＊＊女
年齢＊＊＊17歳
種族＊＊＊人間
身長＊＊＊168c
体重＊＊＊55kg
フィニア
性別＊＊＊女
年齢＊＊＊0歳
種族＊＊＊片思いの妖精（思想種）
身長＊＊＊16.2cm
体重＊＊＊200g
異世界来ちゃったけど帰り道何処？

ルル・ソレイユ
性別＊＊＊女
年齢＊＊＊12歳
種族＊＊＊獣人
身長＊＊＊142cm
体重＊＊＊38kg
IT IS WHAT IT IS
「あ、そうだ……君、名前は?」
「……ルル・ソレイユ」
「ふーん、ルルちゃんか……呼びやすくていいね」

異世界来ちゃったけど帰り道何処？

著　こいし
イラスト　又市マタロー

contents

序章　異世界の迷子

とある街、とある高校で、一般的にいじめられっ子と呼ばれる生徒がいた。

とはいっても、別に机に落書きとか文具を隠されるとか暴行を振るわれるとか、そんなベタで物理的ないじめは受けてはいない。されているとすれば、仲間外れや陰口というようなもの。

つまりは精神的ないじめがその生徒に行われていた。毎日毎日、クラスメイトや上級生、果ては教師までもがその生徒に嫌悪感を剝《む》き出しにする日々。味方はおらず、友達もいない。

そんな状況下で行われるいじめの数々。その生徒の味方になろうとする者はいなかった。

だが、それでもいじめをものともせず、その生徒は毎日毎日学校に通っていた。それも、誰よりも早く、だ。

別に仕返しで何かしようというわけではない。その理由は至極真面目な生徒そのもので、実にありふれたものだった。

――皆勤賞って中々に魅力的だよね
たったこれだけのこと。たったこれだけの理由で、彼は高校に入ってから現在までの二年間、欠かさず学校へ通い続けているのだ。

あたかも、いじめなんて受けていないかのように。

「あー……今日は転校生を紹介する」

そんな日々を過ごす生徒のクラスに、三年に進級してすぐ、転校生がやってきた。

気だるそうな雰囲気で髭《ひげ》が似合う中年教師が、黒板に名前を書き記し教室の外に待たせていたであろう転校生を教室に入れた。

黒板に書かれている名前は、『篠崎《しのざき》しおり』。

入ってきた生徒は名前から察する通り女子の制服を着ていた。肩甲骨に届くほどに長い黒髪ロングヘア、垂れ目ではあるがぱっちりした目、好奇心旺盛そうな笑顔、俗に言う美少女という呼び方が抜群に似合う女生徒だった。

その証拠に、クラスの男子の殆《ほとん》どが彼女の人懐っこい笑顔に見惚《みと》れ、女子も可愛いと口々に近くの友人と囁《ささや》き合っている。

「(可愛い子だなぁ)」

そしていじめられっ子の生徒もまた、薄っぺらい笑みを浮かべながらそう思っていた。

入ってきた女生徒、篠崎しおりは、クラスメイトの顔を確認するように教室を見渡した後、頭を下げ、元気に自己紹介をする。

「両親の仕事の都合で転校してきました、篠崎しおりです！　これからよろしくお願いします！」

そんな短い自己紹介。それでもその笑顔とよく通る高めの声は、十分クラスメイトたちを魅了した。

教室中が顔を上げた彼女の笑顔に見惚れ、静まり返る。そして少し間が空いた後、彼女を迎え入れる拍手が歓声と共に送られた。

「あーはいはい落ち着けー……質問とかは後でするように。えーと篠崎の席は……チッ……薙刀《なぎなた》の隣だ」

「えーと、ああはい。あの空いている席ですね！」

興奮したような生徒の拍手を面倒くささそうに宥《なだ》め、教師が彼女の席を教える。

薙刀というのはいじめられっ子の名字。篠崎しおりは遠くを見るようにおでこに手を当てて、いじめられっ子の席といじめられっ子が昨日のうちに設置させられた彼女の席を見た。

すると先ほどの明るい空気から一転、彼女の隣がいじめられっ子である事実に不満を持ち、教室中の視線が射抜くようにいじめられっ子に集中した。同時に、こんなことになるのなら昨日、彼に転校生の机を運ぶ仕事を押し付けるのではなかった、と後悔する。

だが後悔先に立たず。

彼女はそんな複雑な感情入り交じる視線の中を歩き、最後列の窓側から二番目に座るいじめられっ子の隣、窓側最後列の席に座った。

「えーと、私篠崎しおりっていいます。よろしくね！」

すると彼女は早速隣に座るいじめられっ子に人懐っこい笑顔で挨拶する。当然、クラスの視線は少年に向けられた。まるで彼女といじめられっ子が仲良くなることを許さないとばかりに。

だが少年はそんな視線をものともせず、しおりとは対象的に薄っぺらな笑顔を作って彼女にこう返す。

「僕の名前は薙刀桔音《なぎなたきつね》。皆勤賞を狙っていること以外はこれといって個性のない普通の男子高校生だよ」

クラスメイトの視線が、まるで気持ち悪いものを見たように逸《そ》らされた。

それから二週間。

転校生である篠崎しおりだが、この二週間で既に自分の場所を作り、クラスの中では中心人物といって良いほどの存在になっていた。

休み時間になれば彼女の周りに男女問わず多くの人が集まり、放課後になれば毎日のように遊びに誘われる。そんな誰もが羨むような存在になっていた。

また、その可愛らしい容姿と人懐っこい性格から告白されることも少なくない。といっても、未《いま》だ彼女が誰かと付き合っているという事実はないのだが。

「おはよ！　きつねさん！」

「おはよう、しおりちゃん。今日も元気だねー疲れないの？」

「あはは！　辛辣《しんらつ》だなぁ」

そんな中、隣人となった二人はこうしたやり取りを毎日交わしている。

少年——桔音は普段、周囲から平仮名で『きつね』と呼ばれている。飄々《ひょうひょう》として摑《つか》みどころがないからというのを、昔話の中で人を化かす狐《きつね》と結び付けたのが由来だ。

しおりも同様に呼んでいるが、それは本来の意味が蔑称であるにも拘《かかわ》らず、転校生である故にそれを愛称と勘違いし、周囲と同じようにそう呼ぶようになったのだ。

まぁそれはきっかけに過ぎず、今となっては本名として呼んでいるようなものだが。

「今日の宿題やってきた？　数学の先生宿題忘れたら厳しいもんね！」

「やってきたよ。答えは全部２Ｘだ」

「もう、そんなわけないじゃ——ホントに全部２Ｘって書いてる⁉」

他愛のないやり取り。

だが、桔音は他の生徒たちと違って自分に友好的なこの少女を少しだけ特別に思っていた。

とはいっても別に恋をしているとかそういうことではない。唯一の友達としてより好意的な相手ということだ。

　また、しおりにとっても桔音は少し特別な存在だった。

　周囲の桔音への態度から、彼がいじめに遭っている事実は彼女も理解している。転校前にいた学校でもいじめに遭っていた生徒はいたし、相談に乗ったこともあったからだ。

　だが、桔音はしおりの知っているいじめられっ子とは違った。いじめに遭っているのにも拘らず傷付いた様子はなく、寧《むし》ろいじめなんて受けていないかのようにいつも笑っているのだ。

　それがしおりの常識と違い、どこか特別に感じていた。

「あ、そういえばきつねさんって、私の引っ越し先の家の隣に住んでるよね？」

「確かに、僕の家の隣に見知らぬ誰かが引っ越してきたのは確かだね」

「私この前きつねさんが隣から出てくるのを見たんだ！」

「なるほど、それならきっと僕の家は君の家の隣なんだろうね」

　しおりは向日葵《ひまわり》のような笑顔で桔音と談笑する。その表情は本当に楽しそうで、反対に不気味な薄ら笑いでいる桔音とは真逆。桔音に対するしおりの態度はとても好意的だった。

「だからね、今日から一緒に帰らない？　できれば登校も！」

「勿論《もちろん》いいよ、美少女と一緒に登下校なんてこれほど嬉《うれ》しいことはないよ。世の男子共がこぞって羨むだろうしね」

「び、美少女だなんてそんな、照れますなぁ」

　しおりは頬を朱に染めながら両手でそれを隠した。

　その姿はクラスの男子を再度釘付《くぎづ》けにした。同時にそんな男子たちから嫉妬と侮蔑の視線を向けられて、桔音はなおさら陰で悪口を叩《たた》かれるようになった。

勿論、しおりも桔音に対する悪い噂《うわさ》を耳にしているし、近づかない方がいいと言われたこともある。だがしおりはそんな言葉を無視して桔音の下へ歩み寄っている。その事実も周囲の苛立《いらだ》ちを誘った。それでもその矛先はけしてしおりには向かわず、全て桔音に向かっていく。

そんな二人が段々とクラスから孤立していくのには、余り時間はかからなかった。


しおりが転校してきてから三カ月。

二人の関係は隣の席の相手から親友と呼べるほどに深まっていた。登下校を共にし、昼食や休み時間など、殆ど一日中一緒に過ごしているくらいだ。

学校以外でも、桔音の誕生日にしおりが狐のお面をプレゼントしたり、逆にしおりの誕生日には桔音が本のしおりをプレゼントしたり、一緒に遊びに行くこともざらだった。

最早周囲の間で既に付き合っているのでは？　という噂もあったが、桔音としても、しおりとしても、そんな日々が楽しく、幸せだった。クラスでは浮いてしまったが、それでも最高の学校生活だと感じていた。

だがそんな日々を送る二人の幸せは、長くは続かなかった。

その日は桔音が熱を出した日だった。

皆勤賞を狙っている桔音だったが、それ以上に心配を掛けられないと強がって、普段通りしおりと学校へ向かう。桔音の調子が悪いことくらい親友であるしおりにはすぐにわかった。それでもなお止めなかったのは、桔音の興味があることが皆勤賞くらいしかなかったからだ。

危険と判断すれば自分が強引にでも連れて帰ればいいと思って。

「大丈夫？　きつねさん」

「大丈夫だよ、しおりちゃん。僕は元気だし、三八度の熱があるわけがないし、寒気も吐き気もない。だから学校に行けない理由はないよ」

心配するしおりをよそに、桔音は自身の靴箱を開けながらそう言う。

「！」

すると、開いた靴箱の中には一通の手紙が入っていた。ラブレターの可能性を考えるほど、桔音は自身の置かれている状況を理解していないわけではない。間違いなく良い手紙ではないことは瞬時に理解できた。

「どうしたの？」

「いや、なんでもない」

とはいえ、それをしおりに伝えるのは憚《はばか》られた。

桔音は何もなかったかのように上履きを取って、しおりに見えないよう入っていた手紙をポケットに入れる。そしてそのままスタスタと教室へ入り、自身の席に座った。不思議そうに首を傾《かし》げたしおりも、続くように隣に座る。

「……無理しないでね？」

「無理なんて人生でしたことがないよ」

すぐに授業が始まった。

中年の教師はいつも通りに授業を始め、生徒は静かにノートを開く。隠れて話している者もいるが、普段通りの比較的静かな時間が過ぎていく。

そんな中、桔音は手紙をポケットから出して開いた。内容はこう。

『今日の放課後、一人で体育倉庫に来い。来なければ殺す。』

手紙《それ》が示していたのは、今まで暴力には手を出さなかった生徒たちが、遂に暴力を振るうことを決めたという事実。

桔音はしばらく黙ってその手紙を見つめると、クシャリと丸めてポケットに戻す。

「(……今日はとことんツイていないみたいだ。いや、寧ろ憑《つ》いているのかな？)」

桔音は軽口を叩くようにそう心の中で呟《つぶや》き、短く溜《た》め息《いき》をつきながら遅れてノートを開いた。

そして不幸な時間はすぐに訪れるもので、気がつけば放課後だ。

桔音は普段通りしおりと共に帰ろうとしたが、隣にしおりがいないことに気がついた。何処へ行ったのかと捜してみるが、やはり姿が見えない。いつものしおりなら、何処かへ行く際何かしら一声掛けてくれたものだが、桔音はこの時何も聞いてはいなかった。

少しだけ、嫌な予感がする。またその予感の心当たりもあった。

「……まさかとは思うけど」

呟き、ふらふらと、でも少し急ぎ足である場所へ向かう。そこは朝に受け取った手紙に書かれていた待ち合わせ場所。

そう、体育倉庫だ。

「……失礼しまーす」

体育倉庫は玄関口の反対、グラウンドに出る出口のすぐそばにあるので、さほど時間もかからずに辿《たど》り着いた。

中の様子を少し窺《うかが》うも、特に情報は得られない。これといって手もないので堂々と中に入ると、そこには確かにしおりがいた。

但し、手足を縄跳びの縄で縛られ、ガムテープで口を塞がれ、クラスの男子三名に身体《からだ》を好き勝手に触られている状態で、だ。

「……随分と、妙な格好だね。しおりちゃん」

「ん――――！」

セーラー服がズタズタに切り裂かれて捨てられているので、上半身はほぼ裸。ブラしか肌を隠す衣服がない。スカートは穿《は》いているがこれも切り裂かれているので、ピンク色の下着が見え隠れしている。

そんな状態でクラスの男子三名が好き勝手に胸や尻を触っていた。手がしおりの身体の至る所へ動き、そのたびにしおりは抵抗し、もがいている。

「ツハハハ……やっと来たかよ……オイきつねぇ！　お前篠崎が転校してきてからずっと仲良くしてるよなぁ？　ムカつくんだよ。だから二度と篠崎に近づけねぇように教育してやる」

「いやいや、えーと、誰だったかな？　名前も知らない男子A君。男の嫉妬は見苦しいよ？」

「あ？　嫉妬じゃねぇよ。お前には見合わねぇから篠崎は俺がもらってやるって言ってんだ」

「んんんー！」

桔音と主犯の生徒の言葉を聞きながら、しおりは桔音に逃げてと叫ぶ。

熱が三八度もあって、寒気や吐き気があるのに平常通りに振る舞うなんて、普通ではない。このままなら確実に悪化するだろうし、加えて今暴行を受ければどうなるかなど想像もできない。普通なら寝て休むべき状態なのだから。

それに、しおりは自分がどんな目に遭ったとしても、桔音が傷を負うような光景は見たくないと考えていた。彼女にとって桔音はこの学校で唯一の親友なのだから。

だが、そんなしおりの願いとは裏腹に、事態は止まらない。

「なるほど、独占欲というやつか……いいね、人間らしくって。でも、しおりちゃんの親友である僕としては、彼女が強姦《ごうかん》されるなんて目に遭うのは、到底見逃せないかな」

「あ？　抵抗するってか、いいねーしおりちゃんは僕が守るーってか？　ハハハ！　オイ、お前らやっちまえ」

「へへへ……」

「前々からぶん殴ってやりたかったんだよ」

主犯格であろう男子の指示で、二人の男子が桔音に近づいていく。しおりはそれを止めようと一層声を上げるが、ガムテープのせいで言葉にならない。

「おいおい興奮するのは良いけど、そういきり立つなよ。落ち着いて話をしようぜ？」

近寄ってくる男子たちに、桔音は薄ら笑いを浮かべながらそう言う。

すると、何を言われようと止まるつもりはなかった男子たちの足が、その気味の悪い笑顔に動きを止めてしまった。圧倒的優勢である筈《はず》なのに、その足は進んではくれなかった。

彼らが感じているのは――――恐怖。

それも、目の前の桔音に対してではなく、これ以上進めば危険だと、自身の心の内側から絶えず湧き上がってくる、そんな漠然とした恐怖感。

彼らは今、自分が一体何に恐怖を抱いているのかすら、わからなかった。

「で……なんだっけ？　しおりちゃんが欲しいんだっけ？　それで？　君たち三人いるわけだけど、僕を殺したら今度は仲間内で殺し合いでもするつもりかい？　それとも俺たちは仲良しだから、三人でしおりちゃんを愛するんだ！　とでも言うつもりなのかな？」

一歩――桔音が前に踏み込んできた。

「あはは、笑っちゃうね。いやいや可笑《おか》しい……滑稽すぎて反吐《へど》が出る。いいかお前らよく聞けよ？」

そう言って――もう一歩。

すると、まるで両の口端を引き裂くようにしてその笑みを吊《つ》り上げた。

正体不明の恐怖心に後退《あとずさ》る二人の男子。それらを無視して桔音は涙を浮かべるしおりを一瞥《いちべつ》する。

高熱で熱くなっている血液が更に沸騰してもおかしくない。

「――女の子を泣かせた時点で、お前らに人を愛する権利はねぇよ」

それほどに今、桔音は激怒していた。

もう一歩。

それで恐怖に硬直した男子たちの目の前まで踏み込む。そしてその片方の男子の顔を覗《のぞ》き込むように見上げた。鼻と鼻がくっつくほどの距離、薄ら笑いを浮かべながら男子の瞳に自身を映す。

覗き込まれた男子は桔音から目を離すことができなかった。視線を逸らしたいのに、桔音の放つ不気味な雰囲気と、心を見透かすような瞳がそれを許してくれない。

隙だらけだというのに、主犯格の男子も、もう一人の男子も、何も口出しできないでいる。三人に共通しているのは、その頬に嫌な汗を滲《にじ》ませていること。

「君はどうかな？　僕を殺してしおりちゃんを三人で手に入れたとして、そこのリーダー君が満足するようにしおりちゃんとの時間をくれると思う？　女を手に入れる為《ため》に邪魔な僕を排除しようとする奴だぜ？　そんな小さい器の男が、折角手に入れた女を他の男と分け合おうとするかなぁ？」

「ッ……あ……！」

「どうしたの？　顔色悪いみたいだけど大丈夫？　心配だなぁ、保健室に行く？　今なら僕が優しく声を掛けながら一日中付きっきりで看病してあげるけど」

見上げられる男子は、言葉にならない掠《かす》れた声を漏らす。わかったからだ、枯音の言葉が嘘《うそ》ではないことが。己の心を見透かすような枯音の瞳が、本気であることを物語っている。

「まぁ、男に付きっきりで看病とか、嫌だけどね」

そう言って、今までの空気が嘘のようにパッと一歩離れる枯音。

瞬間、見上げられていた男子は金縛りが解けたようにガクッと膝をついた。大して動いてもいないのに、呼吸を忘れていたかのように乱れた呼吸で空気を吸い込む。身体中が嫌な汗に包まれていた。

——怖い、怖い、なんだコレは？　本当に同じ人間か？

間違いなく、違っている。

狂いなく、狂っている。

澱《よど》みなく、澱んでいる。

主犯の男子は激しく動揺していた。

「(この状況でなんでコイツは笑っている？　こっちは三人、向こうはたった一人！　その気になれば……その気になりさえすれば、間違いなく勝つのはこっちの筈だ！　なのに、コイツに近づいた瞬間、死んでしまうとさえ思ってしまうようなこの恐怖心はなんなんだ⁉)」

状況はけして動いていない。にも拘らず、枯音の言葉とその笑顔だけで、この場の空気が異様なものへと変質してしまっている。

「それで？　君はどうなの？」

「ヒッ……!?」

ぐりん、と首を奇怪に回してもう一人の男子の方へと顔を向けた。視線を向けられた男子は一気に顔を青ざめさせる。

桔音がその男子に、ゆっくり、ゆらゆらと、身体を揺らしながら近づくと、彼は逃げ出そうとした。

「う、うわあああ‼」

だが、ここは体育倉庫。逃げた先は壁が待っている。唯一の出入り口である扉側には、桔音がいる。逃げる以前に、行き止まりだ。男子は壁に背中を付けて、ずるずると床に尻をついた。

改めて、桔音は逃げた男子の目の前まで辿り着く。男子の両足の間に片足を踏み込み、しゃがむのではなく腰を折って、上半身だけを倒すようにその男子に顔を近づけた。

今度は――見下ろすように。

「おいおい、そんなに怖がるなよ。ほら、僕の手には武器なんてないよ？　身体能力だって君たちに大きく劣るし、しおりちゃんが人質になっている以上、ヘタな行動はできない」

「な……ぁ……く、来るな……！」

「さて、それで君はどうしてこんなことに手を貸しているのかな？　そこのリーダー君に逆らうと怖いから？　それともお金で買収された？　それとも友情？　あ、しおりちゃんが好きだからとか？」

「ぁ……くっ……！　そ、そんなの……ダチだからに、決まってんだろ……！」

「へぇ……ん？」

男子の言葉に、桔音はまた口端を吊り上げる。そしてふらふらと視線を男子の腰元へと注いだ。男子の学ランのポケットから白い封筒が見えたからだ。桔音はそれをスルッと取ると、中身を出す。顔を出したのは、紙に描かれた福沢諭吉が三人。

あはは、と笑って桔音はそれを後方へと放り投げた。

「友達、ね……君の友情は、どうやらお金で買えるわけだ」

そう言うと、桔音はポケットから自分の財布を取り出した。中から一万円札を五枚取り出す。彼の母親が申し訳程度に与えた三カ月分の食費だ。

「ほら、このお金をあげるよ」

「ッ……や、やめ……やめろ……」

桔音は、それを男子の手に優しく握らせる。

「だから――」

「やめて、くれ……！」

そして、にっこりと薄っぺらな笑顔を浮かべて。

「――僕とお友達になってほしいな！」

そう言った。

「うわあああああああああああああ！！！」

男子は耐えられなくなって握らされたお金を投げ捨てると、桔音を突き飛ばし、転がるように体育倉庫から逃げ出していった。

桔音はそれを見送りながらお金を拾い、男子の持っていた三万円も含め、八枚の一万円札を自身の財布に入れた。

「逃げられちゃった。そんなに僕とお友達になりたくなかったのかな？　それとも、お金が足りなかったのかな？　やれやれお友達料金って高いんだねぇ。まぁ、友情は尊いものだもんね！」

そう言うと、桔音はくるっと回り、今度は主犯の男子を見る。一応膝をついた様子の男子を一瞥したものの、最早行動する気力はないらしく、項垂《うなだ》れるばかりだ。

「……っ……て、テメェ……！　こいつがどうなっても良いのかよ⁉」

主犯の男子は桔音を近寄らせないようにしおりを抱き寄せると、腰に差していたらしいナイフを取り出し、しおりの首に突き付けた。だがその手は震え、ガチガチと歯が鳴っている。精神的にはかなり追い詰められているのが窺える。

桔音はそれを見てぴたりと足を止めた。

「ああ……そうか、やっぱり駄目だね。お前はやっぱり駄目だ」

「な、何がだよ！　黙れ！」

「そんなナイフをしおりちゃんに突き付けて、愛だの恋だの好きだの……よく言えたね。あははははっ！

……あーあ、笑いすぎて頭痛くなってきた」

桔音は、片手で頭を押さえながら一歩ずつ足を前に進める。

しおりにナイフが突き付けられているというのに、何故《なぜ》近づいてこられるのか。主犯の男子はその行動の不気味さに切羽詰まって、呼吸が乱れてしまう。追い詰めているのは自分の筈。

なのに何故こんなにも、怖いのか。

「(優位なのは俺の筈だ！　なんだコイツは⁉　なんで笑っていられる？　なんで近づいてこられるんだよ⁉　なんでなんでなんでなんでなんで‼)」

「あのさぁ」

「ヒッ……」

「君がどんな覚悟で……どんな気持ちでこんな行動に出たのか知らないけどさ……正直不愉快なんだよね、僕面倒事は嫌いなんだ。とはいっても、僕は真面目で、健全で、優秀で、風紀の乱れのない模範生徒だから、君みたいにあからさまに社会不適合者に立ち向かうけど、そのナイフ……あと一センチでも動かしてみろ……」

「あ、ああ……あああ、ああああああ‼」

きつねはゆっくり右手を動かし、主犯の男子の顔を指差した。

桔音の表情に浮かんだ薄っぺらい笑み。

それは主犯の男子から見ると、体育倉庫の扉から入る光が逆光となってよく見えなかった。それでも、桔音の放つ不気味な圧力が自身の心を押し潰していくのを感じた。

そして高まった恐怖は、桔音の言葉をこう錯覚させる。

「一生後悔させてやる」

まるで死刑宣告のようだ、と。

――――男子生徒の絶叫。

その次の瞬間、ずぶり、という音がした。

続いて布団の上に倒れた時のような、クッションを叩いたような、そんな軽い音。

そして体育倉庫の地面に赤い色が広がる。ぶしゅぶしゅと何かが噴き出す音が響き、桔音と、しおりと、主犯の男子の身体を赤く染め上げた。

その光景は、まだ平和な日常の一幕でいられた空間が、一転して非日常の空間へと変化したのを、その場にいる全員に嫌でも理解させる。

そして訪れた沈黙は、一人の狂気で破られた。

「あ……は……ははは……アハハハハハッ！　終わりだっ……俺の勝ちだ！　ざまぁみやがれぇぇぇ！　アーッハハハハ‼」

主犯の男子が笑う。

精神が何かに押し潰されたのか、自棄になったように笑うその視線の先、そしてしおりの見開かれた瞳の先、そこには、『ナイフ』が右の胸下辺りに深く突き刺さった桔音がいた。

出血が酷《ひど》く、噴き出すように血が出ている。そして桔音の顔の半分が、自身の血で赤く染まっていた。

「…………あーあ、痛い、痛いなぁ……こんなに血が出てる」

それでも、桔音は痛がる素振りすら見せずに血を拭っていた。

「ッ⁉　な、なんで……なんでそんな平気そうなんだよぉぉおお⁉」

「げほっ……まぁ、いいか。で、満足したかな男子A君？　念願叶《かな》って僕にこうしてナイフを突き刺したわけだけど」

最早一抹の冷静さも失い、激しく動揺する主犯の男子に対し、それでも桔音は笑っていた。

嗤《わら》っていた。

嘲笑《わら》っていた。

噴き出す血を止めようとするわけでもなく、不気味な薄ら笑いを浮かべたまま、血まみれの顔で主犯の男子の顔を見ていた。明らかに普通の光景ではない。

「あぁ……なんなんだよ……お前…………気味悪ぃんだよ……お前、マジで人間かよ……！」

「僕？　さっきも言ったけど、僕は真面目で、健全で、皆勤賞を狙っている以外は特徴のない一男子高校生だよ？　まぁ僕からしたら、君たちの方がよっぽど化け物に見えるけどね」

主犯の男子は既に精神が崩壊している。異常な光景、いや、異常な人間を見て、正気を保ってはいられなかったのだ。

そんな彼に桔音は、心底理解できないと首を傾げ、続ける。

「今まで散々僕を迫害して、暴言を吐いて、ずっと虐げてきて、誰も味方もしてくれなかったじゃないか。挙句僕の存在を否定し！　いない者として扱い！　都合が悪くなればこうして存在自体を消そうとする！　とことん僕に優しくない世界だったよ。でも平気だよ？　僕にとってソレは日常で、そんな日常を僕は心の底から楽しんでいるから‼」

桔音は血まみれの手でナイフを己の身体から引き抜いた。

溢《あふ》れ出る夥《おびただ》しい量の血液。

それを意にも介さず、桔音は主犯の男子の顔をもう一方の手で力強く掴んだ。

重病にして重傷、にも拘らずどこにこんな力があるのかと思わせるほどの握力。

「っ……んー⁉」

「だからさ、君も僕の日常を楽しんでくれよ。きっと楽しいよ？　ナイフで顔を抉《えぐ》られるのは。味方もいない、助けてくれる人もいない、いつか皆君のことを忘れて、君の存在はこの世界からさくっと消えるよ。君が僕に対してやろうとしたことだ。ほら、凄《すご》く面白《しあわせ》そうだろ？」

「や……やめろ……やめ……わ、悪かった！　謝る……すまなかったよ！　なんでもする‼　この通りだか

らッ……やめてくれ！　嫌だ嫌だ嫌だ嫌だ！　助けてくれよぉおお‼」

ナイフをゆっくり眼球に近づけてくる桔音に、主犯の男子は涙を流しながら必死に謝る。必死に死にたくないと懇願した。何度も何度も、首を大きく横に振って、涙と鼻水を垂れ流して、無様に許しを請うた。

だが、桔音は口端を吊り上げ不気味に嗤ってこう告げる。

「そう言って命乞いをしてきた人たちに、お前は何をした？　って言われる悪役が、僕の将来の夢だよ！」

ずぶり、ナイフが涙に溺れた目玉を抉った。


そのあとすぐ。主犯の男子は、項垂れていた男子に連れられて、悲鳴を上げながら逃げていった。目玉に刺さったナイフはそのままに、血を流しながら教師の所へと向かったようだ。

そして体育倉庫に残された桔音は、しおりに抱えられる形で倒れていた。先ほどまでとは違って呼吸は荒く、浮かべていた笑顔は青ざめ、弱々しい苦悶《くもん》の表情に変わっていた。

「っはぁ……！　はぁ……！　は、はは……怪我《けが》は、ない？　しおりちゃん……」

「私よりきつねさんの方が重傷だよ！」

「その元気があれば……大丈夫かな？　いてて、これはもう無理っぽいなぁ……」

そう言った途端桔音の身体からガクンと力が抜ける。

しおりは慌てて桔音の身体を支え、血に汚れるのも気にせずその身体をマットの上に寝かせた。どうすればいいのかわからないほど桔音の身体は致命傷で、血が尋常ではないくらい溢れている。広がる血の赤が、しおりの思考を止めた。

どうしようもない状況と、早く治療しなければという焦りに、自然と涙が溢れ出す。

「おいおい、泣くなよ……僕は君を助ける為に、来たんだぜ？　ここは笑うところ……だ」

「きつねさんが死にそうになってるのに笑えないよ！」

しおりはそう言って、ハッと気づいたように携帯を取り出し、救急車を呼んだ。

そして電話越しに与えられる救急隊員の指示に従い応急処置を施すと、懸命に桔音の意識が途切れないよう話しかけ続ける。

「きつねさん……！　死んだら駄目だよ！」

「しおりちゃんらしくないね……僕は君が元気に笑っている方が、好きだよ……っっ……！」

「きつねさん！　死んじゃダメだよ！　私はまだきつねさんといたいよ！」

「は、はは……」

正直なところ、桔音の身体は既に致命傷レベルの傷を負っている。

というのも、刺さったナイフはなんの偶然か肝臓を突き破っていた。そして何より出血が激しい。身体を走る痛みだって到底耐えられるものではない筈。しかも高熱が出ている中でそんな重傷を負ったのだ、最早意識があること自体がありえない。

本当なら意識不明の重体でもおかしくない。

最早、助かる可能性は皆無と言っても過言ではない。桔音自身それを自分で理解していた。

「しおりちゃん。僕は君に……感謝してるんだ。こうして最期に君みたいな子が付き添ってくれるんだから、これほど幸せなことは……ないよ」

「最期だなんて言わないで！　これからもっと遊ぼうよ！　一緒にどこかに遊びにいって、一緒に笑って……それで……！」

「……そうだね………それじゃあ僕の怪我が治ったら、一緒に遊園地にでも行こう……さぞ楽しいだろう……から、さ」

桔音はそう言って、笑った。

しおりはそんな桔音に対し、涙を流しながら普段と同じように笑顔を浮かべる。

外からは救急車の音が聞こえていた。

「そうだね……絶対、一緒に行こう……だから、早く怪我を治さないとお仕置きだからね」

「……それだ、その笑顔……僕はしおりちゃんのその顔が……好きなんだぁ……」

体育倉庫の入り口から、救急隊員が入ってくる。

そうして朦朧《もうろう》とした意識の中、桔音は運ばれていった。しおりも桔音と一緒に救急車に乗り込む。苦しそうに横たわる桔音の手を握り、懸命に無事を祈った。

「(あーあ……もうちょっとで良いから、生きていたいなぁ……しおりちゃんと一緒に……)」

桔音は霞《かす》んだ視界の中でそう呟き、意識を手放した。

――だが、彼の生きたいという願いは叶わない。

病院に運ばれた彼は、早々に息を引き取る。少年はその命を終え、少女は果たされない約束を胸に、いつまでもいつまでも、泣き続けた。

＊＊＊

――真っ暗だ。

真っ暗で何も感じない。目を閉じているような感覚もないし、瞼《まぶた》の裏側を見ているっていうわけではないだろう。

多分僕は死んだと思う。死にたくないなぁ、とは思ったけれど、やっぱりあの状態あの怪我じゃ死んでしまうのが当然だ。

約束破っちゃったなぁ。遊園地行きたかった。今思えばデートじゃん。しかも美少女とデート、本当、僕の人生いつも良いところで駄目になるんだから。

――泣かせちゃったなぁ……。

記憶に残っているのはしおりちゃんの泣き顔。温かい涙がぽつぽつと僕の頬を伝っていった感覚が、今もはっきり残っている。

「きつねさん……なんでっ……私を置いていかないで……！」

声が聞こえた。しおりちゃんの声だ。

でも相変わらず真っ暗で、肉体の感覚もないから指一本動かすことができない。

瞼を開けばしおりちゃんの顔が見えるのかもしれないけど、今の僕には開く瞼の感覚すら感じられなかった。

手を伸ばせばしおりちゃんに触れられるのかもしれないけど、僕にはその手を伸ばす力すらなかった。

口を開けばしおりちゃんにいつもの軽口が言えるのかもしれないけど、僕には言葉を発する口がなかった。

悔しい、悔しいなぁ。女の子一人笑顔にできないなんて――僕はなんて無力なんだろうか。

「きつ……さん！　き――ん……！」

しおりちゃんの声が遠ざかっていく。ああ、これは本格的に死んじゃうみたいだ。

深く、冷たい海に沈んでいくような感覚。意識がゆっくりと薄らいでく。これが死ぬって感覚なのか……。

初体験だね、なんて軽口を叩くのも無理そうだ。

まぁ、僕の人生は全然良いものじゃなかったけど、最後の最後に親友を護《まも》れたんだから良いとしよう。それで泣かせてちゃ意味ないけどね。

自己満足で、自己犠牲で、他人を顧みない。

——それくらいが、丁度良いかな。

僕の意識は、そこで完全に深い闇の底へと溶けて、消えた。

＊　＊　＊

薙刀桔音は、生まれつき人に好かれる人間ではなかった。

その証拠に、生まれたその日から母親に優しく抱きしめられたことは一度もない。それというのも、彼は望まれて生まれた子供ではなかったのだ。

何故なら、彼の母親は桔音を生んだ時点で一七歳の女子高生。父親は誰かも不明だった。

母親が彼を身篭《みごも》ったその理由は、援助交際を毎日のように行っていたからだった。お金欲しさに露出の多い服装で中年男性を誘惑し、数万円の『お小遣い』の対価に身体を売っていた。勿論子供が欲しいとは思っていなかった故に、最低限の避妊対策はしていた。しかしある時相手が強引に迫り、結果的に妊娠させられた。相手がわからないのは、強引に目隠しをされ、更に拘束させられた状態で複数人にレイプされたからだ。

その後の彼女は妊娠中絶をしようとした。子育てなど面倒だと考えていたし、元々子供自体いらないと考えていたのだから、当然だ。

だが、それは彼女の両親が許さなかった。子に罪はないのだと言って、堕《お》ろすことを許さなかったのだ。入院費や諸々《もろもろ》の手続きも彼らが行って、無理矢理にでも出産させた。

桔音は、彼の母親の両親が護ったおかげで、無事に生まれることができたのだ。

そして桔音を生んだ彼の母親は、自分で産んだ子供なのに子育てを放棄した。彼を育てたのはやはり彼女の両親――――桔音の祖父母である。

だが桔音が愛情を持って育てられたのは、彼が幼稚園に入るまでのことだった。

桔音は幼稚園に入ってから急に雰囲気が変わった。元々はよく笑う素直な子だったのに、ある時を境に一切笑わなくなったのだ。祖父母はおかしいと感じ、どうしたのかと訊いたが、桔音は何も言わなかった。

彼はいじめに遭っていたのだ。

他の幼稚園児から何故か嫌われ、先生たちからも何故か敬遠されていた。いつも一人仲間外れにされ、手加減を知らない幼児たちの暴力に晒《さら》され、それらから護ってくれる先生もいない日々。日に日に彼の身体には痣《あざ》が増え、口数や笑顔も減っていった。

それでも桔音が挫《くじ》けなかったのは、祖父母による愛情があったからだろう。だからこそ心配を掛けないよう、桔音もいじめのことを一切口に出さなかったのだ。

しかしそんな日々を送り、彼が年長組になった頃――――祖父母が亡くなった。

死因は事故死。

桔音が幼稚園に行っている間、仕事に出かけた祖父母が電車のホームに転落し、やってきた電車に轢《ひ》かれた。即死だった。

桔音は自分を祖父母に押し付けた母親に引き取られた。彼女はその時点で二二歳、援助交際は流石《さすが》に懲りたのかやめており、生活する為にとりあえずバイトしつつのフリーター。

祖父母が亡くなって、祖父母が入っていた保険の保険金が母親に入ったので、桔音は普通の子と同じように小学校へ通うことができた。小学校に通うにあたって必要な出費を保険金で賄ったのだ。

だが桔音は小学校に通いながら、その表情や精神を見るに堪えないほど憔悴《しょうすい》させていた。

愛情を送ってくれる祖父母の死と、自分を捨てた母親との二人暮らし。それが彼にとって、精神的に多大なストレスとなったからだ。

――なんでアンタみたいな子を産んじまったんだろうねぇ。

母親は事あるごとにそう漏らした。

まともに家事をせず、家のことは全て桔音がやっていた。無論、最初の頃は失敗続きで母親の怒りを買う。まずい料理を出せば叩かれ、何かを壊せば殴られる。そんな日々だった。

幼稚園時代のトラウマが蘇《よみがえ》り、服で隠れる場所は青痣だらけだった。何度涙を流したのかわからないほど、泣いていた。

小学校では暴力こそ振るわれなかったが、また何故か仲間外れや陰口などのいじめを受けていた。精神的ストレスから体調は悪くなりがちで、学校ではずっと一人だった。

だが、そんな彼を支えたのはその小学校の一人の男性教師だった。彼は近年稀《まれ》に見る生徒想《おも》いの教師で、毎日のように桔音に声を掛け、励ましてくれた。

『いいか？　人生辛《つら》いことばかりに目を向けず、楽しいことを探せばいいんだ』

『何？　陰口を叩かれる？　気にするな、全部気にせず受け流してしまえば些細《ささい》な戯言《たわごと》だ』

『お前……この怪我はなんだ⁉　誰にやられた⁉』

桔音に何かあれば率先して行動してくれる、とても誠実で、とても熱血で、誰からも好かれる教師の鑑《かがみ》のような人だった。そんな教師だからこそ、桔音は苦しい日常の中で唯一信頼を置くことができた。

桔音は彼の言う通り陰口は気にせず笑い飛ばすようになり、身体をある程度鍛えるようになった。自分が変われば、強くなれば、いつか平気になると信じて。少しだけ挑発的な言動をするようになったが、それも成長だろうと思っていた。

だが、ある時母親から言われた一言が桔音の心に突き刺さった。

――アンタの笑顔、気持ち悪いのよ。

何故かはわからない。

だが、その言葉は桔音の心に深く突き刺さった。それから桔音は笑うことに躊躇《ちゅうちょ》するようになった。気持ち悪い、という言葉が桔音を笑えなくしたのだ。

しかし、笑っていないとまた先生に心配を掛けるだろう、という思いもある。心に突き刺さった母親の言葉と、先生へ心配を掛けたくない思いが桔音を板挟みにし、それから桔音は笑っているようで笑っていない、そんな曖昧な薄ら笑いを浮かべるようになってしまう。

そんな状態の桔音は余計に気味悪がられ、小学校ではずっといじめの対象として扱われた。

そして、小学校を卒業して上がった中学校。そこが桔音の転機だった。

支えだった教師から離れ、彼をいじめていた者が広めた証拠もない噂が、中学でも彼を苦しめた。

彼は、誰にも邪魔されない空間を求めて、学校が終わればすぐに近くの図書館に籠もるようになった。何冊も本を読んだ。小説、随筆、漫画、哲学、歴史、洋書、雑誌、写真集、なんでも読んだ。そうしていく中で、桔音は考えるようになった。何故いじめられるのかと。

　そして一つの答えを出した。

「そっか、特に理由はないんだ。人は誰かを排他することでねじ曲がった薄っぺらい友情を作り上げているんだ」

　つまり、自分はその『ねじ曲がった友情』を作る為に排他される対象になっただけのこと。

　だから桔音は諦めた。何を、と問われれば——『いじめに向かい合うこと』を、だ。理由がない、つまり原因がないということ。

　なんとなく気に入らないからいじめる

　なんとなく弱そうだからいじめる

　なんとなく、なんとなく、なんとなく、本当に理由などなく、薄ら笑いを浮かべる桔音がなんとなく気持ち悪かったから、いじめる。どうしようもないと思った。

だから。

　桔音は全て受け入れることにした。

　いじめられるということを、日常の一つとして享受することにした。そうすることで、いじめが辛いと思う考え方そのものを消し去ることにしたのだ。

　その日から、桔音の薄ら笑いが気味悪さを増し——桔音は図書館に行かなくなった。

　そしてその翌日からだ。桔音に行われるいじめの雰囲気が変わった。

　桔音が、いじめを自分から受けていくような態度を取り始めたからだ。へらへらと薄ら笑いを浮かべ、陰口を笑いながら肯定する。気持ち悪いことこの上なかった。

だから、いじめは止まった。桔音が『ねじ曲がった友情』の作る仲良しこよしの中に入ったわけじゃない。排他しようという気持ち自体が消えたのだ。

そして代わりに生まれたのが、『桔音に関わり合いたくないという気持ち』だ。

桔音はそれからの中学生活をいつも楽しそうにへらへら薄ら笑いを浮かべながら過ごした。

そして、それは家でも同じ。

桔音の母親も同様に桔音に関わらなくなった。桔音の作る料理すら、手を付けなくなった。会話もなく、逆に母親は桔音に怯《おび》えるようになった。桔音は誰からも好かれない現実を受け入れた結果――誰からも嫌われなくなったのだ。

誰もかれもが桔音に対して、無関心でいたいと思うようになったからだ。


そして高校時代。

一年、二年は中学時代と同じだ。寧ろ桔音の薄ら笑いから感じる気味悪さが、同級生、先輩、後輩、関係なく精神的ストレスを感じさせるほどになっていた。

だが桔音の高校生活最後の年――桔音は遂に陰口を叩かれるようになった。周囲に溜まった桔音へのストレスが溢れ出したのだ。無関心でいたいのに、陰口を叩くでもしなければパンクしてしまいそうなほど溜まったストレスが。そして、その陰口を桔音は薄ら笑いを浮かべて受け入れる。嬉々《きき》として、受け入れる。

それがまた彼らのストレスとなった。

そこへやってきたのが、篠崎しおり。

彼女は少しだけ変わっていた。彼女は人の感情の機微を感じ取る力に長《た》けていた。

桔音に対して無関心でいたいのに、嫌うしかない周囲の状況の中でただ一人桔音に惹《ひ》かれた。

いじめに立ち向かわず、止めようともしない、なのに何故か弱者の立場にいない。そんな矛盾した存在である桔音に、歩み寄っていった。

彼女と関わって桔音は少しだけ変わった。けれど少なくとも、桔音を気味悪がっていた周囲の人々からすれば、それは大きな変化だった。

桔音はしおりと話している時だけ――本当に楽しそうに笑っていたのだ。

付き合っているのではないかと思うくらい、仲の良い二人。

だからだろう、周囲の目は少し前に戻った。そう、桔音を排他して『ねじ曲がった友情』を作ろうとしていた、あの頃に。

桔音は誰からも嫌われずにはいられない存在で、しおりは誰からも愛される優しい存在。

だから、周囲の人々は嫌わずにはいられない存在である桔音が、誰からも愛される優しいしおりと仲良くし、挙句周囲にストレスを与えながら幸せそうに笑っているのが――許せなかった。許せなかったから、その負の感情が爆発した。

その結果が、桔音を殺した。

文字通りの意味で、桔音という人間の命を『ねじ曲がった友情』の為に、ひいては自分たちの欲望の為に、この世界から排除した。涙を流したのはしおりだけ。その他の人々はそれを喜んだ。自分たちが怯えていた存在が消えたことを、喜んだ。

――だが、桔音が死んだ後も彼らは桔音から解放された気にはなれなかった。

薙刀桔音という少年の一生。

愛され育った最初の五年間、憎まれ排他された小中学校時代、怯えられ過ごした高校二年間、そして憎しみと羨望から殺された最後の三カ月。

だが、それでも最期は好意を向けてくれる親友に見送られながら死んだ。なんの後悔もなく、親友を護って死んだ。これ以上なく、勇敢で素晴らしい最期。

だから、彼を殺した人々は無意識にそんな桔音に縛られている。

彼らはいじめをいじめと知っていた。そしていじめはいじめられる方が悪いという理屈を捏《こ》ねて、自分を正当化していた。自分たちは勝利者だと、格上の存在なのだと。だからこそ、だった。

桔音は最後まで笑って、満足げに死んでいった。彼らのいじめという排他行為は桔音を確かに殺したが、彼らの理屈で言うのならばそれは負けだ。何故なら、桔音は最後までいじめに屈しなかったから。桔音を本当の意味で排他できなかった彼らからすれば、認めずともそれは敗北なのだ。

だから彼らは桔音を殺した結果、自分たちの理屈が生んだ敗北感と、殺人という罪を背負わされた。

これから先、彼らはずっと桔音という存在に縛られることになるだろう。

＊　＊　＊

目を開いたら降り注ぐ光が視界を埋め尽くし、少しだけズキリと頭痛が走った。それから次に感知できたのは、耳を撫《な》でる風の音と後頭部や背中に感じる草の感触。

次々と感覚が戻ってくる。

植物の匂い、冷たく澄んだ空気、心臓の鼓動、温かい体温、生きている――感覚。

「……ここは、何処かな？」

声を出してみると、慣れ親しんだ聞き覚えのある自分の声が聞こえた。死んだと思ったのに、生きている。

そして周囲は草木に囲まれた森のようだ。更に仰向けに天然の芝生に倒れている自分、どう考えても普通ではないと思う。

「……ん……」

上体を起こし、固まった身体を解《ほぐ》すように伸びをする。コキコキと小気味いい音が鳴り、少しだけ思考を切り替えることができた。色々確認してみようか。

服装は学ラン、と、ベルトに見たことがあるナイフが刺さっていた。そして、しおりちゃんにもらった狐のお面がポケットに入っている。

「……しおりちゃん、泣いてたなぁ……」

思い出すのは、暗闇の中で聞こえた嗚咽《おえつ》交じりの声。泣かせちゃったし、少しだけ罪悪感。

でも、こうして生きているんだからまた会いに行けばいい。まぁ、まずはこの状況を誰かに説明してほしいところだけどさ。

「さて」

しおりちゃんからもらった狐のお面を頭の横に来るように掛けて、ナイフを弄びながら立ち上がる。

とりあえずは安全を確保しよう、図書館で色々本を読んでいたから僅かだけどサバイバル知識も一応あるにはあるし、まぁなんとかなるでしょ。

というわけで、僕は訳もわからない森の中をどこへ向かうわけでもなく歩き始めた。

＊＊＊

篠崎しおりは、搬送された桔音に付き添い病院へと運ばれた。

桔音は救急車での応急処置を施されている間にも死にそうな状態で、治療を行っている救急隊員の表情も芳しくなかった。どう見ても、致命的な状態であることは明らかだ。

それでもしおりは桔音の手を両手で握り締め、必死に桔音の命が助かることを祈らずにはいられなかった。

数分後、一つの病院へ到着した。

だが、その病院は桔音という患者を引き受けなかった。『運悪く』重傷患者が多く、手術のできる医師が不足していたからだ。桔音は別の病院へと運ばれることになった。

しおりは焦る。このままでは桔音が死んでしまうと。

だが、桔音の『不運』は続いた。次の病院も桔音を受け入れられず、桔音は瀕死《ひんし》の状態のまたらい回しにされた。まるで運命が桔音を殺そうとしているように。

そして、三つ目の病院でようやく桔音は引き取られた。

即刻手術室へと送られ、手術へと移行した――――ところで、急に停電が起こった。病院の電気機器がダウンし、照明や機材が使えなくなる。即座に予備電源に切り替わり、機器の方は使えるようになったが、今度は手術室の照明に異常が発生した。電気が点《つ》かなかったのだ。

暗い手術室での執刀など、成功確率はゼロに等しい。

そうしているうちに桔音の呼吸が止まり、心臓が停止し脈も消えていく。医師は懸命に蘇生《そせい》措置を施したが彼が息を吹き返すことはなく、死亡と断定された。手術は失敗したのだ。

それは枯音が手術室に入ってから時計の長針が一周する間の出来事。

手術室から枯音の死という現実が、しおりの前に現れてしまった。

＊　＊　＊

きつねさんが手術室から出てきた。青白い顔、ピクリとも動かない身体、触れてみれば恐ろしくなるほど冷たかった。搬送中にどんどん失われていた、けど微《かす》かに残っていた体温が全く感じられない。

――死んじゃった。

その事実を受け入れるだけの余裕がなかった、というよりも呆気《あっけ》ない感じだ。胸にぽっかり穴が空いちゃったような感覚、呆然《ぼうぜん》として何も言えない。自分の身体が自分のものじゃないような、そんな感覚。

「……申し訳ありません、私共の力では……彼を、救えませんでした」

お医者さんの言葉も耳に入ってこない。私はただただぼーっと、冷たくなったきつねさんの安らかな死に顔を見つめていた。

走馬灯、というわけじゃないけれど、きつねさんと過ごした短い三カ月間の思い出が脳裏を過《よ》ぎった。短い、本当に短い付き合いだったけど、その一つ一つが私の中で輝いていた。

色褪《いろあ》せない、凄く大切な思い出……きつねさんとの、思い出。

「あの……どうぞ」

「！」

目の前にハンカチが差し出された。

視線を向けると気の毒そうな表情で私を見る看護師さんがいて、そしてその瞳に私が映っていた。涙を流している、私が。

「……あれ？」

顔に手を添えると、どんどん溢れる涙が私の手を濡《ぬ》らした。気がつかないうちに泣いていたみたい。看護師さんのハンカチを受け取って、涙を拭く。

でも、全然止まってくれない。

「あ、あれ？　あはっ……すいません……ひぐっ……なんで……ぐしゅ……っ……！」

自分の身体が自分のものじゃないみたいな感覚に陥ってたからかな、涙を意識したらゆっくりと身体がいつもの感覚に戻っていく。さっきまでは出なかった嗚咽が、出た。

「しおり！」

「しおりちゃん！」

そこへ、後ろから走ってくる足音と私を呼ぶ声が聞こえた。

ゆっくりと振り返ると、そこには私のお父さんとお母さんがいた。緊迫した表情で、私の目の前まで駆け寄ってくる。

「はぁ……はぁ……しおり、大丈夫か？　学校から連絡が来て、心配したんだぞ……！」

「怪我はない？　酷い目に遭ったって……!?　……しおり」

お父さんとお母さんは私の心配をしてくれる。ボロボロの制服を見て、顔を青ざめさせた。

仕事も投げ出して来てくれたんだと思う。凄く嬉しい、でも……心配をかけまいと声を掛けることすら、今の私にはできなかった。

でも代わりに、何かを察してくれたお母さんに抱きしめられたことで、一気に私の中にあった何かが決壊した。

胸の中でじわじわと渦巻いていたどす黒い感情が、一気に溢れ出た。

私の、泣き声と一緒に――

「うぁっ……おかぁ……さ……うわああああああああああああああ!!!」

表情が原形を留《とど》めなくなるくらい、ぐしゃぐしゃになった。涙が溢れて止まらない。きっと情けない泣き声を響かせてる。大声で、他の人の迷惑も考えず。

でも、そうせずにはいられなかった。

だってきつねさんが、死んじゃったんだから。死んじゃった、つまりもう二度と会えない。

朝の挨拶も、
お昼ご飯を一緒に食べることも、
授業中こっそり会話することも、
放課後遊びにいくことも、
もう――できない！

たった三カ月。いままで出会った友達に比べれば、一番短い付き合いだった。

でも、きっと私の中では一番……大切な人だった。だからこんなにも悲しい。だからこうして大泣きしちゃっている。

「うぁ……あ……！　きつねさん！　死なないでよっ……!!　どうして……どうして貴方《あなた》が死ななきゃいけ

ないのっ……！　約束はどうするの……⁉　うあああああっ！」

お母さんの胸の中で、ぐちゃぐちゃになった感情を吐き出す。文脈も、前後の繋《つな》がりも何もない。ただ思ったことはそのまま吐き出した。情緒不安定なまま、止まらない涙を止めることなく、流し続けた。

「しおり……」

お母さんが、私の身体を強く抱きしめた。顔は見えないけれど、お母さんの身体も震えていた。お母さんも、泣いていた。

「きつねさんが……私を救ってくれたの……！　命を懸けて、私の為に戦ってくれた……！　でも私っ……きつねさんが死んじゃうなら助けてなんてほしくなかった‼」

「ッ、しおり‼」

お母さんの腕の中から、力強い腕が私を引っ張り寄せた。急なことに、驚きながら前を向く。そこにはいつも優しい顔でいるお父さんが、真剣な表情で私を見ていた。

「しおり……それだけは言っちゃいけない！　彼は、お前の為に戦ってくれた……！　そして彼はお前を救ってくれた！　その彼の想いを、勇気を、救われたお前が否定しちゃいけない‼」

「っ……」

「お前は、彼の分まで生きて！　幸せになるんだ！　それがお前の為に戦った……彼の遺志だ……」

お父さんも、泣いていた。いつも優しくて、強くて、大きかったあのお父さんが、初めて私の前で泣いていた。涙を流すお父さんの姿と言葉が、まるで大きな金槌《かなづち》で殴られたような衝撃をくれた。

未だ止まらない涙を拭って、もう動かないきつねさんをもう一度、見る。

ゆっくりと歩み寄って、その手を握った。やっぱり冷たい。

「きつねさん……きつねさん……！　私は、大丈夫だよ……きつねさんのおかげで、助かったよ……！　ありがとう……ありがとうっ……！」

それでも言葉は、自然と零《こぼ》れ出た。

ただきつねさんにありがとうと言いたくて、きつねさんに無事を伝えたくて、きつねさんに、会いたくって。

そうすることで、私は胸の中に空いた穴が少しだけ埋まったような気がした。

こうしてきつねさんにお礼を言うことは、きつねさんの死を認めるということ……多分、大切な人を失った人たちはここから前に進む。大切な人の死を受け入れて、その人が遺《のこ》したものが消えないように、しっかり抱えて前に進むんだ。

そして、その人の遺したものを抱えて長い時間を過ごせば、少しずつその人の存在が、価値が、想いが、空いた穴を埋めていってくれるんだと思う。

だから、これが私の第一歩。

「……これ」

きつねさんの学ランのポケットに、私があげた狐のお面が入っていた。

まさか、ずっと持っていたのかな？　だとしたら、凄く……嬉しいなぁ。真剣に選んだ甲斐《かい》があったなぁ……きつねさん、喜んでくれてたんだなぁ……。

あぁ、そっか。

「馬鹿だなぁ私……失《な》くしてから気づくなんて……」

近くにいすぎたのかな。きつねさんと過ごしているうちに、きっときつねさんの隣が居心地良くなって、

ずっと一緒にいたから気がつかなかった。

私は、いつのまにかきつねさんのことが――

「さよならきつねさん――大好きだよ……！」

――好きになっていたんだ。


しばらくそうしていて、きつねさんは霊安室に運ばれていった。

遺族との連絡や、後々の様々な手続きの為に私たち篠崎家の家族は病院に残った。お父さんとお母さんは、私のことを心配していたけど……大丈夫、いつまでも泣いていたらきつねさんに笑われちゃうもん。

お父さんとお母さんがお医者さんと話している間、私は待合室のソファに身を任せていた。看護師さんが私の格好を見かねて簡単な着替えをくれて、私は制服からラフなジャージ姿になっている。

窓を見れば、外はもう暗い。あれからかなり時間が経《た》っていたみたい。

「………」

一人、天井を眺めながら息を吐く。大泣きしたら、結構すっきりしたみたい。まだきつねさんの死を全部受け入れられたわけじゃないだろうし、しばらくは力の抜けた状態のままだろうけど、日常生活を送れるくらいには余裕を取り戻せたと思う。

「……明日からどうしよう」

よく考えれば、一緒に登下校する人やお昼ご飯を一緒に食べる人、一緒に遊ぶ人も、全部きつねさんで、他の皆とは結構疎遠になっていたから……気まずいなぁ。

「えへへ……でも、きつねさんならきっとこう言うんだよね……」

――話しかけづらいなら、話しかけてもらえば良い。ほら、僕なんか毎日のように話しかけられるじゃん？

結局話しかけられているというよりは悪口を言われていただけだったけど、ものは考えようだよね。明日、学校に行ったら誰かに話しかけてみよう。男の子は……ちょっとやめておこうかな。あんなことがあった後で、ちょっと怖いし。

「ふふふ、きつねさんは凄いなぁ……」

死んじゃっても、私の中のきつねさんが私を励ましてくれる。本当に、私はきつねさんにべったりだったんだなぁ。なんだかちょっと可笑《おか》しいや。

そうしてしばらく待っていると、ばたばたと慌てた様子で看護師のお姉さんがお医者さんに向かって駆けてきた。どうしたんだろう？

「せ、先生！　大変です！」

「……どうかしたのか？」

「はぁ……はぁ……薙刀桔音君の遺体が、消えました！」

え？

「何……どういうことだ……!?」

「わかりません……少し目を離した隙に消えていて……」

きつねさんが、消えた？

「っ……捜せ、遺体が勝手に動く筈もない……どこかにある筈だ、捜すんだ」

「は、はい！」

看護師のお姉さんとお医者さんが険しい表情で駆けていく。

私はそれを呆然と見送った。

この時私の心の中で、何か奇妙な予感が生まれていた。何か、私たちの理解の範疇《はんちゅう》を超えた何かが起こっている、と。

これはきっと何かの始まりなのだと。

「きつねさん……何処へ行っちゃったの……？」

私は誰にも聞こえないくらい、小さく呟いた。

＊　＊　＊

「ッハハハ！　いいねぇ、良い感じに純粋な愛の形だよ！　これだから人間は面白い！」

真っ白い壁、床、天井、窓も何もないただ真っ白い部屋の中で、とある存在が楽しげに笑っていた。

人間、ではない。

人間の形をとってはいるが、間違いなく人間ではない常識外の存在。或《ある》いは概念、或いは法則、或いは自然、或いは世界、或いは、神とも呼ばれるような、大きく不確定で、全知全能の何か。

そんな存在が、白い部屋の中で一人哄笑《こうしょう》していた。

「うんうん、でもまぁこれだけ面白い感じに生きてきた彼を簡単に死なすのは勿体《もったい》ない。それに、今の私はハッピーエンドが好きなんだ。まぁ三秒後にはバッドエンドが好きになっているかもしれないけれど――てなわけで、もう少し頑張ってね……きつねさん？」

見た目は女。

癖のある青黒い髪を肩甲骨の辺りまで伸ばし、悪戯《いたずら》好きな印象を与える蒼《あお》い瞳はどこか遠くの何かを見ていた。

白く細い女性らしい指がふいっと空を横切る。すると、その指の先で何かが変わった。否、何かではない
――桔音の運命が変わった。

死は生へと反転し、世界を越えて終わった命が続けられる。

「さぁ、君はその世界で何をどうするのかな？」

彼女、と言っていいのかわからないが、その存在はゆらゆらと身体を揺らしながら、楽しそうに口端を吊り上げる。

そこへ、その存在以外の人物が姿を現した。

現れたのは、一人の少女だった。キリッとした雰囲気を纏《まと》った、一四歳くらいの少女。膝裏まで伸びた艶のある黒髪は、サラサラと揺れている。

「またやってるですか」

「おーおー……えーと道子《みちこ》ちゃん、久しぶりだねぇ」

「そんな名前じゃねーです」

「だって咲子《さきこ》ちゃんが教えてくれないからじゃん」

「咲子じゃねーです。というか子を付ければ良いってもんじゃねーです」

「もしかしてカタカナだったりする？」

やってきた少女もまた、元々いた彼女と同じく普通の人ではない。というより、この神のような存在の使

い、というか部下のような存在である。何か責任を取らねばならない事態になった時、『秘書がやったことです』と言われて責任転嫁される立ち位置の存在だ。

「そんなことより、貴方また勝手なことをしたですね？」

「ああ、人間一人生き返らせて別世界に送ったよ」

「そんなことが許されると思ってるですか？　以前も人一人の人生を遊び半分に弄《いじ》ったじゃないですか」

「誰が許さないんだよ、私一番強いし偉いんだぜ？」

「私です」

「へぇ……」

女性が舌舐《したな》めずりして立ち上がる。

少女は何やら嫌な予感を感じて一歩、後退った。

だが、その後退った先に女性はいつのまにか立っていた。少女の小さな両肩がガシッと摑まれる。女性の瞳には爛々《らんらん》と怪しい光が宿っていた。その瞳は、まるで獲物を見つけた獣の眼《め》。

「な、何をしやがるつもりですか？」

「いやいや、幸子《さちこ》ちゃんに許しを頂こうと思って」

「幸子じゃねーです……だから何を……ひゃっ⁉」

女性は、少女の耳をペロっと舐めた。少女はその耳に這《は》いずる舌の感覚にビクッと身体を跳ねさせる。頰を紅潮させ、勢いよく離れながら耳を押さえ、女性を睨《にら》みつける。

「その身体に、せめてものご奉仕をもって許しを乞おうじゃないか」

「な……な………！」

「いただきます♪」

女性はそう言って少女に襲い掛かった。それからしばらく、真っ白い空間の中に少女の嬌声《きょうせい》が響き続けた。

（さてさて……きつねさん。私がここまでやるんだから――楽しませてくれよ？）

女性は楽しそうな笑みを浮かべながら、そう考えていた。

第一章　生き延びる方法

森の中は空気も澄んでおり、気温も温暖。探索することに対し、特筆して障害になるようなものはない。

そんな環境下で桔音はナイフ片手にサバイバル生活の初日を開始していた。

まず桔音が最初に考えたのは、人間の最低限度の生活に必要な衣食住を確保すること。中でも最優先で確保しなければならないのは、食料である。

ここで幸いだったのは、桔音が図書館にて小学校の六年間読み漁《あさ》った本の中に、食用植物について記載されたものが含まれていたことだろう。桔音はその知識を最大限活用し、自身の足元に数多く群生している植物たちの中、食べられる植物がないか探す。

「……？　おかしいなぁ、普通こんなに自然に囲まれてるなら食べられる植物の一つや二つ、あってもおかしくないんだけど……」

視線を彷徨《さまよ》わせながら、呟く。

言葉通り、彼が見渡した限り自身の知り得る植物が一つもない。それこそ、どこにでもあるような雑草の一つすら見当たらない。

そう、この場所には、見たことのない植物しかなかった。

その事実に妙な違和感を持った桔音は、少しだけ思考を働かせてみる。だがそれで何かがわかるわけでもない。

結局結論が出ず、桔音は不明な事柄は一先《ひとま》ず置いておくことにした。

「んー……」

しかしこうなると、食料に関しては多少のリスクを踏まえてでも、安全そうなものから自分の身体で試してみるしかないだろう。

とはいえそんなリスクを早々に試すほどの勇気もないので、桔音は夜になる前に寝床にできる場所から探すことにした。

「洞窟……は物語でいえば定番だけど、熊みたいな動物が寝床にしている可能性もあるし……不用意に近づくのは危険かな？」

過去に読んだ本の知識を思い出すように言葉に出して、これからの行動を再確認する。

最も良い場所の条件としては、水辺で、身を隠すことができ、尚且つ雨風を防げる場所、といったところだろう。仮に食料がなくとも、幾多の生物は生存の為に水を必要としている。この場所が桔音の知らぬ土地、国、或いは世界だったとしても、それは変わらない筈だ。

だから湖にしろ、池にしろ、川にしろ、何かしらの水辺は存在している筈。

さしあたり、桔音はまずその水辺を探して回ることにした。

＊　＊　＊

大分歩いた。

自分の身体から出る影の方向や太陽の位置を利用して、大体の方角を確認した後、とりあえず僕が向かったのは南。

理由は特にない。なんとなく南って文字と水って文字のイメージカラーが似ていたから。

うん、『なんとなく』——僕のいじめられていた理由とおんなじ。僕みたいな思春期の青少年としてはこれ以上なく相応《ふさわ》しい理由だ。

さて水源を見つける為の知識としては、まず木と土を見ること。

木は地面から水を吸い上げて生きている植物《いきもの》だ。当然、水源に近い木々であるほどその内に吸い上げた水分量は変わってくる。

次に土、これも木と似た理由。

水は水源から地上へ流れ出る以前に地中を流れるもの。水源に近ければ近いほど、その周辺の地面の持つ水分量は多くなり、触れればわかるほど水の含有量の多い地質へと変化する。こんなところかな？

うん、まぁ簡単な知識だよね。本で読んだだけとはいえ、少し考えれば本を読んでなくとも思い当たることか。

「でも、流石の僕でもおかしいと思うなぁ……食用植物も見当たらなければ雑草すら見たことのないものばかりだし、しかも日本にこんな森林がある筈がない。何より僕は死んだ筈だし」

一度は死んだ筈の僕がまたこうして生きていることも不可解だ。致命傷だった怪我も綺麗《きれい》さっぱりなくなっている。ありえないことが、ありえない形で起こっている。

まさか、まさかの可能性だけど、できれば考えたくもない可能性だけど。

ここは、元いた世界ではない——？

「……異世界転生。あはは、いやいやどんな展開だよばっかじゃねーの？」

ないない、ありえないありえない、そんな展開が許されるのはフィクションの世界だけだ。もしくは中二病の妄想か。

とりあえずは別の国になんらかの形で放り出されたってことで、納得しておこう。さて、それじゃあ探索を――おっと？

「……わーい、マジかーい」

たった今納得したのに、一瞬でぶっ壊されたんだけどこの可能性。

振り向いたらそこに――獣がいた。

いや獣っていうか、化け物だけど。

見た目は黒い毛並みの狼《おおかみ》、でもサイズは白熊レベル。血走った真っ赤な瞳に、唸《うな》り声を上げている口から見える鋭く大きな牙、そして何より普通の生物ではありえないことに、口から炎が溢れ出していた。

「あはは……異世界、確定だね」

だけど、驚くほどじゃあない。こんなの普段やってた妄想の中でいつも普通に出現してたじゃないか。

まぁ、本当に目の前に登場するとは思わなかったけどさ。

だとしても、異世界かぁ……認めざるを得ないよね。この状況、ここまで揃《そろ》った異世界の要素、否定はできない。

「グルルルル………！」

とはいえ、当面の目標としてはまずこの状況を打破しなければならない。

とりあえず武器としてナイフがあるのは多少心の支えになるけど、でもこんな玩具《おもちゃ》みたいなものであの怪物を倒せる気はしない。というか詰んでるでしょこれ。

四足歩行の時点で機動力は高そうだし、あの巨体、パワーも相当か。一撃もらっただけで死ねる気がする。

死んだ先でまた死ぬのかよ。

「よし、逃げよう。死にたくはないからね」

踵《きびす》を返し、早々に走り出す。

「ガァア‼」

きゃー、背後から地面を蹴る音が聞こえたよ。こりゃ完全に追ってきてるぜこん畜生め。しかも、確実に距離を詰められている。身体を鍛えているといっても元々運動は得意じゃないし、現役で人間以上のスペックを持った獣にかけっこで勝てる筈ないじゃん。

「っと……！」

真横を黒い影が物凄い速度で通り抜けたかと思ったら、目の前にあの獣が回り込んでいた。

これはいよいよまずい。こんな時、物語であれば勇者とか、ライバルとか、伝説の冒険者とかが助けにきたり、主人公の潜在能力が覚醒したりとかするんだろうけど、うん無理だな。

これ現実、ノンフィクション。ご都合主義なんてそうそう起こる筈がない。

「しおりちゃん……」

でも……約束した、帰ったら遊園地デートに行くって。だから、死なないね、少なくとも死ぬのは一度で十分だ。

さて、ナイフ一本、戦闘経験なし、心許《こころもと》ないけど、

――抗《あらが》ってみようか、僕は一パーセントでも可能性がある限り諦めない！

みたいなこと言ってみたりして。

「掛かってこいよ、獣野郎」

頑張ってみよう。約束一つ守れない男には、なりたくはないからね。

＊＊＊

桔音と獣、動き出しが早かったのはやはり獣の方だった。その四本の脚は力強く地面を蹴り、桔音の目の前に迫った。爪を振りかざし、桔音の首目がけて横薙《よこな》ぎに振り抜く。

だが、桔音はなんとかその攻撃に付いていき、咄嗟《とっさ》に爪を短いナイフで受け止めた。

「ガアアアア‼」

「うっ……ぐぅ……っ⁉」

しかし、その振り抜かれた前脚は受け止めきれないほどの威力だった。

あまりの威力に桔音の足は地面を離れ、ナイフごと身体は横に生えていた大木に向かって吹き飛んだ。勢いのまま大木に叩き付けられ、その衝撃で一瞬呼吸が止まる。

「っかは……痛《つ》ぅ～……なんて力だよ化け物め」

「グルルル……！」

手元を見ればナイフは根元から真っ二つに折れていた。唯一の武器が早々に破壊されてしまっては、最早抵抗の術《すべ》がない。

「サバイバル生活初日でゲームオーバーって……鬼畜にもほどがあるよ……」

桔音はそうぼやき、叩き付けられた大木に寄り掛かりながらずりずりと立ち上がる。

ナイフで咄嗟に防御したものの、最早防御にはなっていない。その証拠に、桔音の背中からは未だに衝撃の影響でミシミシと嫌な音が鳴っている。

当然だ、運動もしていない一介の男子高校生がこんな攻撃を喰《く》らって、無事でいられる筈はない。

漫画やアニメの主人公たちはどんな身体してるのか、桔音はそんな感想を抱きながら、改めて獣を見た。

「全く……僕は痛みには強いけど、かといってダメージには許容量ってものがね……」

「ガアアアアアアアアア！！！」

「っ……！」

桔音は軽口を叩くも、獣の咆哮《ほうこう》の衝撃によって言葉を呑《の》まされる。

ほんの僅かな可能性に懸けて抵抗してみたは良いものの、やはり勝てないものは勝てなかった。一撃ですら防ぐこともままならないのだ、脆弱《ぜいじゃく》な人間がこんな化け物に勝てる筈もない。

「でも……っ……！　まだ、諦めるわけには、いかないね……！」

桔音は、ふらふらの足に力を込めて大木から背を放した。使い物にならないナイフを手放して両手をフリーにする。

こうなればヤケクソだった。最後の最後まで奇跡が起こるのを期待して、諦めないで最期を迎える。それが一番、賢明だと強がっているだけだ。

「殺せるもんなら、殺してみろよ」

そうして最後まで、威勢だけはいい桔音。

獣はそんな桔音にゆっくりと歩み寄り桔音の目の前に来ると、その大きな爪を振り上げる。桔音は目を閉じない、最後まで目を逸らさずに、生きることを諦めなかった。

「ガアアアアアアア!!!」

そして咆哮と共に、最後の一撃が桔音に向かって振り下ろされる。

と――その瞬間、桔音と獣の間で、何かが光った。

両者の視界を真っ白な光で埋め尽くし、そこへ振り下ろされた獣の前脚が弾《はじ》き飛ばされる。

「ギャアア!!?」

大きな叫び声を上げて、獣はその場を大きく後退。

そして自身の前脚からぷすぷすと黒い煙が出ているのを見ると、光に対する警戒心を高めながら――撤退していった。

桔音は獣の姿が見えなくなると、大きく息を吐きながら再度地面に尻餅をつく。最早立ち上がる力は残されていなかった。

「……で、この光は何かな……敵だったらまずいけど……」

桔音は頭上で光り輝く何かを見つめながら力なく呟く。もしもこの光の正体が先ほどの獣と同様命に関わるものなら、最早手の打ちようがないが。

ふわふわと浮かんでいたその光は、ゆっくりと桔音の目の前まで下りてくる。

すると。

「やっほー！」

ぽんっ！　と弾けて、中から幼い声と共にフィギュアサイズの少女が現れた。

長い亜麻色の髪に、青黒い瞳、薄桃色の布を幾つも組み合わせた、金魚の尾ひれを想起させるようなドレス、そして何よりその小さな背中には半透明の羽が生えていた。

妖精、というしか表現しようのない存在。

だが不思議なことに、大きさこそフィギュアサイズだが、見た目は篠崎しおりその人だった。

唖然《あぜん》とする桔音に対して、その妖精はなんの警戒もなく近づいてくる。そして、くるりと空中で回ると、にぱっと桔音の見慣れた笑顔を浮かべた。

「初めましてこんにちはー！　貴方の名前は？」

桔音の満身創痍《そうい》な状態を見てそんな挨拶を言う妖精は、間違いなく場違いで、空気が読めていない。

だがそんなことは問題ではない。桔音は妖精の、正確には篠崎しおりの容姿をした妖精の顔を見て、言葉もなく目を見開いていた。

「んー？　あれー？　どうしたの？　私何かヘンなことしたかなぁ？」

「あ……いや、そういうわけじゃ、ないんだけど」

「そうなの？　ならいいや！」

いいんだ、と桔音は思った。

どうやらこの妖精は見た目の幼さに違《たが》わず好奇心旺盛、興味の対象がころころ変わるようだ。とはいえ、とりあえずは名前を訊かれているので、桔音は自分の名前を答えることにする。

妖精が出てくるなんて、異世界感満載だなぁと思いつつ口を開いた。

「僕の名前は薙刀桔音……きつねさんと呼んでくれるかな」

「面白い名前！　きつねさん、だね！　よろしくー！」

妖精はそう言って、また桔音の見慣れた純粋な笑みを浮かべた。

自己紹介をしたところで、桔音は未だにダメージの抜けきらない身体を引き摺《ず》るように動かす。木に凭《もた》れるようにして立ち上がり、脇腹を押さえながらナイフの亡骸《なきがら》を拾い上げた。この世界がどのようなものであ

ろうが、折れたナイフでもないよりはマシ、この先使える機会があるかもしれない。

そしてそんな桔音の様子を空中からじっと見ていた妖精は、首を傾げながら宙を泳ぐようなスムーズな動きで近づいてきた。

「ねぇねぇきつねさん、もしかして怪我してるの？」

「うんまぁね……多分あばらが何本か折れたんじゃないかな……あとは背中の強打ってところ」

「ふーん……じゃあ私が治してあげるよ！」

「え？」

妖精の提案に桔音は視線を妖精に向けた。

すると、妖精はくるくる回ってその小さな両手を桔音の身体に向ける。瞬間、先ほど妖精が現れた時のような白い光が両手から発せられ、その光は桔音の身体を丸ごと包み込んだ。

桔音は得体の知れない光に若干の抵抗を覚えたが、そもそも避《よ》けるにしたってダメージが大きくて動けない。されるがままの状態だが、変化はすぐに現れた。

「これは……傷が治ってる？」

桔音の身体にあった傷やダメージがじわじわと消えていくのだ。背中の打撲や折れたあばらも少しずつ元に戻っていき、痛みが少しずつ引いていく。

桔音がこの光を『魔法』だと理解するのにそう時間はかからなかった。流石は異世界、と思いながら光に身を任せる。

「――――うん、これで大丈夫！」

妖精が両手をぺちんと合わせて、にっこり笑いながらそう言う。

同時に光も消えていき、中にいた桔音の身体は無傷の状態に完治していた。試しに身体を捻《ひね》ったり飛び跳ねたりと確認するが、行動に支障はないようだ。これならばこの場に残って通りすがった獣に襲われても、無抵抗のままやられるなんてことはないだろう。

さて、状況が落ち着いたところで、桔音は視線を妖精の方へと戻した。

「……それで、君はどこの誰なのかな?」

「私? うーん……わっかんない! あははっ」

桔音の問いに妖精は空中でくるくる回りながら、楽しげにそう言った。

何が楽しいのかはわからないが、自分のことがわからない、とはどういうことかと桔音は首を傾げる。妖精はその様子に意図を察したのか、腕組みしながら口を開いた。

「うーんとね、私は今生まれたばかりなんだよ! そのお面から」

「お面……?」

妖精が指差したのは、桔音の頭に掛かっている狐のお面。桔音はお面を手に取ってみるも、その言葉の意味がわからず更に首を傾げた。

それもそうだ、何故ならこのお面は桔音が元々いた世界から一緒に飛ばされてきた、いわば今いる世界から見て『異世界の品』だからだ。如何《いか》にこの世界がファンタジーで妖精や魔法が存在していようと、元いた世界にはそんなもの存在しない。徹底した科学の世界の産物に、妖精というファンタジーの権化が生まれる要素がない。

だが、この世界の妖精という存在の概念に、そういった世界の違いは関係ない。

「えっとね、妖精っていうのにも種類があるの……大きく分けて二種類!」

妖精は小さな手をピースの形にして突き出す。桔音はなんだか長くなりそうな話だなぁと思いながらも、篠崎しおりの容姿をしているからか素直に話を聞くことにした。

「一番多いのが自然から生まれる妖精、自然種《プラント》って呼ばれてるみたい！　この自然種《プラント》の中にも色々種類があるみたいだけど、詳しく知らないよ！」

「胸を張って言うことじゃないね」

自信満々、胸を張って無知の告白をする妖精に突っ込むしかない桔音。だが妖精は気にせず説明を続けた。

自分が分類される、妖精のもう一つの種類について。

「私はもう一つの種類の妖精、強い想いから生まれる妖精だよ！　思想種《イデア》って呼ばれるこの世界でもあんまり存在しない妖精です！　一生のうちに見ることができたら超幸運だよ！　だからきつねさんはラッキーボーイ！　やったね！」

「うん……そうだね」

妖精の説明通り、この世界の妖精といえば、自然種《プラント》の妖精が主だ。

容姿は自然種《プラント》、思想種《イデア》問わずフィギュアサイズの人の姿。人間同様姿形は違うが、基本的には小さい人間に羽を生やした姿をしている。故に思想種《イデア》と自然種《プラント》の妖精は見た目では見分けがつかない。

さて、この世界の妖精の中に思想種《イデア》の妖精は数えるほどしかいない。桔音の元いた世界でいうのなら絶滅危惧種と呼ばれてもおかしくないくらいだ。

その理由として、彼女たちは人の強い想いから生まれる妖精で、各自その想いの宿った品を媒介にこの世界に生まれる。しかし思想種《イデア》が生まれる為に必要な想いの量は相当なもので、命を懸けるほどの強い想いでないと生まれてこない。それ故の数の少なさなのだ。

その反面、彼女たちはその想いに見合った強力な力を持っている。

逆に、自然種《プラント》と呼ばれる妖精は自然が存在すれば生まれる。

というより、自然の規模だけ自然種《プラント》は存在するのだ。だからこそ数多く存在しており、思想種《イデア》とは違ってそれほど大きな力は持っていない。

思想種《イデア》が『質』の妖精だとすれば、自然種《プラント》は『量』の妖精といえよう。

妖精の特徴の一つとして、どちらの妖精も寿命がない。

しかし死なないわけではない。

自然種《プラント》の妖精は自然が消滅してしまえば死んでしまうが、逆にいえば自然が少しでも残っていれば死ぬことはない。

だが思想種《イデア》の妖精は違う。寿命はないが、自身が生まれた媒介である想いの品が壊れた場合、死んでしまう。それ故明確な弱点を持つ彼女たちは、媒介である想いの品から離れることはない。

「つまり私はそのお面が壊れちゃったら消えちゃうの、だから私はきつねさんに付いていくよ！」

「ああ、そう」

妖精に関する説明を終えると、妖精はにぱっと笑いながらそう言う。細かいことはわからないが、なんとなく理解した桔音はその言葉に頷《うなず》いた。

さて、思想種《イデア》の妖精という、説明を聞く限り強力な力を持った存在が味方になったのは心強いのだが、現在いる場所が何処かわからない上に、異世界という全く未知の場所に放り出されたのだ。味方は増えても右も左もわからないままである。

桔音としてはまず話のできる人間と出会いたいものだが、この世界に来て会った生き物といえば白熊レベルの（サイズの）狼の化け物と目の前の妖精だけ。不安なこととこの上ない。

「……とりあえず歩こうか、えーと……名前なんて言うの？」

「ないよ！」

「……ないの？」

「私は生まれたばかりだよ？　いわば赤ん坊だよ？　名前があるわけないじゃーん」

桔音は、なんでこの妖精はこんなに堂々と開き直るんだろう、と思いながらあさっての方向を見る。だが、妖精の言っていることも正論だ。生まれたばかりの赤ん坊に名前があるわけがなかった。

「必要ならきつねさんが名前を付けてくれても良いよ？」

「……まぁ名前がないと不便だもんね、それじゃあ異世界っぽく……フィニアちゃんで」

「響きがいいね！　由来は？」

「なんとなく？」

「うわー、私の名前はなんとなく付けられた名前かー……でもいいよ、気に入った！」

妖精――いや、フィニアは、しゅんとした後にまたにぱっと笑ってそう言った。どうやらとても図太い神経の持ち主らしい。そういうところは篠崎しおりにちょっと似ていて、桔音は少し笑みを浮かべた。

「はぁ……さてと」

色々あったせいかぐったりと疲れた様子の桔音、だが気を取り直し、元々の目的である衣食住の確保に動き出す。

お面を付け直し、右肩に思想種《イデア》の妖精フィニアを乗せると、薄ら笑いを浮かべながら桔音は歩き出した。

「ところでフィニアちゃん、さっきの怪我を治してくれたやつは魔法？」

話し相手がいるのは良いな、と思いながら桔音は気になっていることを訊く。

妖精、怪物とファンタジー要素満載な存在に遭遇したばかりだ、とりあえず身を守る手段を一つは確保しておきたかった。魔法はその取っ掛かりにできる可能性がある。

「そうだよ！　治癒魔法！　本当なら魔法を使うには呪文の詠唱が必要だけど、思想種《イデア》の妖精は無詠唱で魔法が発動できるんだよ！　えへん！」

「へぇ……それって僕にも使えるのかな？」

「人によって効果の大小は変わるだろうけど、魔力があれば使えると思うよ？」

桔音はそう言われて、自分に魔力があるのかどうかを確かめる方法はないかと訊いてみたが、フィニアは知らないようだった。

魔法を使う感覚は生まれた時から知っていたらしく、どうやって魔法を使うのかと訊かれてもわからないらしい。人で例えるなら、持って生まれた手を動かす、みたいな感覚のようだ。

「うーん、じゃあ仕方ないか……それはさておきフィニアちゃん、ちょっと空から川とか村とかないか見てくれる？」

「お安い御用だよ！」

とりあえず魔法を使えるようになるには一朝一夕ではいかないようだと悟り、桔音は魔法について一旦置いておくことにした。

思考を切り替えて、フィニアが飛べることを最大限活用する。川があれば幸運、村があればもっと良い。

「どうー？　あったー？」

結構な高さにまで上っていったフィニアに、声を大きくして問いかける桔音。獣に居場所がバレる危険性もあったが、とにかく枯音は早く空から見た情報を知りたかった。

するとと問いかけられたフィニアがくるくる回りながら下りてくる。そして枯音の肩にぽすんと腰を下ろすと、にぱっと笑いながらある方向を指差した。

「結構遠くだけど、あっちに大きな街が見えたよ！　途中に川もある！」

「そっか、最高の知らせをありがとうフィニアちゃん」

「うん！」

その知らせは、福音とも呼べるものだった。

川があることは勿論そうだが、『大きな街』があるということが幸運だ。街と呼べる大きさならまず確実に人がいるだろうし、異世界での常識など多くの情報が集められるだろう。

枯音は幾分軽くなった足取りでフィニアの指差した方向へと進む。先ほどの問いかけの声を聞きつけてくる獣がいるかもしれない、早々に場所を移動した方がいいだろう。

「それにしても……異世界で日本語って通用するのかな？」

「しないんじゃない？」

「え、フィニアちゃんとは会話できてるのに？」

「私はほら、媒介が異世界の品だしね！　ある意味新種の妖精？　みたいな？」

えー、とちょっと困った表情を浮かべる枯音。

だがまぁこんないるだけでいつ死ぬかもわからない森の中よりは、人のいる街の方が安全なのは確かかと開き直る。今はとにかく、この森から抜け出すことが大切だ。

「ところでフィニアちゃん、遠くってどれくらい？」

「きつねさんの世界観で言えば、三〇キロくらい？」

「気の遠くなる距離だぜ……」

またあさっての方向を見る。

何事もなく休みなしで歩き続けられれば、今日明日中に辿り着けるだろうが、狼と闘った後の桔音にそこまでの体力はない。フィニアは飛べるだろうが、付き合ってもらうことにしよう。


しばらく歩いたところで、桔音は先ほどとは違った獣を発見した。今度の獣は獣というより虫、見た目でいえば巨大蜘蛛《ぐも》。体高二メートルにも及ぶ巨大さは正直敵対したくない。今はまだ見つかっていない状態だが、できればやり過ごしたい相手だ。

この場合幸運だったのは、蜘蛛には嗅覚で獲物を発見する能力がないことだろう。目は八つほどあるが、隠れていれば問題なさそうだ。

「うわぁ……気持ち悪いなぁ」

「あ、きつねさんも気持ち悪がられてたよね？　仲間じゃん！」

「君は割と胸に来る言葉をサラっと言うね？　というか、フィニアちゃん僕の世界の記憶があるの？」

「きつねさんがそのお面をもらった時からの記憶はあるみたい。きつねさんがずっと大事に持っていたから色々知っているよ！　授業中取り出したきつねさんのノートが炭になっていたり、椅子が隠された上に破壊された状態で見つかったり、すれ違いざまの肩パンが絶妙なタイミングだったりね！」

「なるほど……」

元の世界のことについて説明しなくて済んだなぁ、と余計な手間が省けたことを喜ぶべきか、しおりそっくりの顔でいじめの内容を楽しそうに語られたことを複雑に思うべきか、桔音は微妙な気持ちになった。

「とりあえず……あの蜘蛛をやり過ごすよ」

「うん、かくれんぼみたいだね！」

茂みに隠れながら蜘蛛が過ぎ去っていくのを待つ桔音とフィニア。じっと蜘蛛の動きを見つめながら、音を立てないように集中して去るのを待つ。

すると、桔音の肩を叩く者がいた。

「シッ……静かに」

桔音は大蜘蛛から目を逸らさないようにして、背後の存在にそう言う。だが、その存在は気にせずまた桔音の肩を叩いた。

「なんだ……えー……」

痺《しび》れを切らして桔音が振り返った先、そこにはなんと先ほどの大きな狼がいた。前門の蜘蛛、後門の狼である。絶体絶命のピンチだった。というか背後から肩を叩かれる程度で済んでラッキーである。

「フィニアちゃん」

「何？」

「この狼さんを倒せる？」

「攻撃魔法なら多少嗜《たしな》んでますが！」

「それどういうキャラ？」

フィニアがふざけるので、桔音は内心焦りながら突っ込む。すると、オッケーと言いながらフィニアはその小さな手を狼に向けた。

そして、次の瞬間――

「ガアッ!?」

――狼が吹っ飛んだ。

桔音視点でいえばフィニアの手が一瞬フラッシュして、気づけば狼が吹っ飛んでいたといった感じだ。何が起こったのかは正直全くわからなかった。

「ふっ……今何をしたのか知りたいかね？」

「知りたいね」

「光魔法で吹っ飛ばしたのだ！」

「うわぁそのまんまだー」

小気味いいリズムでふざけ合う二人。だが桔音にとって、これ以上なく頼もしい事実だ。

こんな一〇分の一サイズの人間にしか見えない小さな存在に頼ってしまうのは少し情けない気がするが、桔音としてはなんの力もない自分を助けてくれるのならなりふり構っていられないのだ。

「ギシャアアアア!!」

だが、今の光で蜘蛛にも気がつかれた。狼もまだまだ動けるようで、正真正銘大ピンチだ。

桔音は蜘蛛と狼を交互に見て溜め息をつく。一難去ってまた一難とはこのことかと、こんな状況で呑気《のんき》に思っていた。

「全く、いやになるね……とりあえず、掛かってこい！　このフィニアちゃんが相手になるぞ！」

桔音は、情けない啖呵《たんか》を切る――と同時に。

「逃げるよフィニアちゃん！」

「え、逃げるの⁉」

桔音は更に情けないことを言って逃げ出した。思わずツッコミを入れるフィニアも、慌てて付いていく。二体の怪物に挟まれた状況で、戦えるのはフィニアのみ。そんな状況で勝算を見出《みいだ》せるほど桔音も馬鹿じゃないし、戦闘において天才的でもない。

結論を言えば、この状況下において彼らが取れる有効な手段は『逃走』である。『闘争』も『逃走』も字は違えど読みは同じ、誇るべき戦法である。

「と、言い訳してみたりして……！」

「きつねさん足遅いね！」

「それ飛んでる君が言う？」

無論、桔音とフィニアは全力で逃げている。

だが、森の中で見つけた獲物を取り逃がすほど弱肉強食の世界は甘くはない。二体の怪物たちは、我先にと桔音たちを追いかけてくる。背後から迫るプレッシャーは凄《すさ》まじく、普段から足が遅いと自覚はしていたが、焦りで更に遅くなっているような感覚に陥ってしまう。

そこで走りながら考える。あの二体の怪物を倒す――もしくは退ける方法を。

「はぁっ……はぁっ……！　こんな時、物語なら凄く強い冒険者とか勇者とか来てくれるもんじゃないのかな……！」

「絶望的な可能性に縋《すが》ってるね！　まるで捨てられる前の女々しい男みたいだよ！」

「そこまで言う？」

こんな会話をしてはいるが、状況は切迫している。だが桔音にとってはフィニアのこんな陽気さがありがたい。

背後を一瞥して、二体の怪物の様子を窺う。見たところあの二体は人間である自分を狙っているところから肉食、だが虫と狼ならば種族も大きく異なる筈だ。

「――なら……イケる、かな？」

桔音は思考する。怪物とその周囲の状況、そして自分たちの手札、諸々全ての情報を考慮してできることを考える。

「……フィニアちゃん」

「何かな、きつねさん！」

「――少し、作戦がある」

桔音は薄ら笑いを浮かべながら、そう言った。

――二体の怪物は、追っていた獲物を見失っていた。

桔音は知る由もないが、この怪物たちは二体とも桔音の予想通り肉食の獣であり、この世界においてはそのどちらもが『魔獣』と呼ばれる生物だ。

並の人間であれば遭遇した瞬間に死を覚悟しなければならない存在であり、魔獣は弱い部類でも一体いれば数十人の人間を食い殺す存在だ。そして魔獣の中でも、この狼と蜘蛛は中堅クラスの化け物である。

狼の方は『溶焔狼《ヴォルガノウルフ》』と呼ばれ、体内に持っている超高熱器官から火種を生み出し、体内の魔力でそれを増幅、炎に変えて攻撃してくるのが特徴だ。その炎を扱う肉体も、皮膚や体内の熱耐性が高く、たとえ煮え滾《たぎ》る溶岩の中でも悠々と泳ぐことができる。

そして蜘蛛の方は『暴喰蜘蛛《アラクネ》』と呼ばれ、発見されているモノの中でも全長五メートルの個体がいる巨大な魔獣だ。蜘蛛というだけあって、体内で生成した粘着性の糸で獲物を捕らえることもあれば、自分自身で獲物を追走する場合もある。また麻痺《まひ》性の毒を持っているので、その爪や牙に触れれば逃げる術はない。

勿論、この二体は仲間ではない、寧ろ同じ獲物を奪い合う敵同士だ。では何故この二体はお互いが近くにいるのに戦わないのか、それはお互いまずは獲物を確保しておくことを第一に考えたからだ。

枯音という獲物を逃げられないよう確実に殺してから、殺し合う。

だが、今はその獲物を見失ってしまった。その苛立ちが目の前にいる敵に向かうのは仕方のないことだろう。

「グルルルル……‼」

「カロロロロロ……‼」

お互い、二メートルを超える巨体の持ち主が睨み合う。

そして、地を蹴って衝突する――――瞬間だった。

「隙あり」

そんな声が響く。

そして魔獣たちがその声の聞こえた方向へと振り向く前に、二体の魔獣は真横へとぶっ飛ばされた。

二体の魔獣が吹っ飛ばされながら自分たちのいた場所を見る。そこには、折られた木の丸太が振り子のように揺れていた。あれが自分たちの身体を真横から打ったのかと理解する。

とはいえそこは強力な魔獣、二体とも空中で体勢を立て直し、着地。

だが、これだけでは終わらない。

「隙だらけだよ！」

飛ばされた方向に、また小さな声が待ち構えていた。

思想種《イデア》の妖精、フィニアである。彼女はその小さな両手を突き出し、この場所で用意していた魔法を発動させた。今度は衝撃波の魔法といった下級魔法ではなく、高火力の上位魔法。無詠唱だが若干の溜めが必要な魔法だ。

その魔法の名前は――

「――妖精の聖歌《フェアリートーチ》」

唄うように響くその魔法の名前、その効果は『ほんの小さな白い炎を生み出す』というもの。見た目は全く派手でも怖くもない魔法だが、その白く吹けば消えてしまいそうなほどの小さな炎が脅威的な力を持っている。

だがフィニアはその小さな炎をあろうことか、溶焔狼《ヴォルガノウルフ》に向かって放った。この魔獣は炎に対して随一の耐性を持っているというのに。

「ガアアアアア‼」

だからこそ、溶焔狼《ヴォルガノウルフ》はその炎を避けなかった。この魔法の怖いところは、凄まじい力を持っているのにも拘らず、その脅威を悟らせないほどの儚《はかな》さにある。

その証拠に、小さな白い焔《ほのお》をその大きな口で呑み込んだ狼は――

「掛かったな頭の悪い犬め‼」

フィニアのそんな言葉と同時、体内から白い光と共に爆散した。白く燃えながら飛び散る血液と肉片が、べちゃべちゃと地面を赤く染め上げる。

「へぇ……この世界の生物も、血は赤いんだね」

そして、飛び散った血液を身体に浴びながら、桔音はそう呟いた。頭に掛けた狐のお面から赤い血液を滴らせ、薄ら笑いを浮かべる。その瞳は蜘蛛を見ていた。

「カ……ロロォ……!?」

その時初めて、蜘蛛は桔音に対して危険を感じた。

プレッシャーは感じない、強者の匂いも感じない、桔音は弱者のままで危険の匂いだけを放っていた。

無論、桔音に何か手があるわけではないし、桔音が何かをしているわけでもない。桔音はそこに立っていて、ただ返り血を浴びているだけだ。

だが、桔音には異世界に来る以前から一つの性質があった。

それは、『何故か他者に気味悪がられる性質』

同じ人間なのに何故か排他された。

だがそれは理由があったわけじゃない。なんとなく、理由もなく、何故かそうなっていただけ。だがこの世界では何故かそれが、魔獣にも適用された。

暴喰蜘蛛《アラクネ》は今、目の前の桔音に恐怖を感じている。奇怪で正体のわからない気配。

「さて、次は君の番だ」

桔音がゆぅらり、と指を蜘蛛に向けた。

蜘蛛はその行動だけで一歩後退る。蜘蛛は、近づいて咬《か》み付けば勝てる確信があった。なのに近づけない、いや、近づきたくないという感覚もあった。

先ほどまでは弱いだけの存在だと思っていた。だが、弱いだけのこの存在たちが、苦戦しそうな狼をこうも易々と殺してみせたではないか。それだけでも十分脅威、下手すればここで死ぬ可能性だって否定できない。

故に本能で判断する。蜘蛛は肉食だが本来慎重な生き物だ、確実に勝てる状況でない限りは身を潜め、己が身を守る。桔音の正体が理解できない以上、蜘蛛は容易に接触しないことを選んだ。

「カロロロロロ……！」

撤退。

蜘蛛はお尻から粘着性の糸を吐き出し、木々を渡って去っていった。桔音はそれを追わない。何故かわからないが、去ってくれたのなら深追いは不要だ。

「……………ふぅ、ありがとフィニアちゃん」

「いいよ！　それにしてもあんな穴だらけの作戦でよく生き延びたね、奇跡だよ！」

血で真っ赤に染まった桔音は寄ってきたフィニアの言葉に苦笑する。

桔音の作戦はこうだ。

まずフィニアの魔法でへし折った丸太をそこかしこにぶら下がっている蔓《つる》に括《くく》りつけ、追ってきた怪物たちにぶつける。あとはフィニア任せ。随分とお粗末で作戦ともいえない作戦だ。もっと言えば、桔音はフィニアがどういう魔法を使うのかも知らなかったくらいである。

とりあえず結果オーライに収まったから良いものの、丸太が当たらなかったら、フィニアが仕留められなかったら、蜘蛛が退《ひ》かなかったら、ちょっとしたことで桔音たちはこうしていられなかったかもしれない。

「だって僕孔明じゃないんだし、そんな聡明《そうめい》な頭を持ってるわけでもないし、その場凌《しの》ぎの作戦なんだから穴だらけに決まってるじゃないか」

「うわー、きつねさんどこまでも駄目人間だね！」

「君の笑顔で毒を吐く性格は誰譲りなのか気になってきたよ」

「私は私だよっ！　これが私オリジナリティーなんだよ！」

それでも桔音は笑う。結果が全て、生きているのならそれで万事オッケーなのだ。

さて、じゃれ合いもそこそこに桔音は自分の姿を見て溜め息をつく。血まみれ、このままでは自慢の学ランも血でカピカピになってしまいそうだった。

「とりあえず、さっき言ってた川を目指そうか」

「うん！　えーと……あっちだね！」

フィニアがまた上空へと飛んで方角を示す。桔音がその方向へ進み出すと、フィニアもゆっくり降下して桔音の肩へと腰を落とした。にぱっと笑うフィニアが雰囲気を明るくしてくれる。

「うーん……なんか生臭いなぁ……」

呟き、桔音は薄ら笑いを浮かべて足を進めるのだった。


しばらく歩いて、川に辿り着いた桔音たちは一休みしていた。

歩いてみれば、案外街は遠くとも川は近くにあったらしく、すぐに辿り着くことができた。今は学ランとズボンを川で洗って、干しているところだ。

それが終わると、桔音は中に着ていたTシャツとパンツのみの状態で胡坐《あぐら》をかく。フィニアは疲れたのか桔音のお面の中に入って出てこない。

「……というか、お面の中入れるんだ……人間でいえば母親のおなかの中に入るようなもんだと思うんだけど……そう考えるとやっぱファンタジーだ」

誕生日でもらったお面が、今自分の持っている最大のファンタジーだということに妙な気分になりながら、桔音は段々日が落ちていくのを感じる。それにつれて暗くなり始めた空を見上げた。

今日一日で起こったことを振り返る。

元の世界で死に、親友を泣かせた。

死んだと思ったら、異世界に来ていた。

大きな狼に襲われ、フィニアに出会った。

大きな狼と蜘蛛に挟み撃ちにされ、なんとか生き延びた。

川まで辿り着き、こうしてなんとか生きている。

今日は何度も死にかけた。

死んだ後なのに、何度も死にかけるとは不幸極まっている。だが今日を生き延びたとしても明日を生きられるかはわからない。それを考えればまだまだ気は抜けなかった。

「……これは元の世界に帰る云々《うんぬん》言ってる場合じゃないかもしれないなぁ」

桔音はそう呟いて、まだ若干湿っているが学ランとズボンを着た。そしてお面を付け直し、隠れられる場所を探す。

水辺は生き物の休憩所、ここにずっといれば先ほどの蜘蛛やその他の魔獣に襲われて死ぬ可能性も高い。身を隠せる場所でないと寝ている間にいつの間にか死んでいてもおかしくはない。

「はぁ……僕は夜型だから良いけど、夜の森なんて初めてだよ」

溜め息交じりに、桔音はそう呟いた。

「……ふぅ、一休み……と」

それから川沿いに歩いて、桔音は洞穴を見つけた。

危険かもしれないと思ったが、夜も遅い。中を探索し、魔獣がおらず、また住みついている形跡もないことを確認して、一先ずの寝床にすることにした。空もとっぷり暗くなっている、夜行性の魔獣を除けば安心していいと判断したのだ。

桔音は洞穴の壁に寄りかかりながら一息つく。

なんだかんだ今日はずっと歩きっぱなしの一日だった。一時とはいえ、こうして休息を取れるというのは想像以上に心を落ち着かせられた。

「……異世界、か……なんで僕がこの世界に来たのか未だに不明だけど、まぁよくある話か」

どう考えてもよくある話ではないが、桔音は考えてもわからないことは考えても仕方がない、と結論付けて思考を打ち切った。

そして次にありがちな特典的能力がないかと思い至る。

普通こういう展開には、転生もしくはトリップした者に何かしらのチートないし、ちょっとした力が備わっているのが定番だ。もしかしたら、自分にもそういった力があるのかもしれないと期待に胸を膨らませる。

「一番メジャーな力としては……ステータス確認だよね」

何げなしに呟いた言葉。だが、その言葉を言い終わった瞬間に変化が起こった。

桔音の頭の中に、やけに鮮明なパソコンの画面のようなイメージが浮かんだのだ。

「！」

そこには、こう書いてあった。

ステータス

《名前》　薙刀《ナギナタ》　桔音《キツネ》

性別	男　Lv1	種族	人間
筋力	10	体力	30
耐性	100	敏捷《びんしょう》	10
魔力	20	称号	『異世界人』
スキル	『痛覚耐性Lv8』『不気味体質』『異世界言語翻訳』『ステータス鑑定』		
固有スキル《ユニーク》	???		
PTメンバー	フィニア		

＊＊＊

「……これまた定番な」

元の世界で読んだ一般的で健全なライトノベルに登場する転生者たちが、デフォルトで持っていそうなステータス確認能力。桔音もまた、例に漏れずその力を付与されていたらしい。

桔音としては、このファンタジーな世界で自分もファンタジーな存在になっていたことに若干の興奮と落胆を覚えた。

しかも、このステータス確認能力のおかげで、桔音は朗報と同時に悲報を得る。

朗報だったのは、『異世界言語翻訳』というスキルがあったこと。これはおそらく、この異世界に存在する人との会話を翻訳してくれるスキルだろう。これがあるのならこの先人に会ったとしても大丈夫そうだ。

悲報だったのは、自身のステータスの低さと武器になりそうなスキルが何一つ備わっていないことだ。これでは自分で身体測定できるだけ、現状ではなんの役にも立たない。

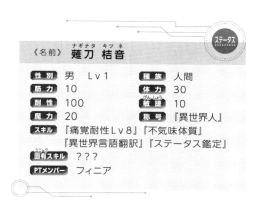

ちなみに、お面を見ながらステータス確認と念じてみると、フィニアのステータスが頭の中に浮かんだ。

ステータス

《名前》フィニア

性別	女　Lv1	種族	思想種妖精《イデアフェアリー》
筋力	120	体力	500
耐性	120	敏捷	150
魔力	1500	称号	『片想いの妖精』
スキル	『光魔法Lv３』『魔力回復Ｌｖ２』『治癒魔法Ｌｖ３』『火魔法Ｌｖ３』		
固有スキル《ユニーク》	???		
PTメンバー	◎薙刀桔音		

＊＊＊

フィニアのステータスは全てにおいて桔音を上回っていた。しかも魔力の高さが尋常でない。

頼もしいとはいえ、若干負けた気がして少しだけ複雑な気分になった。しかもこうしてみると、フィニアの腕力はどうやら通常の男子高校生である桔音の一二倍はあるようなので、後々基準にする為に幾つか実験をさせてもらおう、と桔音は考えをまとめた。

「んー……今日は寝ようかな……疲れたし」

桔音はステータス画面が脳内から消えたのを確認すると、そのまま急に襲い掛かってきた深い睡魔に身を任せ、意識をゆっくりと落としていく。

「（あー……これ死んだ時に似てる、なるほど確かに眠るようなものだったなぁ……）」

そんなことを考えながら、桔音は眠る。

だがこの翌日、彼は更なる脅威に晒された。

――魔獣は、時と場所を選ばない。

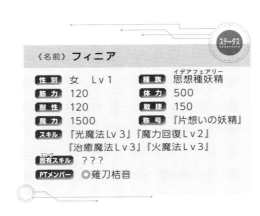

＊＊＊

私は思想種《イデア》、人の想いから生まれた特別な妖精。

私の生みの親が私を生み出すほどの強い想いを向けた相手は、薙刀桔音《なぎなたきつね》――きつねさんだ。

私は片想いの妖精。強く誰かを想う、恋という尊い感情から生まれた妖精。当然その想いは、私の中に核としてある。

だから私は、私の生みの親であるあの子と同じで、きつねさんが大好きだ。

厳密にはまだ会って一日も経っていないけれど、一目見た瞬間に私はきつねさんこそが少女の想い人だと確信した。だってきつねさんを見た瞬間、きつねさんを好きだって感情が膨らんで、胸をいっぱいにしたから。

だから、きっと『そう』に違いない。

そして、そのきつねさんは弱かった。

魔法が使えるといってもまだ生まれたてで、本当に強い人を相手にすれば足元にも及ばない私よりずっと弱い。私が戦えば魔法なんて使わなくても勝つことができると思う。

だから、私が護ってあげないとすぐに死んじゃう。貧弱で、脆弱で、虚弱、吹けば簡単に消えてしまう小さな灯火《ともしび》みたいな人だから。

私が生まれた時にはもう森の中、きつねさんは生きようと必死だった。

見た目や言動からは全く焦りや不安が汲み取れなかったけど、きつねさんの瞳はいつだって逆境の中生き抜こうと必死だった。狼に襲われても諦めず、大蜘蛛と対峙《たいじ》しても恐れない。何に縋り付いてでも生きようとする姿はきっと気高いと思うけど、とても痛々しい。

その夜を越えて、きつねさんはまた歩き出す。生きて元の世界に帰る為に、何がなんでも生き延びようと気を張って。

そしてそんなきつねさんの命を奪おうと――――また魔獣が現れた。

・・・そいつは不意打ちできつねさんを攻撃し、きつねさんはその毒で動けなくなった。

現れたのは『蜂』の集団。

ブンブンと羽音を不快に響かせて、近づいてくる。

――――護らないと。

そんな考えが頭を埋め尽くした。

きつねさんは死なせちゃいけない、だって、きつねさんは『独りぼっち』だ。誰も見てない、誰も知らない世界でたった一人、孤独に死ぬなんて――――そんなの私は許さない。

それに、毒で動けなくなったきつねさんは真っ先に狐のお面《わたしのいのち》を背に隠したのだ。麻痺した身体を無理矢理動かして取った行動が私を護ることだなんて、それはきっと、きつねさんが本来持っていた優しさなんだと思う。

私の中にあるきつねさんを想う感情が更に膨れ上がる。胸が張り裂けそうなほどだった。

――――きつねさんの為なら、なんだってできる気がするよ。

気がつけば私は既に動き出していた。自慢の羽を羽ばたかせて、近づいてきている蜂に突撃する。

そうだ、きつねさんは死なせない。

私の両手に真っ白な炎が煌《きら》めき、その熱で空間が歪《ゆが》んだ。

「――――妖精の聖歌《フェアリートーチ》！」

普通なら溜めが必要な魔法、でも今の私はこの魔法を即座に組み立て発動できた。

思想種《イデア》の妖精は強い想いを糧に生まれた妖精。だからその核になった想いと同じ想いを抱いたなら、更に強い力を発揮することができる。

蜂に叩き付けた白い炎が膨れ上がって、爆発音と共に数匹の蜂をまとめて消滅させる。

塵《ちり》も残さない勢いで熱風が吹き荒れ、蜂たちの死体を空中で完全に燃やし尽くす。全ての死体が、地面に落ちる前に塵となって吹き飛んだ。

「不意打ち上等！　掛かっておいで！　この美少女妖精フィニアちゃんが一匹残らず相手してやんよっ！」

きつねさんを好きだと思う気持ち、それが私の原動力なのだ。

＊＊＊

桔音が洞穴を出発したのは、日が高く昇ってからだった。

疲労のせいか長く眠ってしまったらしく、思ったより時間が経っていたようで、既にフィニアがお面から出て警護してくれていたから無事だったものの、危険な状況だったことに冷や汗が出る。

そして事態が急変したのは、出発してすぐだった。

微かな羽音が響いたかと思えば、急に桔音の身体に衝撃が走ったのだ。

「ッ!?」

スキルのおかげか痛みはなかったが、身体の力が一気に抜け、近くの木に寄り掛かるように尻餅をつかされてしまう。

音のした方へと視線を向けると、そこには大きな蜂の集団がいた。どうやら毒針を撃ち込まれたらしい。

やられた、と思うが、それよりも、と桔音は毒が完全に回る前に狐のお面を背に隠す。

瞬間、響く爆発音。

「っ……フィニアちゃん」

それがフィニアが桔音の元を離れて、蜂たちとの戦闘を開始した音だと、すぐに理解できた。

炸裂《さくれつ》した炎の光と、吹き荒れる熱風が肌を撫でる。森の中で火を使うのは大火事を起こす危険が伴うが、今はそうしなければ死ぬのだから仕方がない。

だが、今この状態でフィニアと距離を離されるのは少し不安だった。桔音は今、麻痺毒で身体が動かしにくい状態なのだ。今別の蜂からもう一発喰らったりしようものなら、今度は麻痺毒が内臓機能にまで侵食して心肺停止を引き起こす可能性がある。

見た限りあの蜂は十数匹いた。

桔音の知識によると蜂は基本的に巣を中心に広い範囲で行動する。広範囲故に、一匹で活動している姿をしばしば見かけることもある。

だが、あれだけの数が集団で行動しているということを考慮すれば、この場所は桔音にとって非常にまずい場所である可能性が高い。

そう、ここが『蜂の巣の近く』である可能性だ。

もしもこの可能性が当たっているのだとすれば、フィニアが戦闘したことで発せられる戦闘音は蜂を刺激する。それはつまり今いる蜂だけではなく、最悪更なる蜂の大軍が巣からやってくる可能性を高めるのだ。

「……ぐっ……あー、動かない……！」

なんとか動いてみようとするが、やはり麻痺で身体は動いてくれない。筋肉を動かそうと脳が電気信号を送っても、痙攣《けいれん》した筋肉はそれを実行に移してくれないのだ。

桔音は何かこの状況を打破する手段がないか、破れかぶれに『ステータス鑑定』を発動させる。

ステータス

《名前》薙刀《ナギナタ》 桔音《キツネ》

性別　男　Ｌｖ１《麻痺》　種族　人間
筋力　10　体力　30
耐性　100　敏捷　10
魔力　20　称号　『異世界人』
スキル　『痛覚耐性Ｌｖ８』『不気味体質』『異世界言語翻訳』『ステータス鑑定』
固有スキル《ユニーク》　？？？
PTメンバー　フィニア

＊＊＊

だが、何も変化はない。状態異常の表示なのか、麻痺の表示が出ているが、それ以外は前と同じままだ。

「くっそ……！」

歯噛《が》みする。なんの打開策も浮かばない。

そんな桔音の耳に、最悪の音が聞こえた。

――ブブブ……。

蜂の羽音。それも、大木を背にしている桔音の背後ではない、正面からだ。フィニアが戦っている方向とは違い、目の前だった。

視線を上に上げてみれば、そこには一匹の蜂が浮遊している。お尻に付いた円錐形《えんすいけい》の毒針が、桔音にその先端を向けていた。

「……ステータス」

桔音は苦し紛れに蜂のステータスを覗く。

ステータス

《名前》阻害蜂《パルズィシグナル》

性別	雌	種族	昆虫型魔獣　Lv5
筋力	3	体力	50
耐性	15	敏捷	60
魔力	0	称号	なし
スキル	『麻痺針』『群体行動』		

＊＊＊

おかしい、と桔音は眉をひそめた。

この蜂は敏捷能力に関しては桔音よりも高い。おそらく、桔音が攻撃を当てようとしてもけして当たらないほどの格差があるだろう。

だが、見てみればこの蜂の筋力はたったの『3』だ。だから桔音はおかしいと思った。

3、つまり一般人並の自分よりも筋力において劣っているということだ。なのに、仮にも『耐性』で100という数値のステータスを持つ自分の身体を、あっさり穿《うが》つ勢いで針を射出できるとはどういうことだ、と。

「どういうことかな……？」

昨日、桔音は狼たちを退ける為の作戦で、フィニアに大木をへし折ってもらった。そして蔓に括りつける際、フィニアはその大木を軽々持ち上げてみせた。フィニアの筋力が桔音の一二倍なら、それだけの力を持っていてもおかしくはない。

だがそれを踏まえると、防御力である『耐性値』において、蜂の筋力を大きく上回る桔音の身体は、この蜂の針を生身で受け止められてもおかしくない筈だ。

「まさか……ステータスの力を発揮できてない……？」

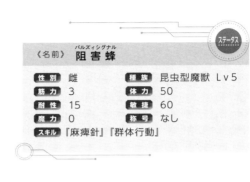

桔音は考える、もしかしたら何か見落としている部分があるのかもしれないと。自身のステータスの力を十全に発揮できていないのかもしれないと。

だが、それを考えている時間はなかった。

蜂は、思考する桔音を敵とみなし、その針が射出される。

「――――っ!?」

桔音はその瞬間、世界がスローモーションに見えた。針の先端が少しずつ近づいてきている。その向かう先は桔音の眉間、確実に死亡コースまっしぐらだ。

だがその時、桔音は不意に思い出した。フィニアが魔法をどうやって使っているのかを。桔音が魔法を使う方法を聞いた時、彼女は生まれた時から知っていた、感覚で使えるとわかっていたと答えた。

つまり意識的な部分で、桔音が自分のできると思っていることと、表示されるステータスが噛み合っていないということではないか？　つまり自分の肉体が針を防げる筈がないと桔音が思っているから、針はステータスの差を超えて桔音の肉体を穿ったという可能性。

(――――なら……一か八か)

桔音はスローモーションの視界の中で、生きる望みをまだ捨てない。

自身のステータスを信じ、桔音は迫る針が自身の肉体を穿てる筈がないと信じる。そう思い込み、その針に生身一つで対抗するイメージを走らせた。

「(まだ、死ねないんだ……!)」

そして針が桔音の眉間に触れ、その勢いのままに桔音の肉を穿とうとした瞬間。

――――カチンッ。

歯と歯をぶつけたような音が響く。

「……やるじゃん、耐性値１００」

蜂の毒針は桔音の肉体に弾かれ、地面に落ちた。

桔音はどっと吹き出る汗を感じながら、自分のステータスとその使い方を理解する。痛みはなく、傷もない。これが桔音がこの世界で唯一獲得した防御の力、桔音はそれを体感し、薄ら笑いを浮かべた。

そして今度は、毒などなかったかのように軽々と立ち上がる。

「耐性ってのは状態異常にも効くみたいだね」

本当は効かない筈の毒を効いていると思い込んでいたから、麻痺で動けなかったらしい。

効かないとわかれば本来は効いていなかった毒など屁《へ》でもない。桔音は針を失った蜂を素手で捕らえた。

どうやら蜂の方は桔音に攻撃が通らなかったことで狼狽《ろうばい》していたらしく、逃げるのが遅れてしまったらしい。

「針のなくなった君なんて、全然怖くない。ま、針があっても怖くないけどね」

調子を取り戻した桔音は蜂の顔を覗き見て、薄ら笑いを浮かべながらそう言う。

その澱んだ目で覗き込まれた蜂は、知性など存在しない筈なのに身体を硬直させる。桔音と対峙した蜘蛛が感じたように、危険な気配を本能で感じ取ったのだ。

蜂はジタバタともがく。なんでもいいからとにかく桔音からできる限り距離を取りたかった。

不気味で、気持ち悪い。

桔音のスキルにもある『不気味体質』、これがこの危険な気配の正体だ。

こうまで続けば、桔音自身も理解する。おそらくこの『不気味体質』は、敵と対峙し、精神的優位に立った時相手に恐怖を抱かせるスキルだと。

さらに桔音の推測が間違っていなければ、自身が精神的に優位に立った時、レベル差に関係なく相手を威圧し精神的に圧倒する凶悪なスキルだ。桔音が敵と認識していないと発動しなかったり、精神的下位に立っている時は発動しなかったりと、今のところ発動には様々な条件があるようだが、発動すれば確実に武器になる。

「ギ……ィ……！」

蜂は桔音の手で押さえ付けられ、桔音の目を直視させられる。目を離したいのに離せない状況が拷問のように感じられた。

すると桔音は、そんな蜂の感情を察したのか、口端を吊り上げながら蜂の羽を摑む。

「ありがとう蜂君、君のおかげでこれから少しはやっていけそうだよ」

そしてブチブチと音を立てて蜂の身体から羽を全て引き千切った。

蜂は悲鳴を上げようとするが、桔音はそれで他の蜂が寄り集まってくる危険性を防ぐ為に、蜂の口に地面に落ちている毒針をねじ込む。

どうやら蜂の毒は蜂自身にも効いたらしく、毒針を喰らった蜂はもがくのをやめて痙攣し始めた。

「あれ？　てっきり自分の毒は効かないんだと思ってた。どういう構造なのかな？　まぁいいや、ごめんね」

桔音は蜂を地面に落として興味が失《う》せたとばかりに視線を切る。殺す気は別になかった。桔音なりにステータスの使い方を教えてくれた蜂には感謝しているのだ。

とはいえ、羽を失った蜂はこのまま他の魔獣によって捕食されるのだろう。ほんのり可哀想だが、ソレを救うほどの感謝はしていない。

だがそれでも蜂は安堵《あんど》していた。

桔音が目の前から姿を消してくれることが、何より安心できたからだ。たとえこの後、自分が別の魔獣によって殺されるとしても、桔音が自分から離れてくれるのならそれでもいいと思うほど、桔音を恐れていたのだ。

「ああ、そうだよね、このまま放置すれば他の魔獣に食べられちゃうよね」

だが、桔音は気が変わったとばかりに振り返る。

言葉は理解できない蜂だが、桔音が振り返った瞬間に絶望を感じた。少しずつ桔音が歩み寄ってくる。人間で例えるのなら、首吊りの一三階段を昇らされているような気分だった。

桔音が蜂を持ち上げる。

「だから、僕が殺してあげた方がいいよね？」

「ギ……!?」

薄ら笑いから悪意を感じ取った。

不気味な気配が更に危険度を増す、蜂は無意識に痙攣とは別に身体を震わせた。魔獣の本能が恐怖を感じ、桔音による死が避けられないことを確信したのだ。

「さっきまでは殺さないつもりだったけど、君のことを考えたら殺した方が良いもんね。それじゃ、さようなら」

桔音は蜂を蹴り転がすと、その顔面に自身の足を落とす。

メキャグチャ、とグロテスクな音が響いて、桔音の足の下、蜂は潰れて死んだ。

蜂は自分に足が落ちてくる瞬間精神が崩壊したのを感じた。そして最後は桔音から逃れられることに安堵し、桔音の足が自分の顔を踏み潰していく感覚を他人事のように感じながら、スイッチが切れるようにその命を手放した。

「さて……ん？」

桔音は蜂を殺してフィニアの元へ向かおうとして、自分の身体に違和感を覚えた。すかさず『ステータス鑑定』で確認する。こういう時便利だなぁと思いつつ、自分の状態を確認した。

ステータス

《名前》 薙刀《ナギナタ》 桔音《キツネ》

性別	男　Lv4	種族	人間
筋力	40	体力	60
耐性	180	敏捷	50
魔力	20	称号	『異世界人』

スキル　『痛覚耐性Lv8』『不気味体質』『異世界言語翻訳』『ステータス鑑定』『不屈』『威圧』
固有《ユニーク》スキル　？？？
PTメンバー　フィニア

＊＊＊

どうやらレベルが上がったらしい。

魔獣を一匹殺した経験値と能力値の低さが幸いしてかなりのレベルアップとなったようだ。だがそれでもレベル1のフィニアのステータスに及ばないところが、やはり桔音が弱者である事実を再確認させてくれた。少しだけ肩を落とす。

「うーん……でもまぁ耐性上がったから良いとしようかな」

「きつねさぁぁぁぁん!!」

「おっと……！」

そこへ蜂相手に無双してきたのか無傷のフィニアが帰ってきた。

フィニアが戦っていた場所を見ると、地面が焼け焦げている部分が所々あるが蜂の死体や血は全く存在していなかった。全て焼却したようだ。

フィニアちゃんマジ容赦ねぇー、と思いながら、それでも桔音はこの状況を切り抜けられたことを素直に喜んだ。

それから桔音とフィニアはその場をすぐに移動する。

如何にフィニアが強くても、如何に桔音の意識が自身のステータスに追い付いたといっても、蜂の大群に襲われれば多勢に無勢。巣が近くにある可能性を捨てきれない以上、この場に留まるのは得策ではないと考えたのだ。

それに桔音としても、蜂の針を防げたからといって、先日の狼や大蜘蛛のような相手の攻撃を生身で受け止められるほど防御力が高いとは思えないのだ。正直なところ怖いものは怖い、そう何度も攻撃を受けたいとは思わない。

「街まであとどれくらいかな？」

「うーん、見た感じあと三分の一くらいじゃないかなっ」

「残り一〇キロか、そこそこ来たね……このまま行けば夕方頃には着けるかな？」

「死なければね！」

桔音とフィニアは少しずつだが街に近づいている。

とはいえ、状況はそれほど良くない。

戦力的に頼りのフィニアは、蜂との戦闘後かなり魔力を消費したらしく、現在は桔音の肩に座って魔力の回復を図っている。魔力は時間と共に回復するらしく、その回復速度は人それぞれ。フィニアなら二時間もすれば全快できるとのこと。

だがそれは、逆を言えば二時間弱無防備な状態で進むことを示している。

故に桔音は、ここまでの道中自身のステータスについて確認をしながら歩いていた。

『耐性』のステータスは確かめようがなかったので、『敏捷』や『筋力』のステータス確認の為に軽く走ってみたり、その辺の石を殴ってみたりする。

結果、『体力』と『敏捷』の向上もあって普段よりもちょっと速く、そして長く走れた気がした。石を殴った時は表面が少し割れた程度、『耐性』のステータス、もしくは『痛覚耐性Ｌｖ８』のおかげか、殴った拳は全く痛みを感じず、また傷めることもなかった。

結局、これといって戦闘になった時の武器はなさそうだった。

「そういえばフィニアちゃん、スキルって何？」

「スキル？　うーんとスキルっていうのは所謂《いわゆる》……その人のできること、かなぁ？」

フィニアは知識を絞り出すように説明する。

この世界においてスキルというものは、その人の持つ技能のことだ。

その獲得方法は主に二通り。

一つは、技能を習得してからスキルを獲得する場合。

例えば、一般人が剣術を学んで一定以上の剣術を身に付けたとしよう。その場合、スキルとして『剣術』を習得することができる。これが技能の習得後にスキルを獲得するケースだ。

二つ目は、何かのきっかけにスキルを獲得し、その技能を使えるようになるケース。桔音の『ステータス鑑定』などがそのケースだ。

またスキルには、アクティブスキルとパッシブスキルという種類がある。アクティブスキルはレベルの付いたスキル、パッシブスキルはレベルの付かないスキルだ。

アクティブスキルは能動的に発動のオンオフが利くスキル。パッシブスキルは常時発動しているスキルだ。といっても、パッシブスキルの中には条件が整わないと発動しない『不気味体質』のようなスキルもあるのだが。

アクティブスキルに付くレベルというのは、そのスキルの熟練度や効果の高さのこと。このスキルレベルを上げるには、自身のレベルやその技能の習熟度、ステータスなんかも関与してくるのだが、上がれば確実に強力なものになる。

例として、フィニアの『火魔法Ｌｖ３』を挙げてみよう。

彼女は火魔法が使える故に『火魔法』のスキルを習得している。そして彼女の高い魔力資質と火魔法を使いこなす技術、そして彼女の戦闘経験を踏まえて、現段階で『Ｌｖ３』という評価が付いているのだ。

つまりこのアクティブスキルについたスキルレベルは、そういったスキル所有者の実力に沿って上がるのである。

まとめると、その人自身のレベルは戦闘経験や知識を積むことで上がり、ステータスも適性やレベルに準じて向上するが、スキルレベルはその人自身のレベルだけでなく、スキル熟練度やその人の資質等によって向上するということだ。

ちなみにスキルレベルの基準はこうだ。

Ｌｖ１：初心者
Ｌｖ２：中級者
Ｌｖ３：上級者
Ｌｖ４：ベテラン級

Ｌｖ５：プロ級
Ｌｖ６：天才級
Ｌｖ７：英雄級
Ｌｖ８：勇者級
Ｌｖ９：人外級

という九段階だ。この世界において高位の実力者であってもＬｖ７に到達できるほどの才能を持った者はそういない。一般人が死ぬほど努力しても到達できるのは精々Ｌｖ５まで。Ｌｖ６以上はそれこそ天賦の才能をもった者だけの領域である。

「ふーん……できること、か……」

そんな説明を受けて桔音は考える。スキルレベルとはその人のできる技能のこと、ということで説明はつくが、『不気味体質』や『不屈』『威圧』といったスキルは技能では説明がつかない。目に見えないものを扱うスキルだからだ。

「アクティブとパッシブ……なるほど、意図的に発動するスキルか、常時発動型のスキルかの違いだね」

「まぁ、私もよくわかんない！」

とりあえず桔音はスキルレベルについてなんとなく理解できたので、その基準はよくわからないが一先ず思考を打ち切った。

フィニアはスキルはスキルだよ、という感じであまり深く考えないスタンスのようだ。

「それにしても、『不気味体質』ってなんだよ……これ絶対いじめの原因じゃん」

「でもそれどういうスキルなの？」

「知らない、まぁ蜘蛛や蜂の件を考えれば、相手に恐怖心を抱かせるとかじゃない？」

「きつねさん不気味じゃないけどなぁ」

桔音は『不気味体質』と『不屈』『威圧』という自身のパッシブスキルの効果を詳しく理解しているわけではない。蜂や蜘蛛の時は桔音の知らないうちにスキルが発動して怯えられていたので、桔音としては推測以上のことはわからないのだ。

また、おそらくはアクティブスキルである『ステータス鑑定』はスキルレベルが付いていない。自分のステータスを常時鑑定しているということならパッシブスキルだろうが、その辺りもまだよくわからない。

桔音は少し考えてみたものの、結局わかる筈もなかったので放置することにする。

「でもまぁとりあえずあの蜂程度のモンスターなら危険はなさそうだし、今までよりは安全度も上がったかな？」

「でも今のきつねさんの防御力って一般人に投げ付けられた小石を防げる程度でしょ？　安全もくそもないと思うけど？」

にぱっと笑いながら、また気落ちしそうなことを言うフィニア。桔音は確かにそうだなぁと思いつつ、気を取り直すように歩くペースを上げた。

＊　＊　＊

それから休憩交じりに結構歩いた。

二人とも疲労が見えるが、ここまで魔獣に遭遇せずに来れたことは幸運だろう。街までの残り距離は約三キロメートル、精神的にも大分余裕が出てくる距離だ。何せ残り一〇分の一までやってきたということなのだから。

「あとちょっとだね」

「うん！　私の魔力も全快したし！　これなら幾ら魔獣が出てきても大丈夫だよ！」

「というか、フィニアちゃんが僕を抱えて飛ぶことができればいいいんだけどね」

「悪いねきつねさん！　私の羽は一人用なんだ！」

「まぁ二人抱えるには羽が小さいか」

二人とも精神的余裕が出てきたからか会話も弾む。

しかし周囲の警戒は怠らない。ここはまだ森の中、魔獣が出てきてもおかしくはないのだ。

「でもあれだね……お腹空《す》いたね」

「私は食事を取らなくても生きていけるから別に？」

「この裏切り者め」

「あははっ、酷いやきつねさん！　いや……この場合酷いのは私……？」

「ほら行くよ」

「あ！　待ってよきつねさーん！」

他愛のない会話の中、どうでもいいことを腕組みして考え始めるフィニア。そんな彼女を置いて、桔音はさくさくと先に歩いていく。そんな桔音に思考を打ち切り、フィニアは慌ててそれを追いかけた。桔音も冗談だったのか、フィニアが来るまで足を止めて待っている。

だが、その瞬間状況に変化が起こった。

桔音の元へ向かおうとするフィニアが、背後からの衝撃で吹っ飛ばされたのだ。

「――――ッぇ⁉」

「⁉」

飛んでくるフィニアを受け止める桔音、だが落ち着いていられたのはそれまで。

フィニアを衝撃で押した現象は、それだけに収まらなかった。桔音がフィニアの飛んできた先を見る。だがそこにいたものを確認する前に――――桔音の腹の中心に何かが勢いよく突き刺さった。

「ごっ……ふ……⁉」

肺から空気が押し出され、その威力に大きく後方へと身体が吹っ飛び、地面に落ちても勢いが収まらずバウンドするように転がってしまう。

痛みは感じないが、何が起こったのか理解できずに頭が付いてこない。ジャリジャリと地面を擦《こす》りながら勢いが止まるが、それでも動揺は収まらなかった。

「な、何……？」

どうやら桔音の『耐性』ステータスが幸いしたようで、その衝撃は桔音の身体に傷を負わせてはいない。

色んな所に擦ったせいか学ランが少し破けたものの、身体はまだ動く。

桔音は腕に力を込めて身体を起こし、自分を吹っ飛ばした何かを見る。

自分が先ほどまでいた場所には、正体不明の何かがいた。

「――――♪　――――☆」

黒い瘴気《しょうき》のようなぐじゅぐじゅした塊、それが燃え盛る炎のようにそこにいた。

そしてその瘴気の中、赤い瞳が桔音を見ていた。

——死ぬ。

瞬間、桔音の頭の中に死の映像《イメージ》が流れ込んできた。

桔音は一瞬で理解する。対峙すれば殺される、戦えば殺される、絶対的に、絶望的に、目の前にいるのは格が違いすぎる怪物であること、それを理解する。

心の奥底から悪寒が生まれ、ゾクリと身体を震わせた。桔音は目を見開き慌てて立ち上がる。そして吹き飛ばされたせいか、足元で気絶しているフィニアを乱暴に掴み上げると、全力で走り出した。

「はぁっ……はぁっ……はぁっ……！　なんだ、アレ……！」

足がもつれる。ステータスが向上したおかげでずっと速くなった足が、今は物凄く遅く感じた。背後から凄まじい威圧感が少しずつ迫っているのがわかるのだ。

怖い、怖い、怖い、死ぬ、このままじゃ死ぬ。桔音は恐怖心に駆られていた。天地がひっくり返っても勝てないと確信していた。

「——♪　——☆　——♪」

しかも、恐ろしいことにあの怪物からは殺意が感じられない。

そう、あの怪物は桔音を殺そうと思っていないのだ。けして善良な存在だからではなく、そもそも桔音を殺すようなものだと思っていない。逃げ惑う桔音を追い詰める、それを楽しむかのように追いかけてきている。

だからこそ、捕まったら最後。殺しているという実感もなく桔音を殺す。

「なんだ……意味わからない……！　……はぁっ……はぁっ……!!」

呼吸が乱れ、元々疲労で残り少ない体力も尽きようとしている。精神がガリガリと削られ、桔音の瞳からは無意識に涙が零れていた。

「あぐっ⁉」

「――――♪」

黒い瘴気の怪物が桔音に飛びかかり、そして桔音の背中を僅かに切り裂く。

高い『耐性』ステータスを持つ桔音の防御力は紙のように破られ、切り裂かれた背中からは学ランに滲むように血が溢れる。

そして桔音は切り裂かれた弾みで地面に倒れてしまった。そうなれば当然、怪物は追いついてくる。

「ぐ……うっ……！」

動こうとするも、中々上手《うま》く動けない。

『痛覚耐性Lｖ８』のおかげで痛みはないが、負った怪我は当然肉体に少なくない影響を与える。動きが阻害されてもおかしくはない。だが桔音はなんとか前のめりの体勢ながらも立ち上がり、ふらふらと逃走を続ける。

黒い瘴気の怪物はそんな桔音を見て、瘴気の奥の赤い瞳を楽しげに細めた。理性はないようだが、桔音に先ほどまでとは別の興味を持ったようだった。

「ぐ……はぁ……はぁ……！」

足を一歩、一歩と前に出すたびに背中の傷が痙攣して身体が倒れそうになる。また、進むたびに地面に血液が付着して、逃走といいつつ自分の進んでいる道を教えているようなものだった。

だが、なんの気まぐれか瘴気の怪物はそれ以降桔音を襲ってこない。

ふらふらの桔音の速度は遅い。だから瘴気の怪物は既に桔音の隣にまで迫っていた。しかし、どうやら瘴気の怪物は桔音のことを観察しているのか、うろうろと桔音の周囲を動くばかり。

赤い瞳がずっと桔音に視線を送っていた。

「く、ひ、はぁ……はぁ……っ……！」

桔音はそんな怪物に対する恐怖で呼吸が更に荒くなる。

気絶しそうなほどの威圧感と次の瞬間には死ぬかもしれない恐怖、桔音の精神は既に限界だ。

そして遂に、耐えられなくなった。

「く……う、ああああああああ‼」

桔音は雄叫《おたけ》びなのか、悲鳴なのか、大きな声を上げてポケットから折れたナイフの刃の部分を取り出して振るう。だが、瘴気の怪物は軽々とそのナイフを躱《かわ》し、どころか桔音の手から易々と奪い取った。

「なっ……!?」

「――――？　――――♪　――――☆」

しばらくナイフを眺めていた瘴気の怪物は、興味が失せたようにそれを投げ捨てた。

そしてずいっと桔音の顔を覗き込むように近づいてくる。

「何これ……こんな化け物がいるなんて……聞いてないんだけど」

「――――♪♪♪」

桔音がそう呟くと、怪物はまた楽しそうに赤い瞳を細めた。何か喋《しゃべ》ったわけではないが、怪物の感情が伝わってくる。

だが桔音はその怪物を眺めながら、自分の精神が落ち着いてきたのを感じる。極限まで到達したからか、逆にフラットになれたのかもしれない。

今すぐに殺されるかもしれないが、今はまだ生きていると気を取り直すことができた。

「（……この怪物が何かわからないけど……まだ生きてる、まだ動ける……！）」

桔音は自分の手の中にいるフィニアを見て、折れかけた心を奮起させる。

「（しおりちゃんとの約束……守らないとね。まだ死ねないし、死にたくない！）」

そう思った時、突如桔音は身体の内から力が込み上げてくるのを感じた。身体が動く、傷はまだ治ってないが、抵抗なく動く。

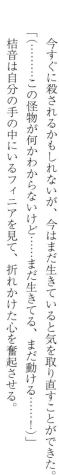

ステータス

《名前》　薙刀《ナギナタ》　桔音《キツネ》

性別	男　Ｌｖ４　『不屈』発動中		
種族	人間		
筋力	140	体力	160
耐性	280	敏捷	150
魔力	120		

死に瀕して興奮しているのかもしれない、アドレナリンってやつかと考えながら、重い身体に鞭《むち》を打つ。

桔音は気がついていないが、これはスキル『不屈』の効果だ。

戦闘時、精神的に生存を諦めない限り一時的にステータスの限界を超えて動くことができるスキル。この時桔音が『ステータス鑑定』を使っていればわかっただろう。

＊　＊　＊

こうなっていることに。

何はともあれと、桔音は動くようになった身体で駆け出した。その速度が先ほどよりもずっと速く、その差に瘴気の怪物は少し驚いた様子だ。

だが、それでも怪物は悠々と桔音の背後に追い付いていてくる。『不屈』によるステータス補正が付いても、桔音は未だ怪物に及ばない。圧倒的な差がほんの少し縮まっただけで、格の差に変わりはないのだ。

「はぁ……はぁ………やっぱり……死ぬんじゃね？」

桔音は先ほどよりは整った息遣いででき得る限り速く走るものの、桔音の速度に合わせて隣を並走する怪物を見れば、ぽろりと弱音も出る。

「（軽口が叩けるくらい精神的には余裕が出てるけど、多分アドレナリンのせいだし……まず勝てる気がしない……でもこのまま街まで逃げ切れれば……！）」

それでも先ほどよりも速いペースで走れていることを実感しながら、このまま街まで逃げ切る道を選んだ。怪物から感じるおぞましい気配と圧倒的プレッシャーには参るものがあるが、それでも結局ここまでまともに戦えば死ぬ怪物たちを相手にしてきたのだから、今更もっと強い奴が出てきたところでどうということはない。

「なんて開き直ってみたりして！」

「―――――！　―――――♪」

桔音は急にブレーキを掛け、方向転換。瘴気の怪物は不意を衝《つ》かれ、勢い余って少し先まで走って立ち止まるも、再度桔音を追うべく方向転換する。

だが、桔音は今の方向転換で少しだけ距離を稼いだ。すぐに追い付かれるだろうが、それでも距離を稼いだことに変わりはない。

追い付かれる前に何か策を考えるべく周囲を見渡す。

「…………何もねーじゃん!?」

だが走りながらショックを受けた。森の中故に何もない。策を思い付かないまま、普通に追い付かれた。

「――――♪♪　――――☆」

「あー……このまっくろくろすけが」

「――――！」

すると腹を括ったのか枯音の雰囲気が変わった。

立ち止まり、瘴気の怪物を睨み付ける。大人しく街まで逃がしてくれるような相手でもなさそうだし、まくにしても向こうの方が速い、どうあがいても無理そうだと判断したのだ。

「というか、街まであと約三キロじゃん……逃げるにしてはまだ遠いじゃん……僕何考えてんの」

「――――？」

枯音が呟きながら生きる意志を瞳に宿す。枯音の死ぬわけにはいかないという想いが、『不屈』の効果と相まって――――瘴気の怪物の狂気を上回った。

それはつまり、『不気味体質』の発動条件が整ったことに他ならない。

「とりあえずやられっぱなしは趣味じゃない」

「――――？　――――？？」

怪物は枯音よりもずっと強い怪物だ。

枯音は会ったことはないがドラゴンとかそういった種類の災害と同じ圧倒的強者だろう。

だが、『不気味体質』はそういったレベルの差を関係なく作用する。実力で劣っていようが、どんな相手にも精神的に上位に立つスキルなのだから。

「抵抗して抵抗して、死ぬ前に逃げる。掛かってこいよまっくろくろすけ！」

「――――♪」

桔音の言葉に、困惑していた怪物が初めて喜びの感情を見せた。どうやら桔音に一層興味を持ったようだ。

プレッシャーが更に大きくなる、

だが精神的優位に立つ桔音には多少相手が強そうに見えただけのこと、大した効果はない。

「そりゃあ‼」

「――――☆☆」

桔音は地面に転がる石を怪物に投げ付ける。当然、怪物は避けるが、桔音はその瞬間に怪物の目の前まで踏み込んでいた。『不屈』によって引き上げられた速度は、怪物の予想していた速度を大きく超える。

「隙あ、りッ‼」

そこへ折れたナイフの柄《つか》の部分を取り出し、残った刃の部分を横薙ぎに振るう。すると瘴気の怪物の中に入った刃が何かを掠った。瘴気から振り抜いて出てきた刃にほんの少しだけ血がついているのがわかった。

――――攻撃は通る！

桔音がほんの少し気を緩めた、瞬間だった。

「――――♪☆♡♪☆☆☆♡♪」

怪物が音にならない雄叫びを上げた。

その雄叫びに『不気味体質』が強引に解除され、『不屈』も弾かれるように効果を喪失してしまう。その事実に目を見開いて驚愕する桔音。だがその一瞬の隙が命取りだった。

「ツァ――――はッ……⁉」

気がつけば、桔音は空を舞っていた。

上下左右がわからない、一瞬の出来事すぎて何が起こったのかもわからない。ただわかるのは、自分は森の上まで吹っ飛ばされて、空を舞っているということだけ。

そして空を舞い上がる速度が緩んで頂点に達した時。

「ごぶっ……⁉」

強大な運動エネルギーから解放された桔音の口から、大量の血が吹き出た。

赤い血が重力に従って落ちていくのがぼんやり見える。

そして、じわじわと腹部に走る――――痛み。

桔音がされたのは、瘴気の怪物が凄まじい速度で放ったアッパー気味の攻撃。

怪物の攻撃は桔音の腹部を正確に捉え、そのあまりの威力に桔音は空へと吹っ飛ばされてしまったのだ。

そして、その威力の高さは桔音の『痛覚耐性Ｌｖ８』の痛覚遮断効果を超えて桔音に痛みを与えた。

「(………くそ、動かないなぁ……身体)」

『不屈』も『不気味体質』も解けて、背中の傷による行動の阻害も戻ってくる。高く跳ね上げられた身体が下に落ちていくのを感じながら、身体の限界を悟った。

「(フィニアちゃんは……死なせたくないなぁ……)」

あまりに速い攻撃だったからだろう、まだ自分の手の中にフィニアはいる。

それを幸いだったと思い、桔音はお面を外し、フィニアと共に抱きしめるようにして、地面に背中を向けた。これなら地面に衝突したとしても、お面とフィニアだけは無事で済む。

「しおりちゃん………ごめん」

そして落ちていく桔音は地面に衝突する瞬間、そう呟いて意識を失った。

最後に桔音が見たものは、落ちてくる桔音を楽しげに見ていた――――赤い瞳だった。

＊＊＊

――真っ暗だ。

なんだか懐かしい……うん、これはあれだ、死んだ時と同じだ。深く、冷たく、暗い海の底にどんどん沈んでいく感覚。でも、前の時よりは落ちていく感覚が随分とゆっくりだ……これは多分あの時よりは致命傷ではないってことなのかもしれない。ステータスのおかげかな。

でもこのままだと死ぬのは確かだ。死ぬのは嫌だ、なんとか上へと戻りたいけど、身体の感覚がない。意識だけが沈んでいく感覚で、手を動かそうにも手がない、足をバタつかせようにも足がない。

駄目だ、打つ手なし……これは死ぬかなぁ……。

フィニアちゃんはどうなったんだろう、お面は護ったから落下した段階じゃ死んでないと思うけど……あの怪物がフィニアちゃんを生かして去る可能性は低い。あの赤い瞳を思い浮かべると……また少しだけ怖くなった。

すると。

「――――！」

沈んでいく身体が突如浮上していく感覚に陥った。

何かが僕のことを包み込んで引っ張り上げているような感じだ。これはもしかしてもしかするのかもしれない、僕はまだ……生きていられるのかもしれない。

暗闇の中で一つの光が見えた。手の感覚はないが、意識的に手を伸ばす。少しずつ光が大きくなって、そして周囲全体が真っ白い光に包まれた時――声が聞こえた。

「――ね――ん！　――つね――ん！」

ああ、これはあの子の声だ。僕の親友、しおりちゃんの声。彼女が呼んでる、行かないと……。

僕の意識は、光に呑まれた。

＊　＊　＊

「きつねさん！　きつねさん‼」

森の中、地面に倒れている桔音を呼んでいる声が響いていた。

その声の主は、小さな妖精、フィニア。その両手を倒れている桔音に向けて、何度も何度も治癒魔法を発動させている。魔力が切れて尚使用しようと両手を向けているが、当然もう魔法は発動しない。

桔音は自身の血の海に沈んでいた。傷は治癒魔法にて完治しているが、出血が多い。桔音の顔は青白く、今にも死んでしまいそうな状態であることは誰が見ても明らかだった。

「きつねさん！　起きてよ！　目を覚ましてよ！」

魔力切れで飛ぶこともできないほど憔悴しているフィニア。普通なら疲労で気絶しても仕方がないのだが、フィニアは必死に桔音に呼び掛けていた。

フィニアが目を覚ました時、既に瘴気の怪物は姿を消していた。

代わりに桔音が瀕死の状態で倒れていたのだ。そもそも、フィニアは敵の姿を見ていない。何が自分を襲い、その後どうなって桔音がこんな状態になったのか、フィニアは全く知らない。とにかく必死で治癒魔法を使い続けていた。

「きつねさ――――……はぁっ……はぁっ……！」

呼び掛ける声が小さくなり、荒い呼吸になっていく。膝を折り、地面に座り込んでしまった。目の前に力なく横たわる桔音の指を抱きしめ、普段の笑顔を消してすすり泣く。ぽろぽろと涙を流し、嗚咽と共に小さな泣き声を響かせた。

「うぇ……きつねっ……さ……！　うぇぇぇん！　ぎづねさぁぁぁん！」

幼い泣き声が大きくなる。彼女の涙が桔音の手をじわりと濡らした。

すると、濡れた手がピクリと動く。

「まったく……泣くんじゃないよ……フィニアちゃん……」

「っ！　きつねさん！」

「けほっ……はぁ……はぁ……どうにか、生きてるみたいだね」

「うん……良かった……！」

桔音は蒼白《そうはく》な顔色のまま、身体を起こした。

そして、周囲を見て瘴気の怪物がいなくなっていることを確認する。とりあえず危機的状況が去ったことを理解すると、意識せずとも安堵の息が漏れた。

そして嫌な汗を拭う為に顔の半分を覆うように左手を置いて、気づいた。

「………？　……フィニアちゃんごめん、僕の顔……左側、どうなってる？」

「っ……」

桔音の問いに、フィニアは息を呑む。おそらく気がついていて、言いづらいのだろう。だが、桔音がフィニアの瞳を見ると、目を逸らしながらぽつりと口を開いた。

「……きつねさんの左眼《め》が……なくなっちゃった……」

フィニアの言う通り、桔音の左眼が眼球ごとなくなっていた。その証拠に、桔音の左眼のあった場所には、ぽっかりと赤黒い空洞が広がっている。

桔音はその事実に、自分が死にかけ、フィニアが目覚めるまでの間に何があったのかをなんとなく理解した。おそらく、あの瘴気の怪物、赤い瞳を持ったあの怪物のせいだ。

桔音とフィニアが意識を失っている間に、あの怪物は桔音の左眼を『喰った』のだ。

あれが魔獣なのか、それとも別の生き物なのかはわからないが、人を襲う以上人を喰らう可能性は十分に考えられる。

桔音は失われた左半分の視界を感じながら、左眼の空洞から手を離す。フィニアの治癒魔法のおかげか、出血はない。

「……眼、か……」

桔音は自分を心配そうに見上げるフィニアの頭を指先で撫でて、立ち上がる。きょろきょろと辺りを見渡して後方に狐のお面を見つけると、ふらふらと歩み寄り、拾い上げた。

そして、へたり込んだままのフィニアに手を伸ばす。

「きつねさん……」

「大丈夫……進もう……」

フィニアは桔音の言葉に口を噤《つぐ》み、差し伸べられた手の上に乗る。

桔音に残された右の瞳は濁ったように暗かった。蒼白な顔色なのも相まって、その姿は幽鬼のようで、少し不気味だ。それでも、濁った瞳には微かに生きる意志が残っている。

今や篠崎しおりとの約束だけが、桔音を支えていた。

ふらふらと、桔音は進む。街まではもう少し。

桔音は、手に持ったお面を着けた。今度は頭の横に掛けるのではなく、しっかり顔を覆うように。顔にできた赤黒い空洞を隠すように、蒼白な顔色を覆い隠すように、狐の表情を纏った桔音。

「あと、ちょっとだ……」

少しずつ、だが確かに足を進ませていく。


時刻は夜、空も大分薄暗くなってきた頃。

桔音とフィニアは大きな木の下で休息を取っていた。桔音はお面を外さず、木に寄り掛かって眠っている。

フィニアはそんな桔音の横で周囲を警戒していた。

彼女、というより妖精は生きていく上で食事や睡眠を必要としない。厳密には、食事や睡眠を取ることはできるが、必ずしも必要ではないというわけだが。

妖精が生きていく上で必要なのは、自身の媒介である『自然』か『想いの品』だ。

とはいえ、妖精たちは人間と同じように肉体と精神を持っている。人間同様、致命傷を負えば普通に死ぬ。

自然種《プラント》の妖精は死んでも新たな妖精が生まれるが、思想種《イデア》は想いの品が残っていたとしても復活はしない。

寿命はないが、想いの品が健在であれば不死身になるわけではなく、殺されれば普通に死んでしまう。勿論、想いの品が破壊された場合も死んでしまうのだが。

それはさておき、睡眠を必要としないフィニアは夜を徹して見張りをしていた。

その最中も普段とは打って変わって暗い表情で、何度も桔音を見ては目を逸らしている。その胸中には、罪悪感が広がっていた。

彼女は後悔しているのだ。自分が護ると言った傍《そば》から、桔音を瀕死に追いやったことに責任を感じているのだ。

「きつねさん……」

しかも、眼球一つという取り返しのつかない代償を支払わせてしまった。

自分の力ではどうすることもできない損傷。現実、治癒魔法を使っても損傷は治せなかった。治癒魔法のスキルレベルが足りないのか、それとも魔法ではどんなにレベルが高くても治せないのか、覆せない事実にフィニアは思い詰めてしまう。

「きつねさんは……私が護るよ」

フィニアはそう呟いて、小さな拳を固く握り締める。魔力は回復した、身体も動く。

もうこれ以上は桔音を傷付けたくない、自分の命を犠牲にしてでも守り抜くのだ。

フィニアはその亜麻色の瞳に決意を浮かべた。

「これからは私が……きつねさんの左眼になる」

お面に隠された桔音の顔に小さな手を置きながら零れたその呟きは、薄暗い森の中に小さく響いて、消えていった。

夜が明けた。

桔音が目を覚まし、フィニアと共にまた歩き出したのは早朝のこと。

瘴気の怪物と会う前は弾んでいた会話もなくなり、気まずい沈黙の中、桔音たちは進んでいた。

昨夜の時点でかなり進み、街まではもう残り一キロメートルを切っている。周囲の様子も様変わりして、木々と木々の間にある隙間が段々広くなり、草木の高さも低くなっていた。そのことからも、もうじき森を出られるだろうという期待も生まれていた。

「…………」

「…………」

お面に隠された顔がどんな表情を浮かべているのか、フィニアにはまだわからない。昨日よりは足取りも軽くなってきているので、おそらく一晩寝て大分体調は回復したようだ。

ここ三日の間に桔音が食べたものといえば、道中見つけた食べても大丈夫そうな草や木々に生《な》っていた木の実。食べても身体に変化はなかったので、幾つか取って食べていたのだが、今やそのストックも尽きている。

と、そこでもう何時間ぶりに、桔音が口を開いた。

「…………フィニアちゃん」

「っ！　な、何かな！」

「ごめんね、もう大丈夫。大分気持ちの整理が付いたよ」

桔音はそう言ってお面を外し、苦笑する。

そのお面の奥の左眼には、変わらずぽっかり空いた空洞が見えた。だが、桔音はそのことについて自分なりに踏ん切りをつけたようだった。その証拠に桔音の表情にもう憂いはない。

「う、うん！　私こそごめんなさい……護るって言ったのに……」

「あはは、気にしなくても良いよ。アレはきっとフィニアちゃんでも敵《かな》わない相手だ……それより、フィニアちゃんが無事で良かった」

「……うん」

桔音から少し離れて飛んでいたフィニアは、そこでようやく桔音の肩に降り立って、桔音の頬に自身の頬を合わせた。そうやって二人の間にあった気まずさやわだかまりが解けて消えていく。

まだ精神的な傷が完全に癒えたわけではないが、二人の表情は先ほどよりも少しだけ晴れやかだった。

「あ……フィニアちゃん、見て」

「え……あ！」

桔音が指差した先、そこには――――広い草原が広がっていた。

森を抜けたのだ。そして、その草原を見渡した先に、街が見えた。

この三日間、ずっとここまで来られるように頑張ってきたことを考えれば、桔音とフィニアの表情が明るくなる。

「やった……！」

「行こう！　きつねさん！」

桔音はフィニアの声に駆け出す。街まではもう少し、見えているのだから、走ればすぐだ。ステータス的にも大きく能力が向上した桔音は、できる限り速く進む。少しずつ街に近づいて、気持ちも喜びが大きくなる。

だが、ここで最後の邪魔が入った。

「なっ……！」

「ここに来て……！」

街と森の間の草原で、桔音の前に魔獣が現れた。大型犬並の大きさの狼が数体。敵意剥き出しで、桔音を獲物として見ているのがわかる。

「……なるほど、でも君たち程度じゃ、あの怪物の足元にも及ばない」

だが桔音は怯えない。

ステータス

《名前》 薙刀《ナギナタ》 桔音《キツネ》

性別	男　Ｌｖ４『不屈』発動中		
種族	人間		
筋力	140	体力	160
耐性	280	敏捷	150
魔力	120	称号	『異世界人』
スキル	『痛覚無効Ｌｖ1』『不気味体質』『異世界言語翻訳』『ステータス鑑定』『不屈』『威圧』『臨死体験』		
固有《ユニーク》スキル	???		
PTメンバー	フィニア		

徹底的に死の恐怖を味わい、二度の臨死体験を経た桔音には怖いものなんて何もない。桔音はこの世界に来てから、死すら乗り越え精神的に強くなっていた。一度巨大な脅威を経験したのだ、こんな些細な脅威に今更恐怖するわけもない。

そして、それは桔音にとって最も確実に力となる。

「ステータス」

桔音は『ステータス鑑定』を発動させた。

＊＊＊

「あれ？　なんか『痛覚耐性Ｌｖ８』が変質してる？　んー、まぁいいか……さて、あの怪物を相手にしてみて理解したことがあるんだよ」

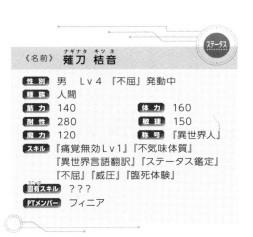

「グルルル……！」

「スキルの発動の仕方」

桔音がそう言うと、狼たちの視界に一瞬何かが見えた。それは生物のようで、生物でない存在、それは死そのものを体現したような存在だった。

――――『不気味体質』

狼たちは一歩後退る。桔音の雰囲気が変わったからだ。

怖い、不気味、近づきたくない、そう思うほどの不気味な威圧感。全員で掛かれば確実に殺せるであろう弱者なのに、近寄りがたいと思う危険な気配。

「ああ、あと……これもね」

桔音はそう言って薄ら笑いを浮かべた。そしてその瞬間、次なるスキルが発動する。

――――『威圧』

狼たちが受ける威圧感が、更に重くなった。

押し潰されるかと思うほどの重圧、狼たちは逃げ出したいと思いながら、その場から一歩も動けずにいた。あまりの威圧感に身体が硬直してしまっているのだ。

「アクティブスキルはそういう行動ができるってだけ……でも、パッシブスキルには発動に条件があるものがあるみたいだ……僕の『不気味体質』とかだね。これを発動させるには、きっと精神的なトリガーが必要なんだ。僕の場合はそれが恐怖心に深く関わっている……僕のスキルはおそらく、僕が精神的に安定している時にしか発動しない」

狼たちは桔音の独白を大人しく聞かざるを得ない。動けないのだ。

「そして、僕のスキルは相手の精神を威圧する類のモノ……さて僕が怖いかな?」

桔音は薄ら笑いを浮かべながら狼に近づく。そして動けないでいる狼の頭を撫でて、そのままその横を通り過ぎる。

「じゃあね、弱い人間も馬鹿にできないことがわかったなら……やみくもに襲い掛からないことだ」

桔音がそう言ってスキルを解除すると、狼たちは金縛りが解けたように動けるようになった。

だが、桔音に襲い掛かるような真似はせず、怯えるように森の方へ去っていった。桔音はそれを首だけ振り返りながら見送ると、薄ら笑いを浮かべてまた歩き出した。

「きつねさん、いいの?」

「いいんだよ、今は僕たちが生きていれば……それでいい」

「……そっか……そうだよね」

フィニアがにぱっと笑う。

桔音が薄ら笑いを浮かべる。

いつもの二人に戻ったところで、桔音とフィニアは街の入り口に辿り着いた。

「やっと……辿り着いた」

「うん……!」

「良かった――」

だが、桔音はそこで意識を失う。

回復したとはいえその身体と精神には多大な疲労が蓄積している。桔音は街に辿り着いた安心感からか、スイッチが切れたように倒れたのだった。

「きつねさん⁉　きつねさん！」

フィニアはそんな桔音を心配して呼び掛けるが、桔音が規則正しい呼吸をしていることから、気を失っているだけだと安心する。

しかしこのままここに放置するわけにもいかない。困った表情を浮かべるフィニア。

と、そこに、

「えーと……大丈夫か……じゃなくて、ですか？」

「え？」

そんな声が掛かったのだった。

第二章　奴隷の少女　ルル・ソレイユ

桔音が目を覚ました時、最初に視界に入ってきたのは木目のある天井だった。左手で顔を撫でると、顔の左側には包帯が巻かれている。おそらく誰かが手当てを施したのだろう。

桔音は身体を起こし、周囲を確認する。

どうやらベッドに寝かされていたようで、身体に掛かっていた毛布がぱさりと落ちた。構わず横を見ると、手を伸ばせば届く距離に木のテーブルがあり、その上に桔音の物であるお面と簡単な食事が置いてあった。

なんとなく状況を理解した桔音は、ベッドから足を下ろしお面を頭の横に来るように着け、立ち上がる。

「……ここは」

どうやらここは誰かの部屋らしい。桔音以外には誰もいないが、待っていれば誰かが帰ってくる筈だ。

そして次に桔音はフィニアの姿を探す。お面を『ステータス鑑定』で見てみるが、どうやらお面の中にはいないようだった。おそらくこの部屋の主《あるじ》と共にいるのだろうが、これまで行動を共にしていた相手がいないというのは、中々寂しさを感じるものがある。

すると、桔音の腹から空腹の音が鳴った。

桔音は自分のお腹を擦《さす》ると、一先ずこの部屋から出るのは得策ではないと考え、テーブルの上に置かれた数個のパンと果物に手を付けることにした。おそらくは桔音の為に用意された物だろう。

人の手によって加工された食料を食べるのは随分と久しぶりな気がして、少しだけ感傷的になる。だが一口食べればその手は止まらない。どうやらかなり空腹だったようで、テーブルの上にあった食事は全て、ものの数分で桔音の腹に収まってしまった。

「……ふぅ、ごちそうさま。さて、お腹も膨れたし……とりあえず……二度寝しよう」

「うっわー他人の部屋で厚かましいね！　流石きつねさん最悪だ！」

「……やぁフィニアちゃん、おはよう」

「おはよ！　というか今はもうこんにちはの時間だけどね！　ぐっどあふたぬーんだよ！」

「あはは……というかどこから入ってきたの今？」

「扉から！」

桔音は食事を終え、ベッドに腰掛ける。

するといきなり入ってきたフィニアが、いつものような毒舌を吐きながら桔音の胸に飛び込んできた。桔音の回復に喜んでいるようで、口は悪くとも悪い気はしない。

桔音は苦笑しながらフィニアを撫でると、その視線を部屋唯一の出入り口である扉に向けた。

そこには、長い緋色《ひいろ》の髪を後頭部でお団子のように纏《まと》めた少女がいた。年齢は桔音と同じくらい、翠色《みどりいろ》の瞳が特徴的で、服の合い間から見える肌には包帯や湿布《しっぷ》が多く見られる。だが何より桔音の目を引いたのは、彼女が片手に携えていた剣だ。

とはいえ、まずはこの部屋の主である彼女のことを知らねばならない。

「えーと……君は……？」

「あ、ああ……もう怪我は大丈夫、ですか？」

「あ、うん……いや無理に敬語とか使わなくても良いよ？」

「んんっ！　あー、すまないな、実は畏《かしこ》まって話すのは苦手なんだ」

やや警戒心を抱きながら、それを隠して問いかけた桔音に、少女は苦笑気味にそう言う。

桔音は元の世界での生活や、この世界で今まで命の危険に晒されていたことから、現在悪意や殺気に随分と敏感になっている。

しかし目の前の彼女に悪意がないことを感じ取ると、少しだけ警戒を解く。

「えーと……君が僕を助けてくれたのかな？」

「あ、ああ……この国の入り口に倒れていたからな。本当なら医者に見せにいくところだったんだが、何か訳ありな様子だったからな……とりあえず私の利用している宿に運んだんだ」

「そう……ありがとう、左眼の手当ても君が？」

「ああ、勝手だが放っておくと傷口が悪化するからな」

「そっか、ありがとう……ん、国？」

「ん？　ここはミニエラという名の国だが」

桔音は少女の説明に頷きながら、手当ての礼を言うが、ふと彼女の言葉に引っ掛かった。桔音は街を目指してやってきたつもりだったが、違うのだろうか。

そんな桔音の問いに少女はすらすらと答えた。彼女によると、どうやらここは街ではなく国だったようだ、異世界故に、桔音とは国の人口数の常識が違うらしい。

そこまで聞いて、桔音は色々世話になっていることに対して再度礼と共に頭を下げた。

「えーと、ごめん君の名前は……」

「ああ、すまない紹介が遅れたな……私の名前はトリシェ・ルミエイラ。家名でなければ好きなように呼んでくれ」

「うん、僕の名前は薙刀桔音……ああ、きつねでいいよ」

「うん？　ナギナタ……が、名前じゃないのか？」

「いや、僕の場合は桔音が名前なんだ……そっか、こっちでは桔音・薙刀になるのかな？」

こっちの世界では元の世界と色々違うことがありそうだ、と思いながら、桔音は名前を言い直す。桔音の説明にトリシェはなるほどと頷きながら笑みを浮かべた。そして、桔音に歩み寄って手を差し出す。

「まぁ事情はともあれ悪い奴ではなさそうだな……それに、きつねが起きるまでにフィニアと少し話したが、悪意は感じられなかった。とりあえず、よろしく頼む」

「うん、よろしくね……えーと、リーシェちゃん？」

「トリシェなんだけど……まぁ良い、好きに呼んでくれ」

「愛称リーシェちゃんだね！　私もよろしくー！」

唐突に愛称で呼ばれることに苦笑するトリシェ、改めリーシェだったが、嫌ではなさそうだった。

桔音は彼女から差し出された手を取り、握手する。フィニアもまた、繋がれた二人の手に両手をついて、にぱっと笑った。

桔音とリーシェはそんなフィニアの純粋な笑顔を見て、ここまで初対面で少し緊張気味な空気が緩んだのを感じる。これもまた、彼女の魅力なのだろう。

「それじゃ、とりあえず食事にしようか。きつねも置いてあった食料だけじゃ足りないだろう？　今フィニアと共に食料を買いにいってたんだ」

「そうなの？」

「そうなの！」

見れば入り口近くに荷物の入った布袋があった。おそらく食料が入っているのだろう。

桔音は腰掛けていたベッドから立ち上がり、リーシェに付いて部屋を出る。外に出ると部屋の中と同じ木造の廊下が延びており、先ほどまで桔音がいた部屋の他にも幾つか扉が並んでいた。

そして廊下の端にあった階段を下りていくと、広い空間に出る。

テーブルが数多く並んでおり、どうやら一階は食堂になっているようだ。数人のウェイトレスが食事を運んだり、掃除をしたりしている。また宿の受付もあるようで、そこにはこの宿の女将《おかみ》らしき人が立っていた。

「この宿は客用に調理場が使用できるんだ、だから食料さえ用意すれば自分で好きに食事を作ることもできる」

「へぇ……ってことはこの宿から料理をもらうこともできるの？」

「ああ、料金を払えば朝昼晩と三食ちゃんと出てくる。まぁ指定時間内に食堂に来なければ食べられないんだけどな」

「実家のようなシステムだね！」

リーシェの説明に桔音は頷き、フィニアはそんな感想を言う。

ふと、桔音はリーシェを見る。宿からはお金を払えば食事が出る、だが先ほどリーシェはフィニアと食料を買いにいっていたと言った。ということは、

「もしかしてリーシェちゃん……料理できるの？」

「む、失礼な……これでも料理は得意なんだ、友達にも店を出せるレベルだと言われたことがある」

「へぇ、それは期待が高まるね！」

「ああ、フィニアのもちゃんと作るから座って待っててくれ」

桔音の言葉に少しムッとしたのか、やる気を出したリーシェがそう言い残し、厨房《ちゅうぼう》のある奥の部屋へと姿を消す。

桔音とフィニアはリーシェに言われた通りに空いているテーブルに腰掛けた。

桔音はリーシェが姿を消すと、少しだけ身体の力を抜く。思ったより気を張っていたらしい。一つ、溜め息をついてから、テーブルの上に足を伸ばして座るフィニアに視線を向け、口を開いた。

「フィニアちゃん……僕、どれくらい寝てた？」

「うん？　えーと、この国に着いたのは朝方だから……五時間くらい？」

「そっか……それじゃリーシェちゃんと一緒に買い物に出てたって言ってたけど……この街……ああ国だっけ、の様子はどんな感じだった？」

「賑《にぎ》やかだったね！　きつねさんの住んでいた所とは建物や店の雰囲気もかなり違うし、文化的にも別世界って感じだったよ」

リーシェがいなくなったことで、桔音はフィニアからこの世界の情報を聞く。

元より、この国に来た目的は魔獣たちからの安全確保と、この世界についての情報収集だ。少しでも情報を集めなければ、元の世界に帰るなんて夢のまた夢。最悪この世界で生活することになったとしても、右も左もわからなければそれも無理があるだろう。

その証拠に、桔音は目を覚ましてからリーシェとの会話や周囲の景色を観察して、少しずつこの世界についての知識を収集していたのだ。

ここまでで得られた情報としては、まずは名前。

異世界にありがちだが、この世界で和名は珍しいようだ。リーシェの名前からして片仮名の名前が常識的なのだろう。となれば、フィニアと名付けたのは中々良い選択だったということになる。

さしあたって桔音はこの世界において名字は名乗らないことにした。フィニアに名乗った時のように、ただの『きつね』として名乗ることとする。

「フィニアちゃん……異世界から来たことは、内緒ね」

「え？　……うん、わかった」

また、異世界から来たということは秘密にしておくことにした。

桔音の言葉に首を傾げたフィニアだったが、それでも理由は訊かずにただ頷いてくれる。

『異世界人』というものは、自身の称号としてステータスに表示されるほどの異質な存在だ。ならば、これは隠しておいた方がいい。少なくともこの世界において異世界人という存在が認知されているかいないか、また認知されているとしてどういう存在としてなのか、それがはっきりするまでは。

まして、桔音の服装は異世界の学ランだ。一文無しだからこの服装を変えることはできないが、それでもリーシェの騎士のような服装を鑑みれば、桔音の服装がこの世界において珍しいことは容易に理解できる。

「……とりあえず、ここで生活するには多少なりともお金が必要だ。早めに働き先を見つけないと」

「あ、じゃあ冒険者になってみようよ！」

「冒険者……？」

「うん、さっき買い物にいく途中で見つけたんだ！　冒険者ギルド！　リーシェちゃんにも聞いて確認したから間違いないよ！」

冒険者ギルド。

桔音はそれを聞いて少し考える。

冒険者ギルドといえば異世界の定番だ。依頼を受注し、魔獣を討伐したり薬草を収集したりすることで報酬金をもらう仕事。所謂なんでも屋のようなものだ。

だが、それ故に危険も付き纏う。魔獣と戦うリスクは街に逃げてきた桔音からすればあまり背負いたくはないし、仮に平和的な依頼だけを受けたとしても、周囲に『魔獣を殺せる人間』がいるのはやはり怖くもある。

「でも……それしかない、かなぁ」

リーシェの反応から、この世界においてもその人の『素性』というものはそれなりに重視されていることはわかる。彼女は桔音たちのことを訳ありと言った。公的機関に連れていかなかったのはフィニアが頼んだのもあるのだろうが、ひとえに素性がわからなかったからだろう。あとは彼女自身の優しさか。

とはいえ、そんな自分たちが客商売に就職するのは厳しいだろう。素性の知れない男を接客業に携えてくれる者など、そうはいない。

ならば、素性がどうであれ仕事さえこなせば報酬をくれそうな冒険者というのは、今の桔音にとって最も手っ取り早い職場だろう。

「フィニアちゃん」

「何かな?」

「あれ、まだ有効かな? ……僕を護ってくれるってやつ」

「――――勿論だよ、きつねさんは私が護る」

桔音の言葉に、フィニアは笑顔を消して真剣に言った。

その言葉を聞いて、桔音は目を閉じて考える。そして数秒の後、目を開いて普段通りの薄ら笑いを浮かべた。

「うん、それじゃああとでギルドに行こう。でもね、フィニアちゃん」

「ん？」

「僕も強くなるよ、誰にも殺されない程度には」

「……うん、一緒に頑張ろうね！」

桔音は覚悟を決めた。

多少のリスクは背負う、そうしないと何も始まらない。

これから元の世界へ戻る為の手段を探すのだ。それはつまり世界との戦いと言っても過言ではない。その過程で魔獣や人と戦うことは避けられないだろう。

ならば、少しでも強くなる。桔音はそう決意した。

「待たせたな、できたぞ」

「待ってました！」

とそこへ、リーシェが戻ってきた。その手にはサラダとチキン南蛮のような料理が二人分、器用に持たれている。見た目的には元の世界にあるものとあまり変わらないが、その食材がおそらく桔音の知らないものが使われているのだろう。植物だけでも桔音の知らないものばかりだったのだ、元の世界の動物がそのままいるとは思えない。

「これ、なんの肉？」

「ああ、これは国の近くに生息してる鳥型魔獣トリスの肉だ」

「……なるほど、いただきます」

桔音は目の前に出た肉が、今まで自分たちの命を脅かす敵だった魔獣の肉だと知って、少し微妙な気分になった。食べてみるとまた味が良く、更に微妙な気分になる。

だが、隣でその肉を遠慮なくもぎゅもぎゅ頬張っているフィニアを見ると、それもまぁいいかと思えた。食事を必要としない妖精の彼女だが、それでも美味《おい》しそうに食べている様子は、やはり微笑《ほほえ》ましい。

「うん、美味しい。リーシェちゃんって料理上手なんだねぇ」

「ははは、これだけは私も得意なんだ。まぁ……剣の腕はまだまだなんだけどな」

「剣……ってことはリーシェちゃんは冒険者？」

「ああいや、私はこの国の騎士団の見習いだ」

「騎士団？」

食事をしながら、リーシェが説明してくれる。

この街には冒険者ギルドの他にも、騎士団と呼ばれる組織があるらしい。

これは桔音の世界でいうところの警察のようなもので、この街を警邏《けいら》したり、犯罪者を取り締まったりする組織だ。騎士団はある程度実力のある人間なら試験を受けることができ、そして合格すればなることができる。給金は手柄や役職次第で増えるが、失態を犯さない限り一定金額は保証されるようだ。

といっても面接などで人柄も見ているので、ひとえに実力のみでなれるわけではないが。

そしてリーシェの言う騎士団見習いというのは、騎士団に入る為の実力を付ける為に、実際に騎士団にいる騎士から手ほどきを受けている者のこと。所謂養成所生というやつだ。

三年制で、一年ごとに査定を受けることができ、試験官から認められれば騎士団に所属できるらしい。だが各査定で才能や人柄、実力が相応しくないと判断されれば、三年経たずに退団させられることもあるので、現実は厳しいようだ。

「リーシェちゃんは見習いになってどれくらいなの？」

「ああ……もう二年になるが、まだ実力が足りていないらしい」

「へぇ、才能がないんだね」

「ぐさりと来る発言をするな……きつね」

「あ、これ美味しい」

「露骨に話を逸らさないでくれ」

そんな話をしながら、桔音は食事を終える。

「ごちそうさまでした」

「……食べる前にも何か言っていたが、どういう意味なんだ？」

「ん、いやまぁ僕のいた場所での食事作法だよ」

「なるほど……どういう意味があるんだ？」

「んー、食事を作ってくれた人や僕たちの血肉になった命に対する感謝、だっけ？」

「……へぇ、見習いたい意識だな」

リーシェはそう言いながら食器を片付け始める。そして食器を調理場に持っていき、しばらくして洗い終えたのか戻ってきた。

席に着き、一息。

食事も終え、ようやく腰を据えて話ができる環境が整ったところで、桔音とリーシェは改めて向かい合い、表情が少しだけ引き締まる。

「それで……きつねはこれからどうするんだ？」

リーシェが口を開いて始めたのは、これからの話だった。

「とりあえず、僕たちはギルドへ行こうと思うんだ」

リーシェの言葉に、桔音はそう答える。

リーシェは少し思案顔を浮かべ、そして数秒の間をおいて、うんと頷いた。

「いいんじゃないか？　冒険者ギルドは戦闘以外にも雑用系の平和的な依頼もあるからな、生活費を稼ぐくらいなら妥当だろう」

彼女は桔音の案を肯定する。

冒険者ギルドというのは基本的に各国に転々と支部を持っているが、その実かなり独立した組織だ。各国を移動して売買をする商人同様、依頼を受け、世界各地で仕事をする。

特定の国にい続けなければならないというわけでもないし、冒険者として働く以上ギルドが身元を保証する故、ギルドの支部がある国であれば、ギルド発行のギルドカードを見せることで身分を証明することができる。

多種多様の国で認められている冒険者ギルドであるが、その理由はギブアンドテイクの関係が成り立っているからだ。

例えば、A国にギルド支部設置の承認を持ちかけたとしよう。その際、国とギルドの交渉人が様々な取り決めをする。ギルドの目的は『A国に新たな支部を作る』こと、しかしそれを無償で許可するほど国というものは簡単ではない。お互い利害が一致していようと、ある程度の体裁は整えなければならないのだ。

各国のトップには、王がいる。王は民を護ることで国を存続をさせる義務があり、国の害悪になる可能性がある存在は簡単に受け入れるわけにはいかない。

そこで、ギルドはこのような条件を出す。

『支部を置かせてくれるのならば、国に魔獣や魔族が襲撃してきた時に戦力になる』

各国様々な特徴を持っているが、どの国であろうと戦争や魔獣には慎重になる。

故に、何処の国でも国が崩壊に陥るような強力な魔獣が襲ってきた時は、少しでも戦力が欲しい。そんな国々にとって、ギルドを置くだけで危機が迫った時に強力な人材が協力してくれるというのは、実においしい話だ。

国はギルドの支部を置くことを認める、代わりにギルドは国に危機が迫った時援助を惜しまない。

ギルドはそういう契約をすることで、国に配属しながらもある種独立しているのだ。

故に、冒険者という存在は、『自由の人』という異名を持つ。

生きるも死ぬも、善に生きるも悪に生きるも、戦うも逃げるも、全ては自己責任。だからこそそこにロマンがあり、ドラマがある。今の桔音にとっては生活の繋ぎでしかない職業だが、冒険者に憧れる少年少女は少なくない。

「それじゃあ早速行こうかな、冒険者ギルドに」

桔音は、リーシェの肯定を受けて立ち上がる。フィニアも話が終わったことを察してゆっくりと羽を動かした。

善は急げ、今日中に一定量の金額を用意して宿を探さなければならない。時間は一分一秒を無駄にできないのだ。

「あ、待ってくれ」

だが、リーシェはそう言って桔音を止めた。

出鼻を挫《くじ》かれ、首だけ回して後ろを見る桔音。そんな桔音に、リーシェは銀色の硬貨を三枚差し出してきた。その硬貨に視線を落とし、思わず首を傾げて疑問の色を見せる。

「ギルドの登録には一人銀貨が一枚必要なんだ、見たところ一文無しのようだし、これは貸しておこう」

「……じゃ、ありがたく借りさせていただくよ。お金が貯《た》まったらきっと返しにくる」

「ありがと！　リーシェちゃん！」

日本人の謙虚さが頭に過ぎったが、ギルドに登録するには多少の初期費用が必要なのも事実。

桔音は苦笑しながらも差し出された銀貨三枚を受け取り、ポケットに入れた。そして、必ず返すことを約束する。フィニアも同じ気持ちで笑顔で小さな手を振った。

「ああ、基本的に私はこの宿に泊まっているからな、気長に待ってるよ」

対し、リーシェはそんな桔音たちに対して優しげな微笑みを浮かべてそう言った。彼女に改めて頭を下げると、桔音たちは宿の出入り口から外へと繰り出す。

異世界で最初に出会った、優しい少女への感謝を忘れないように。


宿の外へ出ていった桔音を見送って、リーシェはふと息をつく。頭に浮かぶのはやはり、先ほどまで話していた桔音たちのことだ。

彼女が国の入り口で桔音が倒れているのを見つけたのは、本当に偶然だった。

前述の通り彼女は騎士見習いであり、今は騎士になるべく毎日訓練を行っている養成所生だ。だが二年間もそうして全く成果が出なければ、焦りも生まれる。

日中の訓練時間だけでは足りない。オーバーワークだとしても、朝に夜にと訓練を行い、誰よりも努力する必要があると考えていた。

この国は桔音の通ってきた魔獣の生息する森が近く、そこでは生きられない雑魚《ざこ》が生息する平原を、自身の訓練に使う者は多い。故にここ最近、まだ誰も目覚めていない時間帯に身支度を整え、彼女は一人、訓練を行っていた。

桔音たちを見つけたのは、その矢先のこと。

服はボロボロで、左眼は抉り取られたようになっている桔音。そんな彼を見た時、リーシェは卒倒しそうになった。

彼女はまだ騎士ではない故に、実戦経験は皆無だ。人が死にそうになっている光景など、見たことがなかったのだ。

今思い出しても少し気分が悪くなる。それだけあの左眼の傷は悲惨で、無残だった。

だが見習いでも人を助ける騎士を目指しているリーシェ、倒れそうになる足を必死に堪《こら》え、傍にいた妖精に話しかけた。

妖精は自身をフィニアと名乗り、必死な様子で縋り付いてきた。

――お願いっ！　きつねさんをっ……きつねさんを助けて‼

あの時のフィニアの目には、桔音を助けてくれるのならなんだってする覚悟があった。自分の命でさえ投げ出せる意志があった。思わず見惚れてしまうほどにその瞳に宿る強い意志は純粋で、何物にも代えがたい何かを感じた。

結果的に、元々の意思とも相まってリーシェは桔音を助ける。見た目に反して怪我はなく、自分の泊まっている宿へ連れ帰って、剥き出しの左眼に手当てを施したのだ。不器用故か、顔を覆う包帯は少し雑になってしまったが。

桔音はそのことに感謝していたけれど、リーシェはまだ覚悟が足りていなかったのだと思い知らされた。戦う覚悟ではなく、人の死に向き合う覚悟が。

「きつね、か……不思議な奴だったな……でも、悪い気分じゃない」

リーシェは先ほど桔音に貸した銀貨を思い出す。

この世界でも、金の貸し借りは本当に信頼する相手でないとしない。貸したら返ってこないことが常識のような世界だからだ。

だがリーシェは、なんとなく桔音がちゃんと金を返しにくる確信があった。根拠はないが、そんな気がするのだ。

「また会うのが楽しみだ」

リーシェはそう呟くと、自分の部屋へと戻っていった。


宿から出た桔音は、フィニアの案内を頼りにギルドへと向かっていた。

既に昼だということもあって、歩く道では行き交う人の喧騒《けんそう》が聞こえてくる。様々な店の接客の声や、何か武器でも作っているのか金属を叩く音、友人との雑談が入り交じり、楽しげな雰囲気が醸し出されている。

フィニアは一度見たからそうでもなさそうだが、桔音にとってはかなり新鮮だった。これほど賑やかな商店街はおそらく元の世界でもあまり見られないだろう。

「随分と賑やかだね」

「私もめちゃくちゃびっくりしたよ！　うわ、あの焼き鳥美味しそう！」

「お金ないから駄目だよ」

「ですよねー」

歩きながら人々の様子を見る桔音。

途中でリーシェと同じように剣を携えた大柄の男性や、冒険者然とした鎧《よろい》を纏う女性など、武器を持った人を多く見かけたがファンタジー世界なのであまり気にしない。きょろきょろと挙動不審でいると逆に目立ってしまう。

そこからしばらく歩くと、一際大きな建物が見えてきた。

フィニアが指差すのも同じ建物なので、おそらくその建物が『冒険者ギルド』なのだろう。看板らしき横板に何やらぐにゃぐにゃと文字が書いてあるが、桔音には読めない。『異世界言語翻訳』というスキルは会話でのみ作用するらしい。

そんな感じで新たな発見をしつつ、桔音はその建物に近づき中へと続く扉を押した。

「おじゃましまーす」

気の抜けた声で入ると、予想外に整った内装だった。

扉の反対側に設置された受付や、依頼の張り出された掲示板など、ファンタジー世界では欠かせないような物はしっかりとあって、それらが空間内で綺麗にレイアウトしてある。冒険者と聞くと粗雑なイメージを持っていたが、意外に綺麗な空間に桔音は少し好印象を抱いた。

だが、

「なんだお前、そんなひょろっちぃ身体で冒険者になるつもりか？」

中にいた冒険者はイメージ通りだった。

好印象だった評価が一気に下がるのを感じた桔音である。

「ああうん、そのつもり」

「ッハハハ！　コイツはおもしれぇ、まぁ精々頑張んな。怪我しないうちに諦めるこった！」

「どーも」

「って……ん？　ああ、なるほどな……妖精が付いてんのか……へぇ」

見るからに野蛮で、無精髭を生やした細身の男はそう呟く。

おそらく桔音に何かしらの期待をしているわけではない。きっと彼は依頼を受けるうちに桔音は冒険者をやめると思っているのだろう。冒険者に憧れて挫折していく者は少なくないのだ。

だが、フィニアを見るや否や納得したような表情を浮かべた。妖精が珍しいのかはわからないが、桔音はそんな男の言葉を気にせずに受付へと歩き出す。

「むぅ……なんなのあの人！　言いたい放題言って……！」

「そう怒るなよフィニアちゃん、それにしても……妖精って珍しいのかな？」

「さぁ？　でもリーシェちゃんはそんな反応しなかったよ？」

「……ふーん……」

そんな会話をしながらも桔音は受付に辿り着いた。

受付には受付嬢というべきなのか、桔音よりも多少年上の女性が営業スマイルを浮かべながら座っている。さらさらの金髪のロングヘアーに黄緑色のヘアバンド、知的だが優しげな雰囲気を持った女性だ。決まった制服なのか他の受付嬢と同じで、白シャツの上に青を基調としたエプロンドレスを着ている服装。

テーブルで下半身は見えないが、それでも一目でわかることは——

「巨乳だ」

「巨乳だね！」

「いらっしゃいませ、お帰りはあちらです」

そう、彼女は巨乳だった。

しかも美人。

金髪で巨乳で制服の似合う美人、なんというかとてもおモテになりそうな容姿をしていらっしゃった。

桔音はそんな彼女を見てド直球に感想を漏らしたのだが、どうやら気に障ったらしい。

「すいません、ギルドの新規登録に来たんですけど」

「スルーですか……では、こちらの記入をお願いします。代筆もできますが、いかがいたしますか？」

「代筆で」

「かしこまりました、では名前は、変、態っと」

「待って」

どうやら受付嬢の女性は桔音の発言がよっぽど気に障ったらしく、最初の営業スマイルは既に遥《はる》か彼方へと消え去ったようだ。文字は読めないが登録書類に本当に書き込んでいる。桔音はペンを持つ彼女の手を摑み、止めた。

「離していただけますでしょうか変態様っ……！」

「そっちこそちゃんと対応しようぜ、巨乳のお姉さんっ……！」

ぎぎぎ、と貼り付けたような笑顔を浮かべながら書こうとする手と、それを摑む手の力が拮抗《きっこう》する。

だが数秒の拮抗の後、金髪受付嬢の方が溜め息をついて力を抜いた。桔音もそれを感じて、掴んでいた手を放す。

「……それで、名前はなんですか？」

「きつね」

「きつね様ですね……性別は……男ですよね？」

「それ聞いちゃう？　女に見える？」

「万が一の可能性がありますので」

「男です」

そんな感じで、受付嬢が桔音の登録書類の空欄にさらさらと書き込んでいく。まぁ、聞いたところどうやら知られたくないことは書かなくてもいいらしいが。

そんな中、桔音と受付嬢の牽制《けんせい》のし合いを見ていたフィニアはといえば、ただニコニコと楽しそうに笑っていた。

そして書類を全て書き終えた受付嬢はペンを置くと、桔音に視線を向け、貼り付けたような営業スマイルを浮かべる。あ、まだ怒ってるな、と桔音は思った。

「それではギルドカードをお作りいたしますので、その間ギルドについて説明させていただきます」

受付嬢がそう言うと、桔音は頷きながら頭を若干下げた。

「お願いします巨乳さん」

「その呼び方を慎んでいただけますか変態様」

「名前知らないので」

だがそんなのは関係ないとばかりに巨乳巨乳と煩《うるさ》い桔音。心底うざそうに見る受付嬢。おそらく桔音の印象は最悪だろう。

だがこれも仕事だと割り切りつつ、話を円滑に進める為に受付嬢は溜め息をつきながら名前を教えることにした。ここまで来るとプロ根性も凄まじい。

「……ミア・ティグリスと申します、ティグリスとお呼びください」

「よろしく巨乳さん」

「叩きます」

「すいませんでした」

名乗ったにも拘らずまだ巨乳と言う桔音に、とうとう堪忍袋の緒が切れたようだ。

物凄い怒気を放ちながら平手を用意するミア。その表情があまりに良い笑顔だったので、桔音は素直に頭を下げた。笑顔の威圧感と用意された平手に、これをもらったら普通に死にそうだという直感が働いたのだ。仏の顔も三度までである。

桔音が素直に謝ったことで幾分気が晴れたのかミアはギルドの説明に入る。幾つかの書類を手繰り寄せ、パラパラと捲《めく》りながら口を開いた。

「まず、ギルドと冒険者様との仕事についてお教えしますね。ご存じかもしれませんが、冒険者ギルドとは国民の方々からの依頼を受け取り、それを冒険者様方へと紹介することを主な仕事としています。そして数ある依頼の中から選んだものを冒険者様が受注、達成された際は、見合った報酬をお渡しするという流れになっています」

「うん」

「我々ギルド側は依頼の斡旋《あっせん》、管理を仕事とし、冒険者側は依頼を受注、達成することを仕事とするわけですね。ですが、依頼には当然危険なものも多く存在します」

「魔獣の討伐とかだね」

「その通り、魔獣討伐の依頼に実力の低い冒険者を派遣することはできません、失敗すればギルド側の過失になりますので。故に、ギルドでは依頼を受ける際の基準として、冒険者の方々に『階級制度』を用いています」

桔音はミアの説明を頷きながら聞いていたが、聞きなれない言葉が出てきた。

『階級制度』、桔音は疑問符を浮かべながら、続きを待つ。

「『階級制度』とは、冒険者様が受注する依頼に対し、その実力が伴っているかどうかの基準となるものです。階級は上からS、A、B、C、D、E、F、G、Hの九段階であり、最低Fランク以上の冒険者とギルドが認めない限り、どんなに弱い魔獣であっても魔獣討伐系の依頼は受注できません」

「なるほど、ちなみに僕は？」

「新規登録の方は、実力問わずHランクからのスタートです」

「そっか」

桔音はそれを聞いて少し安心した。

何故なら、裏を返せばHランクでいる限り魔獣討伐系の依頼に行かなくてもいいということなのだから。

元より生活費を稼ぐ為だけの冒険者だ、ランクは別に気にしなくてもいい。

そんな桔音の様子にミアは怪訝《けげん》な表情を浮かべたが、説明を続けた。

「これはFランクになってからでも良いのですが、魔獣にも同じようにランクが付けられています。簡単な例としてゴブリンを挙げますが、ゴブリンはGランクと定められています。これは、Fランクの冒険者なら簡単に倒すことができるという意味です」

「つまり、FランクならEランクの冒険者がいれば倒せるってこと？」

「いいえ、Fランクの魔獣までであれば同ランクの冒険者であれば単独で討伐可能です。Gランクの魔獣はスライムやゴブリンなど、小型で単体では弱い魔獣。勿論油断はできませんが、冒険者でなくとも大勢で掛かれば倒せる魔獣ですから」

「なるほどね」

「しかし同ランクだとしても単独で討伐できるのは運が良くてもEランクまでです。Dランクからは同ランクの冒険者でも複数人のパーティを組む必要がありますし、Cランクよりも上には魔獣だけでなく、魔族と呼ばれる『知能を持った存在』がいます。魔族たちは弱い部類でもCランク、また知能を持っている以上同ランクの冒険者が数名いたとしても、魔獣と同じようにはいきません」

魔族、また聞きなれない言葉が出てきた。

桔音は魔獣よりも脅威だと言われて眉をひそめる。魔獣よりも上、ということは自分を襲ったあの大蜘蛛や大狼よりも強いということだ。

そして桔音には魔族という存在に対し、一つ心当たりがあった。

あの瘴気の怪物だ。

あれは桔音の出会った魔獣たちとは明らかに隔絶した強さを持っていたし、知能があるかどうかはわからないが意図的に桔音を嬲《なぶ》っていたような節もあった。しかも、眼球こそ喰われたが、こうして見逃されているのも気になる。

桔音は思う。もしかしたらあれは魔族と呼ばれるものだったのではないか、と。

「……じゃあそういう奴らにはどう対抗するの？」

「基本的にCランクの魔獣討伐依頼であれば、同ランクの冒険者が最大五名以上いることで受注可能ですが、魔族討伐依頼であればBランク以上の冒険者であることが受注条件になります。Bランクに上がる条件は、単独で魔族と戦えるほどの実力があることですから。CランクからBランクに上がるのは、それまでのランクアップと同じようにはいきません。あまり声を大きくして言えませんが、Bランクからは正真正銘天才と呼ばれる方々の領域です……ギルドとしても、無闇に死人を出したいわけではありませんから」

「なるほどね……じゃあAランク以上の魔族っていうのはどうするの？　そこまで言うんだから、Aランクの冒険者だってうじゃうじゃいるってわけじゃないんでしょ？」

「そうですね。確認されている数は少ないですが、Sランクの魔族にもなると最早天災と同じ脅威です。Aランク以上の実力者で固めた討伐隊を結成してようやく戦いになるような相手ですから」

「それじゃあ魔族が一気に襲ってきたらもう終わりじゃない？」

「そうさせない為のSランク冒険者です。彼らもまた、人の領域を超えた英傑ですから」

「ふーん」

桔音はその説明に頷く。とりあえずA、Sランクの魔獣や魔族、ついでに冒険者とは絶対に会いたくない、絶対にだ、と心にきちんとメモした。予想でしかないが、Sランクの魔獣にはおそらくドラゴンやフェンリルといった元の世界でも有名な怪物もいるだろうし、そんなのと渡り合えるだけでSランク冒険者とも関わりたくない。

ふと桔音は、気になっていた瘴気の怪物のことを訊いてみることにした。

「ねぇミアちゃん」

「ティグリスとお呼びください」

「真っ黒な瘴気っぽいものを纏った魔族って知ってる？」

桔音がそれを口にした瞬間、ギルド内が静かになった。

桔音はそれに気がついて周囲を見渡すが、全員が桔音に視線を送るだけで声は発しない。冒険者たちの緊張が走ったような表情に、何かまずいことでも言ったのだろうかと桔音は首を傾げた。

そしてミアの方へ視線を戻すと、ミアもまた驚いたような顔をしている。痺れを切らした桔音は、素直に問い掛けた。

「どうしたの？」

「……『赤い夜』」

「え？」

「おそらくそれは、『赤い夜』と呼ばれるAランクの魔族です……瘴気に隠れて本当の姿を見た者はいませんが、瘴気の中から見える赤い瞳から、そう呼ばれています。『赤い夜』が現れた周辺では、『赤い夜』自身に殺される者以外にも、原因不明の出血死を遂げている者が多く、纏っている瘴気は呪いの類ではないかと予想されています」

桔音はそれを聞いて、よく左眼だけで済んだな僕、と内心思っていた。

「何故『赤い夜』のことを？」

「んー、以前見かけたことがあって気になってたんだよ」

桔音がそう言うと、ギルド内に安堵の雰囲気が流れた。

桔音はなんとなくギルド内に走った緊張の正体を察する。おそらく近辺に『赤い夜』が出現したのではないかと思ったのだろう。それが実際に現れてないと思って、安心したのだ。

だが、人間は自分の都合の良いように解釈したがる生き物だ。

故に、周囲の人間たちが思っていることとは裏腹に、桔音の『以前』というのはほんの少し前のことで、すぐそばの森に現れたという事実を誰も予想しなかった。いや、しようとしなかったのだろう。

「なら良いですが……とにかく、そのようにランクが定められているわけです」

「うん、わかった」

「また、他にも討伐した魔獣の部位や素材の売却もギルドで行っていますので、是非ご利用ください」

「うん」

「それでは……こちらがきつね様のギルドカードになります」

丁度、他の職員が出来上がったギルドカードを持ってきたので、鉛色のカードが桔音に手渡される。そこには桔音の名前とランクが表記されていた。

「それでは、登録料が銀貨一枚となっております」

「あ、はーい」

「丁度お預かりいたします。それでは、ご健闘のほどお祈りいたします」

ミアが深々と頭を下げ、対応終了を態度で示す。

そんな彼女のある部分を見て、桔音はここに来て一番の決め顔と言わんばかりにキリッと瞳を細めた。

「やっぱり、巨乳だ」

「お帰りはあちらです、この変態」

それは頭を下げたことで机と身体で押し潰された、ミアの大きな胸。

ミアは青筋を立てながら、入り口を指して改めてそう言った。


とりあえず、無事登録を済ませた桔音は依頼を探すことにした。

背後から射殺さんばかりに睨みを利かせている受付嬢もいるが、それを見事にスルーするという頭のおかしい精神力である。

そんな中で、桔音はとりあえず雑用系の依頼をさっくりこなし、今日の宿代を稼げればいいなと考えていた。

依頼の受け方は簡単。

依頼書の貼られた掲示板から自分の実力に合った依頼を選び、受付に持っていくだけ。そうすればミアを始めとする受付嬢たちが受注手続きをしてくれる。依頼ごとに達成期限が付いているが、雑用系……つまりHランクの依頼は基本的に数時間で達成できることから、期日は一日、多くても二日ほどである。

桔音はフィニアと共に掲示板の前に立った。

「まずはどんな依頼をやろうか？」

「そうだねぇ……これなんてどうかな！」

桔音の問いに対して、フィニアは一枚の依頼書を指差す。桔音はその依頼書を剥がしてみた。

Ｈランク依頼

依頼主　：　ミリア・アイリーン
報酬　：　銀貨一枚
依頼内容：　逃げ出したペット捜し
期日　：　二日

＊
＊
＊

「読めません」

「あは！　そうだったね！」

「フィニアちゃんは読めるの？」

「読めるよ？　きつねさんの国の言葉もこの世界の言葉もわかる言語マスターフィニアちゃんとは私のことだ！」

「で、なんの依頼？」

「えっとねー」

　フィニアのばーん、というオノマトペすら付きそうな名乗りを、見事にスルーする桔音も桔音だが、それで気を落とさず会話を続けるフィニアも中々肝が据わっている。

　そんなフィニアから依頼内容を聞き、桔音は悪くないと思った。ペット探しの手伝いならば命の危険はないし、また二日も時間をくれるというのならかなり簡単な仕事ではないだろうか。それに、銀貨一枚稼げば登録料が返ってくる。

　桔音はフィニアの言う通り、その依頼書を持って意気揚々と受付へと持っていく。

「ミアちゃーん！　これ受けさせて！」

　ここでわざわざミアの元へと持っていく辺り、死にたいのかと周囲からおののいたような目で見られる。

当然、ミアも再度やってきた桔音に嫌そうな顔を浮かべていた。

「なんで私の所に来るんでしょうか、お隣へどうぞ」

「受付の仕事しなよ」

「…………はぁ……承ります。依頼主のミリア・アイリーン様の自宅までの地図を描きますね」

「あ、うん、ありがとう」

ミアは別の窓口を勧めてきたが、桔音が正論を言うと渋々依頼書を受け取ってくれた。

すると、ミアが依頼主の自宅までの簡単な地図を描いている間、桔音はそういえばと話しかける。

「ねぇミアちゃん、Fランクに上がるにはどうすればいいの？」

「……っと、Fランクに昇格するのは比較的簡単です。ギルドには元Cランク冒険者の職員がいますので、その方が定期的に行う試験で実力を認められればFランクになれます……こちらが地図です」

桔音は説明を聞いてふむと頷きながら、ミアが差し出してくる地図を受け取る。

試験で認められればFランクに昇格できる、ということは試験さえ受けなければ永遠にHランクでいられるということだろう。これは桔音にとって都合のいいシステムだった。

「皆様早くFランクに上がりたいですからね、実力に自信のある方は登録後すぐに試験を受けようとしますよ。過去には対峙した時の気迫だけでFランクに認められた方もいます」

「へぇ……GランクとHランクの違いは？」

「試験を希望してもすぐには受けられない場合がありますので、試験希望者はGランクに昇格してわかりやすくしているのです。また、Gランク以上の冒険者になりますと緊急時の戦力として招集に応じる義務が生じます」

桔音の質問に対し、淡々と答えるミア。どうやらHランクは本格的に戦力外という扱いらしい。冒険者というより派遣の仕事のような扱いになるのかもしれない。とはいえ、緊急時の招集に応じる義務が発生しないというのは魅力的だ。

「きつね様も次回の試験をお受けしますか？」

「いや、受けない。僕は弱いからね」

「そうですか……それではご依頼頑張ってください」

桔音はミアのその言葉を聞いて踵を返す。地図を見ながら、ギルドの入り口から外へと出ていった。


桔音がギルドから出ていったのを見送って、受付嬢のミア・ティグリスは溜め息をついた。

彼女は桔音が内心で評価した通り、かなり異性にモテる。

一目でわかるサラサラの長い金髪や白い肌、そして何より異性の眼を惹く凹凸のあるスタイルに加えて、性格も基本的に優しく、人当たりも良い。モテない要素がないくらいだった。

初対面の桔音は知る由もないが、彼女は冒険者たちに人気がある女性だ。中には彼女のことを狙っている冒険者も多数存在しており、過去名のある貴族から求婚され、その場で振った伝説を持っていたりもする。

つまり、彼女が異性から言い寄られることはそう珍しいことではない。

だから桔音が他の受付嬢を差し置いて自分の所に真っすぐやってきた時、彼が言い寄ってくる可能性も頭に浮かんだ。

実際、桔音が最初に放った言葉は、

――――巨乳だ。

最悪だった。

言い寄ってくる可能性を考えていたからこそ、桔音のこともそういう人だと判断し、若干苛立ちを覚えながら丁寧に帰れと言ったのだ。

だが、その後の桔音との会話の中で、今まで言い寄ってきた異性と何か違うことに気がついた。確かに、桔音はミアの胸を見てセクハラ発言をするわ、巨乳さんと呼ぶわ、随分と失礼な男だったが、そこに邪《よこし》まな感情が感じられなかったのだ。

まるで、巨乳があったから巨乳だと言っただけで、それ以上の思惑はないかのように。

良くも悪くも桔音にはミアに言い寄ろうとする意志はなく、ミアに好意的な感情を持ったわけではなかったのだ。

だから、ミアは桔音に奇妙な興味を持った。

思い返せば、桔音はかなり常識知らずだ。

魔獣や冒険者にランクがあることは最早常識と言っても良い。にも拘らずランクがあることを知らない様子だったし、Aランクの魔族が襲ってきたらどうするのか、なんて聞くまでもない質問をしたことも変だ。普通Aランクの魔族の対応なんて考えるまでもない、災害レベルの敵なのだから相手にすること自体間違っている。

「よぉミア、さっきの少年は新人かぁ？」

そんな風に桔音のことを考えていると、ミアの元へ一人の冒険者がやってきた。受付のカウンターに肘を乗せ、ミアの胸を露骨に見ながら話し掛けてくる。

ミアは、きつね様とは大違いね、と思いながら、普段通り受付として事務的な対応を返す。

「先ほど冒険者として登録された方です」

「ほぉ……またミアが男を誑《たぶら》かしたのか、いやァ美人は得で良いねぇ」

「別に、そういうわけではないですよ。それで、ご用件はなんでしょうか？」

「つれねぇなァ……何、大したことじゃねぇよ。今日、終わったら飯でもどうだと思ってなァ」

「遠慮させていただきます、仕事がありますので」

この男はジェノ・グレアスという男で、Dランクの冒険者だ。女や酒に溺れる碌《ろく》でもない男だが、腕は確か。このギルドでも魔獣討伐依頼を幾つもこなしており、なまじ実力がある故にかなり横柄な態度を取ることもしばしばだ。

最近ではミアのことを狙っているようで、毎日毎日彼女に言い寄っているのだ。

「まぁそう言わずによ。いいじゃねぇか、ちょっとぐれぇ」

「お断りします、と申しましたが？」

「へへへ、悪いようにはしねぇよ、な？　ちょっと飯食うだけだ」

事務的に対応するミアは、いつもよりもしつこいジェノに苛立ちを覚えながらも書類を整理する。ペンを動かし、ジェノに視線を向けることもしない。

もう何度も言い寄られては冷たくあしらってきたので、今回も同じくあしらい、さっさと帰っていくのを待っている。

だが、今日はいつもと少し違った。

冷たく対応してくるミアに苛立ちを覚えたのか、ジェノはその無骨な手を伸ばしてきたのだ。

「オイ……いいから、行こうぜ？」

「ッ……!?」

先ほどよりも低い、若干ドスの利いた声で言いながらジェノはミアの手を掴む。先ほど変態と書かれるのを防いだ枯音と同じような体勢、だが枯音とは違いけして放さないといわんばかりの力強さだ。

ミアはそんなジェノに思わず顔を上げる。

すると、顔を上げたミアの視界に入ってきたのはジェノの下卑た笑み。掴まれた手を引くが、力の差が違う。全く離れない。

「なぁ？ 行こうぜ？」

行かない、という選択肢は許さないとばかりの声色だった。

ミアはそんなジェノの言葉に対して歯噛みしながら俯《うつむ》いた。行くと言わなければジェノはこの手を放してはくれないだろう。

他の冒険者たちもこちらを見ているが、ジェノはDランクの冒険者、実力では敵わない故に手を出せないようだった。様々事情はあるが、元よりミニエラはそれほど実力のある冒険者がいる国ではない。ジェノのDランクでも、ギルド内では十分高ランクなのだ。受付嬢たちも心配そうに見ているが、やはりジェノが怖いのか動けずにいる。

どうしようもないと思った。

「は――――」

だからミアは、この場をどうにかする為の最善策として、食事の誘いを受けるしかないと思った。その後ジェノが大人しく自分を帰してくれるかは全く信用できないが、こうなればジェノは強引にでも行動に移すだろう。

抵抗の余地はなかった。

だが――

「ミアちゃーん、この地図全然わかんないんだけどー？」

そこへ、先ほど出ていった桔音が割り込んできた。

見れば桔音は、先ほどミアが描いてやった地図を掲げている。その地図は、地図というか抽象的な落書きに見えた。他の冒険者、受付嬢たちは、ああ……またかという表情をしている。

桔音の登場は、ジェノによって作りあげられた緊迫した空気を上手いこと破壊したようだ。

このギルドで働いている者はもう知っていることだが、ミアは絵や地図を描くのが下手くそなのだ。

新人はミアの容姿に惹かれ、依頼で彼女に描いてもらった地図を一度は渡される。そうして彼女が絵が苦手だということを知るのは最早恒例行事だった。

だが今の問題はそこじゃない。

ジェノは桔音が空気を読まず入り込んできたことに苛立ちを覚えたのか、近づいてくる桔音を睨み付けた。

「あれ？　何この空気、超居心地悪いんだけど」

「きつねさんアレを見て！　ナンパだよ！　ミアちゃんナンパされてるよ！」

「え、あの男の人が？　あの顔で？」

桔音の言葉に、数名の冒険者が噴き出した。

よく見ると他の冒険者も肩をぷるぷると震わせながら俯いている。笑いを堪えているのがバレバレだった。

当事者のミアはそんな桔音に対して呆然とした表情を浮かべながら、目を丸くしている。

「しかもミアちゃん困ってる様子だよ？　ここは助けに入って好感度アップだ！」

「え、やだよ、だってあの人凄い強そうじゃん、僕なんか一撃でやられちゃうよ」

「やられても大丈夫だよ、助けようとした事実が重要なんだよ！」

フィニアの言葉に桔音は乗り気ではないようだが、勿論フィニアの言葉は周囲の冒険者たちにも聞こえている。ミアにもだ。

その時点でその思惑は失敗に終わると思うのだが、桔音たちは全く空気を読まない。

桔音が面倒くさそうにそっぽを向くと、ミアと目が合った。ミアはできれば助けてほしそうな表情を浮かべるが、桔音は遠慮なく目を逸らした。

「うわっ、きつねさんなんで今目を逸らしたの？　そこは頷くとこでしょ！」

「なんか鼻水出てきた……紙持ってない？」

「そんなもんないよ！」

桔音はもうとことん空気を読まない。鼻水が出てきたので、きょろきょろと紙を探すが、見当たらず、丁度手に持っていたミアの落書きメモで鼻をかんだ。

「きつねさん最悪だよ!?　善意で書いてくれた地図を目の前で鼻水まみれにする？　普通！」

「あ、そうだった」

「じゃあそのお詫《わ》びにミアちゃんを助けるんだよ！　さぁ行け、きつねさん！」

「それとこれとは話が別だと思うな」

「もー、ミアちゃんに好かれたらおっぱい揉《も》み放題でしょ？」

「よし行こう、あの巨乳は僕のものだ」

「良い感じに最悪な手の平返しだ！　もう好感度なんか上がらない！」

どう考えてもコメディチックな絡みだったが、どうやら桔音とフィニアはミアを助ける方針で話を決めたらしい。

だが、ミアは無謀だと思った。桔音はたった今登録したばかりのHランク冒険者だ、Dランクの実力派冒険者であるジェノに敵う筈がない。

正直、桔音がジェノにやられるくらいなら、素直に自分が犠牲になるとすら思った。

あれほどセクハラ発言をされたが、それでも自分の為に他人を傷付けることを許せないくらい、ミアは優しかった。

「き、きつね様、良いですから……別に私困ってません」

「あ、そうなの？　フィニアちゃん、ミアちゃん困ってないって」

「えーじゃあ意味ないじゃん」

「え」

ミアは確かに、こちらに近づいてくる桔音を助ける為そう言ったのだが、想像以上に早く桔音が踵を返したので、拍子抜けな声を上げてしまう。

――――そこはもう少し粘れよ！

周囲の冒険者たちの心が一つになった瞬間だった。

「あ、すいません、この依頼の依頼主の家の地図描いてもらって良いですか？」

「え、あ、はい……」

桔音はミアの隣の受付嬢の所へ行くと、そう言って地図の作成を頼む。ミアの方へ視線もくれない様子に、ミアも、ジェノも、周囲の冒険者や受付嬢たちも、桔音がミアを助ける云々の話が終わったことに数秒の間気づくことができなかった。

結果、なんだかわからない微妙な空気になり、ギルド内の冒険者たちは動くに動けないでいる。おそらく、桔音とフィニア以外の全員が思っていた。

――――……何この状況？

「えと……どうぞ、こちらが地図になります」

「ありがとー、じゃフィニアちゃん、張り切っていこうか」

「おー！」

そしてギルド内の沈黙もそのままに、受付嬢が地図を完成させ、桔音に渡す。桔音とフィニアが意気揚々とギルドから出ようと歩き始めた時だ。

ようやく、ギルドの空気を動かすようにジェノが大きな笑い声を上げた。

「はははははっ！　なんだテメェ、ただの腰抜けじゃねぇか！　こりゃ冒険者としては到底やっていけねぇなァ？　ハハハハハハッ‼」

その汚い口から出てきたのは、桔音に対する罵倒。

挑発とも取れる言葉だが、その高笑いを止めようとする冒険者は誰一人いない。否、止められる冒険者がいないのだ。

Dランクという高い実績。何より彼の持つ純粋な力が、それを許さない。

「おいおい、腰抜けって僕のことかい？」

だからだろう。

桔音がジェノの言葉に噛みついたことに、全員が驚いた。

くるりと身体の向きを反転させ、薄気味悪い不気味な笑みを浮かべた桔音は、ゆっくりとした動作でジェノを指差した。

先ほどまでとは全く違う、弱者であるのに弱者らしからぬ雰囲気。

ジェノは雰囲気の変わった桔音に思わず息を呑んだ。

「僕は今から逃げ出したペットを捜しに行くんだ、先輩冒険者としてそこは応援しろよ」

「は？」

だが、桔音が不気味な雰囲気を纏いながら放った言葉は、予想外に弱気だ。ペットを捜しに行く、だから応援しろというのは、なんともまぁスケールが小さい。大して応援するような事柄でもなかった。

だからこそ、意表を衝かれたジェノは思考を停止する。

「というか、お前幾つだよ」

「は……あ、ああ？　四二歳だよ、それがどうした」

「その年でナンパかよ、ただの色ボケ親父じゃないか」

「ああ⁉」

「というかまずつり合ってないよねミアちゃんと。自分の容姿とか年齢とか弁《わきま》えた上で言い寄ってるのかな？　そうだとしたら致命的なくらい頭の中スカスカなんじゃないかなって思っちゃうよね。正直、どれほど実力に自信があったとしても、こんな大人にだけはなりたくないなぁ……そもそもミアちゃんに言い寄ろうと思えたこと自体がもう奇跡だよね、成功するとでも思ってんのかな？　ミアちゃんの倍は年食ってんだからさ、もう少し相手を選ぼうよ。娘でもおかしくない年齢の子にちょっかい掛けてほんの少しでも可能性があると思ってたんだったら、ちょっと引く」

言いたい放題言う桔音。先ほど一瞬感じた不気味な気配は霧散していた。

ジェノは桔音の言葉に対して顔を真っ赤にして青筋を立てている。キレそう、ではない、ぶちギレていた。格下のガキにここまで言われれば、堪忍袋の緒も盛大に切れたことだろう。

周囲の冒険者たちはそんなジェノの様子と、未だぺらぺらと饒舌《じょうぜつ》にコケにしまくっている桔音を見て、ハラハラと内心穏やかでなかった。

「つまり何が言いたいかというと」

「おい」

「まだ僕喋ってる」

「あぁ悪い――――いや違ぇよ‼」

尚も語ろうとする桔音の言葉を遮り、ついにジェノが大声を上げた。

ジェノは掴んでいたミアの手を放し、桔音の胸倉に掴み掛かる。血管が切れそうなほど顔を真っ赤にして、今にも殴り掛かりそうなほど固く拳を握り締めた。

胸倉を掴まれて、桔音もようやくジェノが怒っていることに気がついたらしい。笑みを浮かべたままではあるが、気まずそうに頬を指で掻《か》きながら冷や汗を流す。

「えーあー……うん、あれだよ……よく見れば渋くてカッコイイと思うよ僕は、うん」

「ふっざけんじゃねぇえええ‼」

「――――ぐぶっ⁉」

言い訳を始めた桔音の胸倉を引っ張り、その勢いのままに固く握り締められた拳を桔音にぶつけたジェノ。

勿論、戦闘経験の差で格上の攻撃を桔音が躱せる筈がない。力任せに放たれた拳は、見事に桔音の顔面を捉え、悠々と桔音の身体を吹っ飛ばす。

吹き飛ばされた桔音の身体は周囲にあったテーブルや椅子を巻き込みながら、大きな音を立てて転がっていき、ギルドの壁にぶつかることで止まる。

そして桔音は倒れたままピクリとも動かなくなった。

「あぁああ‼　なんなんだあの野郎‼　チッ……もういい、興醒《きょうざ》めだ」

そして桔音を殴っても気が晴れないのか、苛立ちを隠すことなく頭をガシガシと掻いて若干の冷静さを取り戻したジェノ。

「どけ、邪魔だ！」

だがもうミアを誘う気は失せたのか、そのまま乱暴な足取りでギルドから出ていった。

そうして、ギルド内に安堵の息が漏れる。当事者の桔音は転がっているが、それでもジェノが去ったことで平穏が戻ってきたのを感じたのだ。

「き、きつね様、大丈夫ですか？」

そんな中、ミアだけは受付から出て桔音の元へと駆け寄ってくる。

「いやぁ……ちょっとフィニアちゃん、これで本当に好感度上がったの？」

すると、先ほどまでピクリともしていなかった桔音が何もなかったかのように立ち上がり、傍観していたフィニアにそう言った。

自然と冒険者たちの視線が集まる。

「大丈夫だよ！　これであの巨乳揉みしだき放題だよ！」

「本当？　ミアちゃん本当に揉ませてくれるかな？」

「多分！」

「じゃ頼んでみるよ、ミアちゃん、おっぱい揉ませて！」

桔音は自身の傍へとやってきたミアに向かって、大声でそう言った。

すると、今度はミアの方へと視線が行く。

当のミアは桔音の言葉にどうすればいいのだろうかと思っていた。結果的にとはいえ、桔音のおかげで自分はジェノから解放された。そうなれば何かしらのお礼は必要だろう。いや、だからといって胸を揉ませてあげるというのは正直嫌だ。

そんな考えが頭の中でぐるぐる回っていた。

「ミアちゃん？」

「⁉ え、えーと……だ、駄目です……で、でも……一応お礼は言っておきます……ありがとうございました」

「駄目かー……あーあ仕方ない、フィニアちゃん依頼行こっか」

「私の胸なら揉んでも良いよ！」

「ごめん、僕フィニアちゃんの胸を揉みたいと思うほどおっぱいに飢えてない」

「は？ 屈辱」

とっさに駄目だと言ったミアの言葉に、桔音は心底残念そうな表情を浮かべながらあっさり諦めた。フィニアが胸を張って桔音に近づいてきたが、桔音はそれに対して真顔で返す。

フィギュアサイズのフィニアの胸を揉んで満足感を得られるとは思えないし、たとえ得られたとしても、物凄く残念な奴に成り下がる気がしたのだ。

「よっこらせ……と」

「あ……」

ふらふらと立ち上がり、肩を落としながら再度ギルドを出ていく桔音とフィニア。

ミアはその後ろ姿に手を伸ばし引きとめようとしたが、声が出なかった。

何故引きとめようとしたのか自分でもわからなかったが……それでも、初対面の時より桔音に対する興味が大きくなっているのを感じたミアだった。


さて、ギルドから出た桔音はまず、ミアが描いたものとは比べものにならないほど正確に描かれた地図に沿って、依頼人の自宅へと向かっていた。フィニアを肩に乗せ、賑やかな街並みがゆっくりと後ろへ流れていく様子を見ながら、少し考え事をしている。

その思案顔に反し、左手は先ほどジェノに殴られた頬をしっかり擦っていた。

「きつねさん、大丈夫？」

「いや大丈夫じゃないよもう、ふらふらするし」

「ギルドの中じゃ平気な顔してたのに」

「いやいや、女の子の前だし格好付けたいじゃない？」

「殴り飛ばされた時点で格好も何もないと思うけどね！」

実のところ、先ほど殴られた際のダメージは深刻だった。歩く身体が知らず知らずのうちにふらふらしている。

耐性の高い桔音ではあるものの、流石にDランク冒険者の拳を受けて無傷とはいかなかったらしい。ギルド内では痩せ我慢でなんとか平静を装っていたが、実は結構身体の節々が動かしづらかったりするのだ。

フィニアの治癒魔法をかけてもらおうかと思ったが、『痛覚無効Ｌｖ１』が作用しているのか痛みはないので、自然治癒に任せ、そのままにしておくことにする。

そんな中、桔音が考えているのは通貨のことだ。

先ほど、ギルドで登録した際銀貨一枚を払ったが、それは事前に値段を知っていたからスムーズにいったのであって、桔音はまだ通貨の価値を知らない。この先買い物をすることもあるだろうから、なるべく早くその辺の常識を知りたかった。

だが、そこで他人に常識的なことを訊くというのも気が引ける。知っていて当然のことを訊いてくる素性の知れない奴など怪しまれて当然だし、その上目立つ。

ソレは避けたい。ただでさえ、桔音は異世界の学ランを着ていて奇異な目で見られているのだから。

「どうしようかなぁ……リーシェちゃんの所に行って教えてもらおうかな」

「何を？」

「ん、通貨の価値とか……でも結構お世話になったし、これ以上面倒を掛けるのもなぁ……うーん、いいやあとにしよう」

リーシェを頼ることも考えた桔音だったが、既に銀貨三枚分の借りがある。これ以上世話になるのは気が引けた。

それにまだ買い物ができるほど散財できるお金は持ち合わせていない。一先ず後回しにしても問題はないだろう。

地図を見ながらしばらく歩いていくと、依頼主の自宅へと辿り着いた。

その自宅の前で掃除をしている少女がいたので、桔音は依頼主がいないかどうかを訊いてみる。

「すいません」

「はい？」

「ミリア・アイリーンさんの依頼でやってきたHランクの冒険者だけど……依頼主さんはいるかな？」

振り返った少女は、美少女とまではいかないが、幼さの残る可愛らしい顔立ちをしていた。明るい茶色の髪を一房の三つ編みに纏《まと》めて右肩から前に流しており、その佇《たたず》まいからしっかり者な印象を得る。年齢は恐らく一三歳くらい、桔音よりも頭一つほど背は低かった。

彼女は桔音がHランクの冒険者であることを聞くと、はたと気がついたようにぺこりと頭を下げた。

「あ、す、すいません、わざわざ来ていただいてありがとうございます！　私が依頼人のミリア・アイリーンといいます！」

「え、と……君が依頼人？」

「はい！　今回はどうぞよろしくお願いします！」

桔音は少しびっくりしていた。

依頼の内容とそこそこ価値があると思っていた銀貨一枚という報酬から考えて、子供がいたとしても依頼人は成人している人かと予想していたが、予想に反して小さな依頼人だった。

親が報酬を出して、依頼を出したのはこの子ということなのかもしれない、と考えつつ、桔音は親しみを込めて薄ら笑いを作った。ミリアは桔音の薄ら笑いに若干怯えた風だったが、これでも桔音は微笑んでいるつもりである。

「えーと、僕の名前はきつねっていうんだ。きつねって呼んでね」

「え……あ、はい！　きつね……さんですね」

「うん……それで、依頼内容についてだけど、逃げ出したペットっていうのはどんな？」

「はい、立ち話もなんですので中へどうぞ！」

桔音は自己紹介して、依頼内容についての話に入ろうとする。

すると、意外にもミリアは自宅の扉を開けて中へと入れてくれた。冒険者とはいったものの、そう簡単に知らない人を家に入れても良いものなのだろうか？　と心配になりながら、桔音は家の中へと入っていった。


依頼内容は至極シンプルだった。

リビングのテーブルについて始まったミリアの話によると、逃げたのはミニマムラビットという愛玩種の動物らしい。この動物は桔音のいた元の世界の兎《うさぎ》とは違って、手の平に乗るほど小さい兎だ。わかりやすく言えば、ハムスターほどの大きさの兎である。

小さい故に踏み潰したりしたら危険だということで、ケージの中に入れて飼っていたらしいのだが、どうやらケージの鍵を締め忘れていたらしく、少し目を離している隙にいなくなっていたとのこと。家の中は隅々まで捜したが見つからず、おそらく外へ出ていったのではないかと考えて、依頼を出したようだ。

ミリアの両親もミニマムラビットを溺愛していたらしく、懸命に捜し回ったらしいのだが、彼らにも仕事があり、あまり捜索に時間を割けなかったようだ。

ちなみに報酬は桔音の予想通り、両親が出している。

「ふーん、ミニマムラビット……名前とかあるの？」

「あ、はい！　ミミといいます！」

「可愛いね、それじゃあ捜してみるよ。見つかると良いね」

「よろしくお願いします」

「任せてミリアちゃん！　この美少女妖精フィニアちゃんがいれば大丈夫だよ！」

桔音は大体の説明を聞いて、立ち上がる。ここで見つけてみせるとかできるかわからない約束をしないのは、彼なりの気遣いだろうか。

だがフィニアもやる気満々のようなので中々頼もしい。頭をぺこりと下げるミリアの頭をぽんぽんと叩いて、桔音はミリアの家を出た。

「さて」

ミニマムラビット、見た目は小さい兎で、ミリアの飼っていた『ミミ』は真っ白な毛並みをしていたらしい。街に出れば街行く人の不注意で踏み潰されている可能性も十分にあり得る。早々に見つける必要があった。

桔音はとりあえず、手当たり次第に捜すのは効率が悪いと考え、策を練る。

「じゃあ、フィニアちゃんは小さいから隠れてそうな狭い所を捜して。僕は人のいる所を捜すよ、元々飼われていたんだったら人懐っこいだろうし、誰かが拾って面倒を見ているかもしれない。ただ、兎は元々寂しがり屋でストレスを溜め込みやすい。踏まれる以外でもストレスで体調を崩して死んでる可能性だって十分ある……だから、今この時点で『ミミちゃん』が生きていない可能性も覚悟しておいた方が良いね」

「うん、わかった！　頑張って捜すよ！」

「うん。えーと……とりあえず夕方くらいになったらここに集合ってことで」

「りょーかい！」

ぴしっと敬礼をして返事をしたフィニアは、そのテンションのままひゅーんと飛んでいった。路地に入り、姿が見えなくなる。

それを見送った桔音も行動を開始する。

ミニマムラビット、初依頼の仕事がこんなに難易度高いとは思わなかった桔音であるが、それでも仕事はしっかりこなさないとな、と思っている。

そして、その第一歩として、足を前へと踏み出した――

――その時、全てが、終わった。

「……ん？」

踏み出した足の下に、何か異物感があった。柔らかい感触で、ぐにゅっと若干潰れたような音。嫌な予感がガンガンと警鐘を鳴らしている。

そっと足を退《ど》けてみると、そこには、

「……まっしろな……毛？」

白い毛並みの小さな兎が、潰れたように横たわっていた。

「……いやいやいやいや……ないって、それはないって……わざとじゃないよ？」

だらだらと嫌な汗が頬を伝い落ちるのを感じながら、桔音はその場にしゃがみ、ミニマムラビットの『ミミ』を両手に乗せて持ち上げた。

異物感を覚えてすぐ足を引いたせいか、完全に潰れて死んだわけではない。だが桔音の足の圧力によっておそらく幾らか骨が折れている。口から血も吐いているし、ぴくぴくと身体を痙攣させている様子を見れば、完全に瀕死の状態だ。

「やっべ、フィニアちゃんどこ行ったかな……」

治癒魔法の使えるフィニアは不幸にもつい先ほどどこかへ飛んでいってしまった。

このままでは『ミミ』が死んでしまう。

「死んだら……とりあえず見つけた時にはこの状態でしたって言おう、フィニアちゃーーん‼」

桔音は最悪の事態を想定しながら、フィニアを捜して駆け出したのだった。


その後、幸いなことにフィニアはすぐに見つかった。

どうやら本当に狭い所があれば隅々まで捜すつもりだったようで、フィニアが消えた路地を少し進んだ先にある排水溝の中にいた。

桔音が半殺しの目に遭わせた『ミミ』を見せると、フィニアは何してんの、という目で桔音を見ながら、すぐに治癒魔法をかける。おかげでミミの傷は全て治りなんとか一命は取り留めることができた。

「はぁ……とりあえず、見知らぬ誰かに罪を押し付けるハメにならなくて良かったよ」

「死んだ時のことまでばっちり対策してる！　しかも人に擦《なす》り付けるつもりだったなんて最悪だ！」

「ぶっちゃけ見つけるより死んだことにした方が楽だよ」

「労働は生活の基本だよきつねさん！」

「はいはい……まぁなんにせよ、これで依頼は達成ってことで」

桔音は自分の手の上で眠っている『ミミ』を見ながらそう言う。

運が良かったと言うべきだろうか、捜し回る前にミミが丁度現れたのだから。まぁフィニアがいなかったら運が悪かったと言っていただろうが、これでなんとか報酬をもらうことができそうだ。

桔音はフィニアを連れてミリアの家へと戻る。ミリアの家から出てすぐだった故に、少し歩けばすぐに辿り着く。

「ミリアちゃーん、見つけたよー」

「えっ⁉　早くないですか⁉」

「その辺うろちょろしてたから、捕まえてきた」

「そ、そうなん、ですか……あぁ……ミミ、良かったぁ……！」

ミリアの家の扉を無遠慮に開けてミリアを呼ぶと、驚いたような顔で出てきた。

だが、桔音の手の上にいるミミを見て安心したのか、安心したように自然と柔らかな笑顔を浮かべる。どうやらミミで合っていたらしい。

桔音はミリアの嬉しそうな表情を見て、ミミを踏み潰して殺しかけたことは隠し通すことにした。というか、言える筈がない。

依頼をこなして報酬をもらう為には、依頼主が控えている依頼書の写しにサインをもらい、それをギルドの受付に持っていかなければならない。そうすることでギルドが依頼達成を受理、報酬を手渡すという手筈になっている。

桔音はそれを知らなかったが、ミリアがそれを教えてくれ、サインの書かれた依頼書の写しをくれた。

「これをミアちゃんに出せば依頼達成ってことだね」

「はい、ミミを見つけてくれてありがとうございます！　きつねさん！」

「う、うん……どう、いたしまして……！」

桔音はミリアの凄く純粋な笑顔と感謝の言葉にじくじくじくと胸を痛める。一回ミミを殺しかけたので、物凄い罪悪感に押し潰されそうだ。とはいえ依頼はこれで達成したので、報酬を手に入れて早々に宿を取らねばならない。

とりあえず、桔音は罪悪感を振り払って引き攣《つ》った笑みを浮かべながらこう返した。

「えーと……何か困ったことがあったら、いつでも頼ってくれていいからね」

そう言うことで、桔音は自分の中の罪悪感を幾分か払拭する。

ミリアがまたキラキラした瞳で見上げてくるが、桔音はけして目を合わせない。そう、合わせるわけにはいかないのだ。

「それじゃ、またね」

「はい！　頑張ってください！」

桔音はそう言って、そそくさとミリア宅を去った。


その後、逃げるようにギルドへ戻ってきた桔音。

ギルドへ入った時ミアと目が合ったのだが、桔音はその隣の地図を書いてくれた受付嬢の所へ行った。

ミアがあれ？　といった表情で桔音を見たが、桔音は気がつかない。桔音は別にミアが好きだというわけではないし、手続きするのなら誰でも良いのだ。今回はたまたま地図を書いてくれた受付嬢の所へ行っただけのこと。

だがそれでも、自分の所に来るのではないかと思っていたミアはなんとなく納得いかないといった様子だ。

桔音は気がついていないが、少し拗《す》ねたような顔をしている。

「これ、受理お願いします」

「え？　あ……はい……？」

「どうしたの？」

「い、いえ……少々お待ちください」

隣の受付嬢もミアの方をちらっと見たが、桔音の言葉に慌てて受理処理を始めた。依頼者控えの依頼書を確認すると、ギルドの依頼書に達成済みの印を付け、サインの書かれた依頼書と一緒に指定の場所へと収納する。

桔音は、報酬を用意する為に奥へと姿を消した受付嬢を待つ間、ただぼーっとしていたのだが、何やら視線を感じ、その視線を感じる方向を見る。

するとそこには、ジトっとした目で桔音を睨むミアがいた。

「ん？　どうしたのミアちゃん」

「別になんでもないです、変態様」

「あれ？　僕の名前忘れちゃった？　きつねだよ、きつねさんだよ？」

「知りません」

桔音の言葉にミアはつんとした態度をとってそっぽを向いた。

桔音は首を傾げてミアを見ていたが、何故ミアがそんな態度を取るのか心当たりがありすぎたので下手に触れないようにすることにした。セクハラ発言をしてまた嫌われたら損だ。

小さく溜め息をついてミアから視線を切る桔音。ミアがそっぽを向きながらちらちらと桔音を見ているが、桔音はもうミアを見ていなかった。それを見てミアはがっくりと肩を落とし、溜め息をつく。

周囲の冒険者たちや受付嬢たちはミアのそんな姿が珍しく、揃って目を丸くしていたが、それはミアの視線に気づかない桔音のようにミアも気がつかなかった。

「お、お待たせしました！　こちら、報酬の銀貨一枚となります」

「うん、ありがとう。やったよフィニアちゃん、僕ちゃんとお金稼げた！」

「やったねきつねさん！」

戻ってきた受付嬢から銀貨一枚を手渡され、フィニアと共にはしゃぐ桔音。

実のところ、銀貨一枚というのは冒険者稼業でいえば大した額ではない。それこそ魔獣討伐の依頼をこなしているFランク以上の冒険者であれば、何十倍も稼いでいる。

だが、桔音からすれば右も左もわからない異世界で働き、初めて自分で稼いだお金だ。そう考えるとやはり嬉しい。

そんな二人を見て、ミアの隣に座っていた青い髪の受付嬢は顔を紅潮させ、なんだか苦しげな表情で呟いた。

「ぐ、か、可愛い……」

その言葉を聞いて、ミアはまた仏頂面を作る。

何はともあれ、桔音はこうして冒険者として順調な滑り出しを切ったのだ。桔音は報酬として手に入れた銀貨をポケットに入れた。

初めて自分の力で稼いだ報酬にはしゃいでいたテンションも落ち着いて、桔音はこれからの行動を考える。

報酬は手に入れた。これでリーシェから借りた金額も含めると手元に銀貨三枚のお金があることになる。

果たしてこの金額で宿を取れるかどうかはわからないが、まだ時間はある。もう一つ依頼を受けるのも良し、安めの宿を探して休息を取るも良しだ。

とはいえ、宿を取るにしろ依頼を受けるにしろ、最優先で知らなければならないことがある。依頼に向かう途中でも考えた、通貨の価値についてだ。

宿に泊まるにはどの程度のお金が必要なのか、一般人の一日の生活費はどれほどの金額なのか、生活する上で知らねばならないことは多い。元の世界でこそ桔音の通貨の価値観は十進法でわかりやすい。一〇円が一〇枚で一〇〇円、一〇〇円が一〇枚で一〇〇〇円といったものであり、シンプルなものだった。

しかしこの世界においては銀貨以外の硬貨を知らず、お札があるのかも知らない世間知らずである。

「仕方ない、まずは『常識を訊いても問題ない人』を探すとしようか」

「きつねさん、どうするの？」

「うん、とりあえず宿を取ろう。リーシェちゃんの泊まってる所がいいかな、勝手もわかってるし」

「そっか！」

桔音の判断に基本的に肯定的なフィニア。既に彼女の定位置と化した桔音の右肩に座り、ご機嫌そうにニコニコと笑顔を浮かべている。

桔音はそんな彼女を微笑ましく思いながら、ミアの前に移動する。隣の受付嬢がなんだか残念そうな表情を浮かべたものの、とりあえず気にしない。

桔音が目の前にやってきてもミアはまだ仏頂面を浮かべていたが、座っている故に見上げる形で桔音に視線を送っている。

どうやら話をするだけの意思はあるようだ。

「それじゃミアちゃん、また来るね。色々教えてくれてありがとう」

「……いえ、仕事ですから」

「うん、それでもだよ」

「……そうですか」

「またね！　ミアちゃん、私からもありがと！」

桔音とフィニアはミアにお礼を言うと、振り返ってギルドの入り口へと歩き出す。

ミアの表情は先ほどよりも心なしか和らいでいた。その視線は桔音の背中を見つめており、今回の一件で完全に桔音へと興味を抱いたようだ。

その証拠に、桔音がギルドの入り口から出て姿を消すと、ふと溜め息をつく。

「ありがとう、ですか……」


「とりあえずさっきの宿に戻ろうか」

「うん！」

さて、桔音とフィニアはギルドから出て、リーシェの泊まっている宿屋へ向かうことにした。道は覚えているのか、迷いない足取りで歩いていく。

お昼時を過ぎたことで、食事処《どころ》の客入りもピークを過ぎている。賑やかだった町並みはどこか落ち着きを見せていた。

行き交う人の中には、この国で普通に暮らす人もいれば、店を出して懸命に商売に明け暮れている人もいる。中には冒険者然とした迫力あるオーラを纏った人もいれば、騎士然とした正義感溢れる人もいた。

桔音も今はそのうちの一人なのかと考えると、少し気後れしてしまう。

と、そこで見慣れない人を見つけた。

強面《こわもて》の男が台車を引いて歩いている。それだけなら桔音も特に気に掛けはしなかったのだが、その台車に乗っているものが問題だ。

台車には檻《おり》のようなものが乗せられており、中には老若男女問わず数名の人が入っていた。その中の人々は全員力のない瞳をしており、似たようなボロ布の服を着せられている。明らかに人間でない者や、動物の耳や尻尾を持つ者もいる。

桔音は勿論見たことはないが、おそらく獣人と呼ばれる類の人種なのだろう。

「……あれ、なんだろう」

「んー、さぁ？　知らなーい」

すれ違い、後方へと過ぎ去っていく台車。

桔音が考えた中でありえそうなのは、『奴隷』が乗っているという可能性。恐らく誰かに売られたか、奴隷にならねばならない理由があったかで、奴隷に落ちたのだろう。

そこまで考えて、桔音は奴隷の存在そのものに対し微妙な表情を浮かべた。

元々日本という国に奴隷制度はない。過去はどうあれ、桔音の生きていた現代日本は人を虐げることや、戦争を嫌う平和の国だ。虐げられていた側の桔音としては、それが表面上のものであることはわかっているが、それでも奴隷というのは少しばかり受け入れ難い現実だった。

「まぁ、確証もないけど……しかし奴隷がいるなら……」

とはいえ、同時にこれは丁度良いのではないかと考える。

奴隷となればその人権の全てが所有者にある存在。それに桔音にとって都合が良いことに、この世界の奴隷は総じて『この世界の住人』だ。

つまり、奴隷を購入してこの世界の常識を教われば何も問題はないのではないだろうか。人権を握っている以上秘密を漏らすことはないだろうし、異世界における行動のノウハウを知ることができる。上手くいけばとても都合が良い。

「……郷に入っては、ってやつかな」

「ん？」

「いや、なんでもない」

覚えておこう、と心にメモしながらも、今は宿を取ることが最優先。

そう思いながらしばらく歩き、リーシェの宿泊している宿屋に戻ってきた。フィニアに看板の文字を読んでもらったところ、『黄昏《たそがれ》の宿屋』という名前らしい。

中に入れば見たことのある食堂と受付カウンターが目に入る。おやつ時だからか食堂スペースには数名の宿泊客がおり、雑談を楽しんでいる。

「いらっしゃい、泊まりかい？」

すると、カウンターにいた気の良さそうな女性が話しかけてきた。年齢は四〇代くらいで、話しかけやすい温和な雰囲気を纏っている。おそらく彼女がこの宿の支配人兼女将さんなのだろう。

桔音はカウンターの所まで歩み寄り、女将さんの前に立った。

「うん、とりあえず一泊幾らなのか訊きたいんだけど」

「ああ、ここは一泊六五〇ルピだよ」

「……」

ルピ？　なんだそれ、さっぱりわかんない。

桔音は悟ったような表情で薄ら笑いを浮かべた。とりあえず、銀貨を一枚出してカウンターに置いてみる。

「これで足りる？」

「ん、銀貨一枚ね……これで半月は泊まれるけど、どうする？」

「ホント？　じゃそれでお願いします」

「あいよ、それじゃお釣り二五〇ルピね」

女将はカウンターの銀貨を持っていき、金を入れる場所にチャリンという音を立てて収納した。そして石のような材質で作られた硬貨を二五枚取り出して桔音に渡してくる。

空いている部屋の鍵を持ってきて、カウンターに置いた。

「はい鍵、二階の突き当たりの部屋だよ。この宿では食事を出しているけど、食事代は別料金。食料さえ自前なら無料で調理場を貸しているけど、食事を出してほしいなら半月分で三〇〇〇ルピだよ」

「じゃこれで」

「銀貨一枚ね、じゃはいお釣りの七〇〇〇ルピ」

今度は銅でできた硬貨が七枚返ってきた。ここまでくれば、ようやく桔音にもこの世界の通貨の価値がわかってくる。

銀貨という名前から、銅の硬貨は銅貨、石の硬貨はまぁ石貨とでも呼ぼう。これを日本円に直すと銀貨は一万円、銅貨は一〇〇〇円、石貨は一〇円といったところだろう。そうすれば『ルピ』というのは桔音の感覚で『円』に直すことができる。

三〇〇〇ルピ、つまり三〇〇〇円、つまり銅貨三枚だ。だから一万ルピ、一万円である銀貨一枚を出して七〇〇〇ルピ、つまり一〇〇〇円の銅貨七枚が返ってきたというわけだ。食事代にしては安いかと思うが、追加料金的な意味であることと世界が違うことを考えればまぁ納得できる。

六五〇ルピで半月、つまり六五〇円×一五日で九七五〇円、銀貨一枚《いちまんえん》出して、二五〇ルピ返ってくる計算だ。

銀貨以上の硬貨があるのかはわからないが、とりあえず今は日本円で三万円もくれたリーシェに感謝が止まらない。

「ありがとう」

「食事は朝は七時から九時の間、昼は一二時から一四時の間、夜は一八時から二〇時の間じゃないと出ないから、気をつけるんだよ」

「わかった」

桔音はお釣りと鍵を受け取ってお礼を言う。そしてそのまま自分の部屋へと向かうべく階段を上っていった。


部屋に着くと、桔音は中に置いてあったベッドに座る。フィニアもふかふかのベッドに飛び込んでゴロゴロと堪能していた。

「さて……一旦休憩」

桔音は呟きながら思考する。

お金については現時点で知り得る通貨の価値を理解できた。そして時間の概念は元の世界と変わらないこともわかった。先ほど、食事の時間帯を言う女将さんの言葉から、時間概念は元の世界と全く同じであることを汲み取ったのだ。

一泊の宿泊代が六五〇円、というのも些《いささ》か安すぎじゃね？　と思う桔音ではあるが、まぁ部屋にはベッドやテーブルといった最低限の家具くらいしかなく、部屋としてもそれほど広くない。サービスではなく、本当の意味で宿泊する為だけの宿屋ということだろう。それならばかなり安価な値段だとしても、この世界では常識なのだろう。

まぁ、何はともあれ半月分の宿を確保できたわけで、なんとか一息つけることに安堵する。

「はぁ……フィニアちゃん」

「ん？」

「とりあえず、これからの方針を決めようか」

「うん！」

「まず、今日から半月の間はここで暮らせるので、リーシェちゃんに返す分のお金を稼ぐまで依頼をこなしていこうと思う」

「うん、恩は返さないとね！」

「それ以降は働きたくない」

「この引きニートが！」

見事なまでに駄目人間っぷりを露《あら》わにする桔音。流石のフィニアも全力で罵倒してしまった。

「冗談だよ……とりあえず、元の世界に戻る方法を探す」

「……うん」

「その為には死なないことが最優先だね。別に戦いで勝つことに意味はないから、まずは戦いになってもけして死なないようになることが重要だ」

「なるほど、ということは修行だね！　修行して無双するんだね！」

「いや違う。どうやら僕の能力値的に攻撃力にはあまり期待できそうにないから……代わりに防御力に関しては中々見どころがありそうだから、防御力を上げまくる！　それこそ何をされてもノーダメージで済むくらい」

「戦う気ゼロだ！　いっそ清々《すがすが》しいよ！」

桔音はここまで、密《ひそ》かに出会った人たちのステータスを覗いていた。自分のステータスと比較し、自分のステータスが一般と比べてどれほどのものなのかを調べていたのだ。

例えば、一般人で子供であるミリアであれば、

ステータス

《名前》ミリア・アイリーン

性別	女　Lv8	種族	人間
筋力	30	体力	60
耐性	10	敏捷	20
魔力	30		

＊＊＊

スキルや称号は省略するが、桔音の倍のレベルを持っていながらもそのステータスは桔音よりも大きく劣っていた。

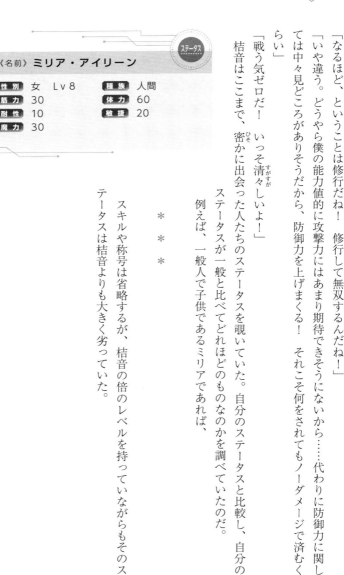

そして、一般人で成人しているミアは、

＊
＊
＊

ステータス

《名前》ミア・ティグリス

性別	女　Lv14	種族	人間
筋力	50	体力	80
耐性	10	敏捷	40
魔力	50		

こうなっている。

レベルはミリアよりも高いが、そのステータスはやはりミリアと大差ない。

枯音はここまで見てある程度の予想を立てた。

おそらく、レベルというのは戦闘経験を積まなくとも上がる。つまり、知識や肉体の成長によって上がった能力値でも上がるのだろうと。だがその場合、戦闘経験で上がったレベルよりも能力値の伸びはごく僅かなものになるのだ。

だからこそ、レベル4の枯音でも、戦闘経験によって上がった能力値では自身よりレベルの高いミリアやミアを上回ることができたのだ。

そして、最後にミアに絡んでいたDランク冒険者ジェノだ。

＊
＊
＊

ステータス

《名前》ジェノ・グレアス

性別	男性　Lv47		
筋力	23500	体力	15080
耐性	150	敏捷	13090
魔力	2700		

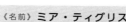

高い。スキルは省略したが、戦闘に役立つスキルを多く習得しているようだった。それに、レベルも桔音の一〇倍はある。各能力値もそのレベルに違わず高かった。

だが、魔力値は他と比べて低い。おそらく、筋力の高さからして力で圧倒するパワーファイター型なのだろう。逆に魔力の高い者はおそらく魔法使いとして魔法を駆使して戦闘を行うのだと予想する。これは個々の才能に準ずる筈だ。

桔音を殴った時は、おそらく殺さないように手加減をしてくれていたのだろう。その辺の弁えはあったらしい。

だが、桔音が最も着目したのは『耐性』のステータス。桔音はレベル1の時点で現在のジェノと同程度の『耐性値』があった。裏を返せば、ジェノはこと『耐性』においてのみ、レベル47にして桔音の初期値と同程度の能力値しかないということだ。

これを鑑みれば、桔音の『耐性』における才覚は相当のものと見ていいだろう。

故に、桔音は考えた。自分の戦闘方針、それは――

――何者の攻撃をも防ぐ防御力を手に入れること。

そうすることで、『負けない』戦いに持ち込むのだ。

そうすれば、桔音は相手の攻撃を対処しながら逃げることができる。逃げることができれば、生き延びることができる。そして生き延びることができれば、元の世界へ帰れる可能性に繋がる。

「今後逃げられない相手や圧倒的攻撃力を持つ相手もきっと出てくる。できる限り戦いたくないけど、戦う時には戦わないといけないからね……」

「うん……そうだね」

「だからその時の為に、フィニアちゃんには決定打になってほしい」

「決定打？　どういうこと？　なんだか凄くカッコイイ響きなんだけど」

「フィニアちゃんには攻撃力になってほしい。時に逃げる為の援助攻撃、時に相手を倒す攻撃力、そういう決定打に」

桔音が死なない為の防御力だとすれば、フィニアは相手を倒す攻撃力。

元々『耐性』のステータスは適性のあるもの以外は上がりにくい、ならば攻撃力において現時点でもかなりの高さを持つフィニアには、とことん相手を殲滅《せんめつ》する能力に長けてもらった方がいいと考えたのだ。

「うん……うんわかった！　この美少女妖精フィニアちゃんが、振り掛かる火の粉を全て殲滅してみせるよ！　きつねさんには酸素だって近づけさせない！」

「それ僕死ぬよね？　僕も殲滅しにかかってるよね？」

「任せてっ！」

「ははは－、全く頼もしいね－」

フィニアの向日葵のような笑顔にはいつも元気づけられる。

そう思いながら、桔音は苦笑する。方針は決まった、それぞれの適性を最大限活用した戦闘方針。

まずは宿を確保し、ようやくスタートラインに立った。

ここから桔音は、元の世界に戻る為に行動を開始する。

そしてそれから一週間。桔音はHランク冒険者として依頼をこなす日々を送っていた。

拠点は半月分確保できてはいるが、生活費は稼がねばならないし、リーシェに返す為のお金もできるだけ早く確保したいところ。

　店の手伝い、荷物運び、老人介護、子供の世話、一日使用人、街の掃除活動、等々様々な依頼をこなしている桔音。Hランクの簡単な依頼故に、彼の依頼達成率は現時点で一〇〇パーセントだ。

　冒険者になる者は、基本的に憧れや夢といった大層素敵な理由でこの道へと入ってくる。ただ単に稼ぎやすい職業というのもあって一足飛びに大金が欲しい連中もたまにいるが、どちらにせよ冒険者として大成したいと思っているのが普通だ。

　彼らは冒険者として大成したい。となればより高いランクへと上がりたいという向上心も当然高い。なのに、桔音という男はHランクの冒険者から抜け出そうという意思が感じられない。

　基本、魔獣討伐を任せられるFランクになるにはギルドに認められることが原則だが、Gランクに上がることは本当に簡単だ。Fランクに上がりたい意思表示をして、元冒険者役員の開いている試験に予約を入れるだけ。たったそれだけで一つランクを上げることができる。

　にも拘らず、ランクを上げようとしない桔音。

　常にHランクの、普段誰一人としてやろうとしない雑用をこなし続けるだけの冒険者。まさしく最弱の冒険者だ。

　結果、桔音はこの世界にやってきてから向けられていた奇異の視線に、より一層晒されるようになった。何故上を目指さないのか、冒険者たちひいては受付嬢の面々全員が思っていた。

　当然、そんな桔音に不満を抱く者も、いる。

「は？」

　先ほども述べた通り、冒険者は全員――――桔音を除いて向上心猛々《たけだけ》しく、自身の中にある冒険者の英雄《えいゆう》の姿を追い求め、憧れを超えようと日々努力している。自身の想い描く冒険者像というのは、譲れないプライドとも誇りとも呼べる大切なもの。

だから、そんな誇りを持った冒険者にとって、桔音という冒険者らしからぬ存在は酷く心をざわつかせる。

「お前みたいな奴が冒険者なんて認めない。これ以上冒険者を穢《けが》すようなら、今すぐやめろ」

だからこうして桔音に突っ掛かってくる冒険者が出てくるのは、時間の問題だったのだ。

「君誰？　正直僕は君のことを知らないいんだ、知りたいとも思わないけど」

今日、ギルドへやってきた桔音の前に一人の男が立ち塞がってきた。

よく見る野暮で大柄な濃い男ではなく、その男はある程度顔の整った青年だった。

おそらく桔音よりも何歳か年上、見上げなければ視線を合わせられない高い身長と腰に提げた剣が、素人目にも一種の風格を感じさせた。

桔音でも一目でわかる、実力でいえば格上だと。

「お前の話はよく知っている。Hランクの冒険者で、日々低レベルな依頼を受けているようだな。街の人々に媚《こ》び、残飯を喰らうドブネズミのような男――――きつね」

「ネズミなのかきつねなのかどっち？」

「だからこそ、貴様は冒険者失格だ！　冒険者とは自由の人！　常に上を目指し、魔獣を狩り、何よりも強く気高い存在だ！　貴様のような男が踏み荒らして良い道ではない！」

「話聞いてる？」

聞き流しながらも桔音は理解した、彼は冒険者に強い憧れを持っている男だと。だからこそ、自分の行動が許せないのだろうと。

睨み付けてくる目の前の青年を冷めた目で見ながら、桔音は溜め息をつく。

「ま、どうでもいいけど……」

桔音としては、面倒な杭《くい》は早々に打っておくに限る。

「あのさ、君と僕でどう違うっていうのかな？」

「何？」

桔音は反論する。

一日一日を生きる為残飯だろうがなんだろうが漁って喰らう。桔音は死ぬわけにはいかないのだ。ドブネズミと呼ばれようが、篠崎しおりとの約束の為にもそれだけは絶対に譲れない。リーシェに一宿一飯の恩義すら返せていないのに、つべこべ言っている余裕はないのだ。

「君はどうやら冒険者に並々ならぬ思い入れがあるようだけど、ランクは幾つ？　僕は知っての通り、Hランクだけど」

「……Eランクだ」

桔音の問いに彼はそう答えた。

Eランク、魔獣討伐の依頼をこなせるようになり、更にランクを一つ上げた者。当然、桔音よりも数段強い実力者だ。なるほど優秀、この若さならエリートと言っても過言ではない。

だが、桔音は臆さない。

格上だろうと、自分の生き方だけは決して曲げない。

「凄いね。でも、EランクとHランクにどう違いがあるっていうの？　住民のお手伝いと魔獣討伐、そこにどう優劣があるんだ？」

「なっ……!?」

そもそも、桔音にとって冒険者のプライドだの誇りだの、そんな腹の足しにもならないくだらないものに興味なんてない。いっそ不要なゴミとすら思う。

そんなものに振り回されるような存在が、自由の人とは片腹痛い。

「魔獣を討伐したいだけなら外に行って好きなだけ狩ってきなよ。気高くありたいのなら騎士にでもなれば？　お前、一体なんの為に依頼を受けてるんだ？」

桔音の精神は、あの瘴気の怪物に会ってから人並み外れて強くなった。二度も死を体感し、怖いものなどなくなるほどに。

だからこそ、彼の生きる道を邪魔する者や命を狙う敵、そう認識したその時点で、このスキルが猛威を振るう。

――――『不気味体質』

桔音の目の前に立つ青年は、桔音の雰囲気が変わったことを感じ取る。一歩二歩と後退し、その分だけ距離を取った。

「魔獣を討伐するのは住民の為だよね？　なるほど、素晴らしいことだ、とても尊い行動だね。守るべき人々の為に、命懸けで戦うんだから」

「そ、そうだ……冒険者はそういう存在だ！」

「じゃあ、そんな守るべき人々の小さな悩み事はどうでもいいのかな？　来るかもわからない危機を君たちが懸命に排除している間、僕は皆の小さな悩みを解決していたんだ。それは、全く、一切、なんの意味もない行動かい？」

恐怖――目の前にいる桔音の目が心の奥底まで見透かしているようで、まるで見えない手に心臓を握られているようで、怖い。

桔音の言葉一つに、雰囲気に、迫力に、男は唾を呑み込むばかりで反論できない。知らず知らず足が震え、身体の内側にも鳥肌が立つような悪寒を感じ、全身が一刻も早くこの場から逃げ出したいと警鐘を鳴らしている。

「ねぇ」

「な……ぁ……」

一歩、桔音が目の前まで踏み込んで、もう青年の精神は限界だった。

――怖い怖い怖いこわいこわいこわい気持ち悪い気持ち悪いキモチワルイ!!

喉が渇く、血の一滴まで渇いていくみたいに。

呼吸が止まっている、やり方を忘れたみたいに。

震えが止まらない、内臓まで鳥肌が立っているみたいに。

身体の中と外がひっくり返りそうな嫌悪感。

「もしも、そう思ってるならさ」

残飯を漁って何が悪い。住民に媚び諂《へつら》って何が悪い。それで冒険者失格だというのなら、なんておめでたい頭だろうか。

弱い奴は死ぬ、簡単に死ぬ。

だから、必死に喰らいついている。

「お前、冒険者失格だぜ？」

男は桔音に言われたことに反論できず、また何も言えなかった。

冒険者は自由の人。気高く強い存在、彼はそう思っていた。いや、実際それは合っている。だが彼は見失っていたのだ。なんの為に自由で、何から気高くあって、なんの為に強い存在なのか、その意味を。

桔音の言う通りなら、強くなるのは何かを守る為、人を守る為、命を守る為だ。ただ強いだけの人間に、人は気高さなど見出さない。その強さを正しい方向へ向けられる者こそ気高いのだ。それを思い知らされた。

だが――そんなことはもう関係なかった。

彼はただ、桔音の言葉に、威圧感に、存在に心を折られたのだ。だから何も言えなかったのだ。

「じゃ、僕は今日も人々の悩みを解決しにいくよ。困っている人は見逃せないんだ、僕ってほら、全国の風紀委員もびっくりするほど清く正しい青少年だから」

桔音はそう言い捨てると、薄ら笑いを浮かべながら青年の横を通り抜けた。その際、呆然とする彼の肩をぽんと叩く。

青年はその衝撃で膝から崩れ落ちる。

この世の地獄から解放されたように安堵の笑みを浮かべ、喜びの涙を流しながら。

男の隣を通り過ぎた桔音は、呆然としている男を放置してミアの元へやってくる。桔音は依頼を受ける際、ミアとその隣の青髪の受付嬢の二人を気まぐれに選んでいたのだが、今回はミアだったらしい。

「やぁミアちゃん、おはよう」

「おはようございます……あのきつね様、少しやりすぎでは？」

「え、なんのこと？　僕何かした？」

「……こほん、ところで、今日はフィニア様はいらっしゃらないんですか？」

知らないふり、というより本気で何かしたと思っていないような桔音に、ミアは追及を諦めた。

一つ咳払《せきばら》いを入れると、桔音の右肩を見てそう訊く。いつも一緒にいるフィニアが桔音の傍にいないのだ。

桔音とフィニアはいつも一緒にいる故に、なんだか大事なものが欠けたような寂しさがあった。

桔音は苦笑しながら答える。

「フィニアちゃんは寝てるんだ」

「寝てる？」

「うん、この中で」

そう言って、桔音はお面を指差した。

実は睡眠が必要ない妖精のくせに、眠ってしまうと結構朝が弱いフィニア。

ここ一週間は睡眠を取ることなく行動していたのだが、流石に深夜はやることがなくて暇なのか気まぐれに眠ることにしたらしい。

昨晩寝ると言ってお面の中に入ったかと思ったら、かなりの大寝坊である。

だが、それを聞いたミアは驚愕《きょうがく》して目を見開いた。

「つまり……フィニア様は思想種《イデア》……ということですか……？」

「あ」

その言葉で桔音は思い出した。フィニアの妖精についての説明を。思想種《イデア》と自然種《プラント》は見た目では見分けがつかず、思想種《イデア》はこの世界に数十体しか確認されていない超稀少《きしょう》な存在であることを。

桔音が話したお面の中に入れるという事実、それはお面がフィニアの想いの媒体で、フィニアが思想種《イデア》であることを示していた。

「……」

「……」

沈黙する両者。

冒険者たちは先ほど桔音に言い負かされた男を気に掛けているのか、桔音とミアの会話は聞こえていなかったらしい。しかし、ミアとその隣に座っていた青髪の受付嬢はバッチリ聞いてしまっている。

「いや、違うよ？　お面の中ってそういう意味じゃなくて、お面と僕の頭の間の空間で寝ているんだよ」

「あ、ああそういうことですか……ですよね」

「……ほっ」

息を吐くように嘘をつく桔音。その一切躊躇いのない嘘つきっぷりに、受付嬢の二人はすっかり騙《だま》されてしまった。

ファンタジーな異世界ですら浮きまくっている桔音だ。これ以上目立つのは面倒事を引き寄せるし、目立つような情報は隠しておくに限る。

桔音は更に嘘を信じ込ませる為、駄目押しにお面をコンコンと叩いてフィニアを起こす。ミアたちに内側を見せないようお面を外すと、寝ぼけたフィニアがお面の内側から出てきた。フィニアの服の襟をつまんで、ミアたちに見せる。

それでミアたちは完全に信じたらしく、寝ぼけているフィニアに苦笑した。

どうやら誤魔化（し通）せたようだ。

「フィニアちゃん起きて、依頼受けるよ」

「ん～……五秒待って……んっ！　おはようきつねさん！　フィニアちゃん覚☆醒！」

「うんおはよう、今日もテンション高いね。さ、今日も仕事しないと」

「えー、もう毎日働いてるじゃん、私疲れたー」

「そっか、じゃあ今日はあまり体力の使わない害虫駆除にしよっか、ゴキ○りっぽいのが出るやつ」

「んんー！　私体動かしたいなぁ――！　外に行きたいなぁ――‼」

いつもの二人、ミアはそんな光景にふと笑う。

この一週間、彼女は二人の言い合いを見ては一つの日常として楽しんでいた。もう見慣れた光景だからか、ある意味恒例行事になっている。それくらい、二人の掛け合いは見ていて楽しいのだ。

「んー……じゃあどうする？」

「遊びにいこうよ！　今日は仕事を忘れて楽しもう！」

「あー……そうだね、息抜きも必要かな」

「うん！」

「じゃあリーシェちゃんでも誘ってどこか美味しいものでも食べにいく？」

「やった！」

桔音の言葉に、フィニアが喜ぶ。

この一週間、リーシェと同じ宿に泊まっていながら桔音はリーシェに会えていない。彼女は毎日朝早くに訓練へ向かい、毎晩遅くに帰ってくるのだ。桔音も大概早くにギルドへ向かうのだが、彼女は必ず桔音よりも早く起きて宿を出ているのだ。

故に、桔音はまだ彼女に借りたお金を返せていない。一週間も借りっぱなしというのも気が引けるので、これを機にお金を返しにいくことにした。

「それじゃ今日は休むとしようか」

「賛成！　たまには良い判断をするねきつねさんも！」

「ん？　褒めてないよねそれ？」

「うん！」

「認めちゃうのかよ」

桔音はフィニアの言動に軽くツッコミを入れつつ、嬉しそうなフィニアの顔を見て苦笑する。なんだかんだ言って、桔音もフィニアとのやり取りが気に入っているのだ。

「リーシェ……様ですか？」

とそこへミアが話に加わってきた。

「うん、僕のちょっとした恩人なんだ」

「名前からして女性のようですが」

「うん、僕と同年代くらいの女の子なんだ」

「……随分と親しげですね」

「妬《や》いてる？」

「妬いてません。仕事の邪魔ですので、依頼をお受けにならないようならお帰りください」

ミアは桔音に親しい異性がいると聞くと、唐突に仕事モードに入って事務的な反応を返してきた。案の定不機嫌な様子だ。

最近ミアに言い寄っていたジェノを追い払ってから、度々ミアは不機嫌になる。

当の桔音はなんでミアがそんな態度になるのか全然理解できなかった。やったことといえば、目の前で巨乳と言い放ったり、ジェノに殴り飛ばされたり、胸を揉ませてと言ったり、碌でもないことばかりである。

寧ろ、思い出した結果いいとこなしの自分になんとなく落ち込んでしまった。

だが一応その理由をフィニアに訊いてみる。

「フィニアちゃん、なんかミアちゃん怒ってない？」

「女の子には色々あるの！　詮索しないであげて、きっと生理だから！」

「バラしてんじゃん、盛大に乙女の秘密大暴露しちゃってるじゃん、もし本当だったら公開処刑どころの話じゃないことしてんじゃん」

「やっちゃったね！」

「というかフィニアちゃんは生理とかあるの？」

「お、女の子になんてこと訊くの！　駄目だよきつねさん！　デリカシーのない男の人はモテない‼」

「僕もうフィニアちゃんがわからないよ」

フィニアに訊いても桔音は余計疲れるだけだと悟り、溜め息をついた。

とりあえず、今日の仕事は休みにすることにし、一旦宿に戻ってリーシェを遊びに誘うことにする。

ミアのご機嫌取りは、また今度にした。

「それじゃミアちゃん、また明日」

「じゃあね！」

「……………はい」

ミアは視線を寄越さないまま、桔音を見送った。ギルドから桔音の姿が消えたのを確認すると、またむすっと仏頂面を浮かべる。

何故かは知らないが、なんだか納得いかない様子のミア。

結局、それから一日中不機嫌なまま冒険者たちの対応をしたのは別の話。


それから、宿に戻ってきた桔音たちは早々にリーシェの元へと向かった。

もう一週間も泊まっていたのだ、自分が目を覚ました部屋の位置くらいは把握している。階段を上がり、真っすぐにその部屋の前に立った。

宿の女将に確認したところ、今日はリーシェも部屋の中にいるらしい。なんでも養成機関が休日らしく、朝食をすませた後、部屋に戻ったそうだ。

桔音はポケットの中に銀貨が三枚入っていることを確認し、扉をノックする。

「ごめんくださーい」

「ああ、今出る――――って……ああ、一週間ぶりだな、きつね」

「うん、借りていたお金を返しにきたよ」

「リーシェちゃん久しぶり！　元気だった？」

およそ一週間ぶりの再会。

扉を開けて出てきたリーシェが、桔音の顔を見るや否や笑みを浮かべる。そしてフィニアが出してきた小さな手の平に自身の手の平を合わせ、ハイタッチを交わした。

「ああ、待っていたよ。立ち話もなんだ、入ってくれ」

「じゃあ遠慮なく」

リーシェは扉を全開にして桔音たちを迎え入れた。

中に入れば、そこは桔音の借りている部屋と同じ間取りで、以前起きた時にも見た光景が相変わらずの様子であった。だが自分の部屋と同じ間取りでも、どこか懐かしさを感じさせるのは、きっとリーシェがいるからだろう。

桔音はリーシェの差し出した椅子に座り、リーシェもベッドに腰掛けた。

「さて、大分遅れちゃったけど……改めて、助けてくれてありがとう」

「ああ、どういたしまして。元気そうで何よりだ」

桔音はポケットから用意していた銀貨を三枚取り出し、リーシェに手渡す。リーシェもそれを受け取り、懐に入れた。

一宿一飯の恩義、これだけで全て返せたとは思っていないが、借りたお金を無事返すことができ、桔音も幾分気楽になった様子だ。フィニアもそんな二人を見て、にこにこと向日葵のように笑顔を浮かべている。

「それでね、今日はリーシェちゃんと遊ぼうと思って来たんだ」

「え？」

「ここ一週間ずっと依頼をこなしていたからね、今日くらいは息抜きをしようと思って。それならリーシェちゃんも誘おうって話になったんだよ」

「あ、ああ……そうか、しかし困ったな……私はこれから自主練にでも行こうと思っていたんだが」

リーシェを誘った桔音だが、どうやらリーシェは都合が悪いようだった。見れば外出用の格好をしている。腰には最初に会った時にも桔音の目を引いた剣を提げ、肩には小さめの鞄《かばん》を掛けていた。おそらく救急箱のような医療道具が入っているのだろう。

確かに、用事があるのなら遊びにいくのは無理そうだ。桔音としても、元々の予定を変更させてまで無理に遊びに連れ出そうとは思わない。

「じゃあきつねさんも訓練に連れていってもらえばいいじゃん！」

その時フィニアがそう提案した。

仕方ないと思っていた桔音も、申し訳なさそうにしていたリーシェも目を丸くする。騎士見習いと最弱冒険者、共に訓練するにしても目的や志向が違いすぎる。

だが、フィニアは胸を張って名案とばかりに続けた。

「きつねさんも一週間ずっとお手伝いばっかりで全然強くなってないじゃん！　この機会に少しは修行した方がいいよ！」

フィニアの言っていることは尤《もっと》もだ。

桔音は森から逃げてきた時以降、全くレベルを上げていない。現に桔音のレベルはまだ4のままだ。死なないように防御力を上げる、と言ってはみたものの、その努力は未だしていなかった。

桔音はフィニアの言葉を聞いて、密かに自分に『ステータス鑑定』を発動させる。

＊＊＊

ステータス

《名前》　薙刀《ナギナタ》　桔音《キツネ》

性別	男　Lv4	種族	人間
筋力	40	体力	60
耐性	180	敏捷	50
魔力	20	称号	『異世界人』

スキル　『痛覚無効Lv1』『不気味体質』『異世界言語翻訳』『ステータス鑑定』『不屈』『威圧』『臨死体験』

固有《ユニーク》スキル　？？？

PTメンバー　フィニア

スキル『不屈』が発動すれば全ステータスに補正が入るが、それがない通常時は耐性のステータスも含め、冒険者として心許ない数値だ。続いてフィニアのステータスも見てみる。

ステータス

《名前》フィニア

性別	女　Lv11	種族	思想種妖精《イデアフェアリー》
筋力	310	体力	540
耐性	135	敏捷	430
魔力	5200	称号	『片想いの妖精』
スキル	『光魔法Lv３』『魔力回復Lv４』『治癒魔法Lv３』『火魔法Lv４』『身体強化Lv１』		
固有スキル《ユニーク》	？？？		
PTメンバー	◎薙刀桔音		

＊　＊　＊

「あれ？」

桔音は疑問を浮かべる。

フィニアのステータスが最後に見た時よりも大きく向上していたからだ。魔力の能力値など以前の倍以上にまで膨れ上がっている。しかも、『魔力回復Lv４』に『火魔法Lv４』とは、スキルのレベルまで向上しているではないか。更に新たなスキルまで増やしている。

フィニアは基本的に桔音と行動を共にし、ここ一週間離れることはなかった。なのに何故レベルも能力値も上がっているのだろうか？

桔音はフィニアの顔を見る。フィニアは桔音の疑問に気がついたのか、ドヤ顔を浮かべながら口を開いた。

「私は睡眠が必要ないからね！　きつねさんが寝ている間、ここ一週間はこっそり魔力操作の練習をしたり、外の狼たちを相手に修行してたんだよ！」

「……何してるんだフィニアちゃん、駄目じゃないかそんな危ないことしちゃ」

「え？」

だが、桔音はそんなフィニアの行動に眉をひそめていた。

別に強くなることが悪いわけではない。しかし、フィニアが自分の寝ている間に『魔獣と戦っていた』ということが問題なのだ。下手をすれば、知らない間に命を落としていた可能性だってあり得る。

それを想像すれば、胸が引き裂かれそうなほど、辛い。

「万が一あの怪物に遭ったらどうするの？　もう二度と勝手に危ないことはしないで」

「う、うん……ごめんなさい」

だから桔音はフィニアを叱った。

森の中で出会い、今日までずっと一緒にいたパートナーだ。死なれた日には立ち直れる気すらしない。強くなることは大事――でも、自分の知らない所で危険なことはしてほしくなかった。

そんな桔音の言葉に、フィニアは素直に謝る。しゅんと肩を落とす様子は、いつものフィニアを見ていれば少し珍しい。

「……でも凄いね、レベルも能力値も大幅に上がってる！　頼もしいよ」

「え……う、うん！　任せてよ、きつねさんは私が護るんだから！」

だから桔音は、素直に謝ったフィニアを許しその努力を褒めた。

反省すればそれでいい。だがそれは別として、自分の為に頑張ってステータスを上げてくれていたことは感謝しなければならない。そう思ってのことだった。

「そうだね……このままじゃフィニアちゃんにも置いてかれちゃうし……」

「ん？」

桔音はフィニアからリーシェに視線を移動させた。リーシェは桔音の視線にきょとんと首を傾げる。

「うん、ねぇリーシェちゃん、僕も訓練に連れていってくれないかな？　できればでいいけど」

桔音はフィニアに置いていかれないようここで自身の強化を行うことにした。

冒険者のランクを上げるつもりは当分ないが、自分の身を自分で守れるようにする努力はすべきだろう。この世界はただでさえ、人の命が簡単に失われるような世界なのだから。

「それはいいが……きつね、お前他人のステータスが見られるのか？」

「あ……まぁうん、そうだね。あまり他言しないでほしいけど」

そういえばリーシェの目の前でステータスの話をしてしまっていた。桔音は少し反省しつつも、リーシェなら黙っていてくれるだろうと思い、口止めしつつも首を縦に振った。

するとリーシェは顎に手をやって少し思案したものの、一つ頷いて結論を出す。

「まぁ、黙っていろというならそうしよう。どうせ自主練のつもりだったんだ、いいよ。その代わり、今日の訓練で私のステータスの変化も教えてくれ」

「わかった。ありがとうリーシェちゃん」

「場所は国の入り口から少し歩いた草原だ。昼間は森に住めない野生の雑魚魔獣がよくうろついているんだ、今日はそいつらを相手にしようと思ってる。先に行って入り口で待っているから、準備してくると良い」

リーシェは桔音の格好を見てそう言う。

武器も防具もなく、どこの衣装なのかもわからない変わった格好。隠し武器があるのかもしれないが、それでも明らかに戦いに向いた装いではない。

「え、いやこのままで良いけど」

「は？」

だが桔音はリーシェの言葉にそう言う。

ぽかんとした表情を浮かべるリーシェ、だが桔音の言葉を頭の中で嚙み砕いて、ムッと険しい顔になった。生真面目な彼女のことだ、武器も防具もなく戦いの場に出るのは承諾しかねるのだろう。如何に雑魚魔獣だとしても、油断すれば怪我をするのだ。

「何を言っているきつね。雑魚とはいえ武器もなしに魔獣を倒せる筈がないだろ、ふざけているのか？」

「あ、そういえばそうか」

桔音は元の世界では武器なんて持つ習慣もなかった。故に武器の存在をすっかり忘れていたようだ。魔獣を倒すのは冒険者や騎士、もしくはそれに準ずる実力を持った者。だがその為には例外なく武器が必要だ。桔音が持っている武器らしいものといえば、精々折れたナイフくらい。きちんとした装備を整える必要がある。

「……わかった、それじゃあ用意していくよ」

「ああ、それじゃあ私は先に行っているから」

リーシェは頷いた桔音を見て、さてと立ち上がる。桔音も同様に立ち上がり、フィニアを連れてリーシェと共に部屋を出た。鍵を閉めるリーシェを見つつ、桔音は自分の部屋へと足を一歩。

「それじゃ、またあとでね」

「ああ、なるべく早くな」

振り返りながら軽く手を振った桔音に対し、リーシェも軽く手を上げる。そして彼女は階段を下りていき、桔音は一度自分の部屋へと戻った。

＊　＊　＊

さて、困った。

リーシェちゃんと訓練にいくことを決めたはいいけど、魔獣討伐の依頼を受ける予定はなかったから武器なんて買っていない。考えてみれば僕だけじゃないのかな、武器持ってない冒険者とか。

森ではフィニアちゃんが魔法ぶっ放してくれたから武器はいらなかったし、蜂は踏み潰せば死んだし、狼は素直に撤退してくれたからなぁ……全く考えてなかった。

そもそも、僕は武器を持ったことはない。

定番なのはやっぱり剣だけど、普通いきなり剣を使いこなせる奴なんていない。そんなのは小説や漫画の中だけの話だ。仮に剣術を修めていたとして、現代日本で生きていた人間が命を奪う為に躊躇《ためら》いなく剣を振るえる筈がない。

まして、僕は『ステータス鑑定』とか『異世界言語翻訳』以外何かしらのチートや特典的な力を獲得しているわけじゃないんだから。『不気味体質』に至ってはただ嫌われるだけじゃん。

「どうするの？　きつねさん」

フィニアちゃんがそう訊いてくるけど、訓練の為には武器を手に入れないとリーシェちゃんが許してくれないだろう。

幸いなことに武器屋は国の入り口に向かう途中にあったたし、何か手頃なのを買おうかな。

「うん、買おう。安くて僕でも使えるやつ」

「おお！　やっときつねさんが武器を持つんだね！　とうとう冒険者らしくなってきたよ！」

「稼いだお金も大分貯まっているし、安い武器の一本くらいは買えるでしょ」

とりあえず今まで稼いだ金を全てポケットの中に詰め込んで部屋を出る。階段を下りていけばもう一週間世話になっている女将さんと目が合った。ちなみに女将さんの名前はエイラさんというらしい。

「お、また出るのかい？」

「うん、リーシェちゃんとちょっと訓練に」

「そうかい、気をつけるんだよ？」

ここ一週間でエイラさんとも気の知れる間柄になった。今では挨拶交じりに雑談する程度には親しくなったと思う。元の世界では周囲の皆から嫌われていたから、こうやって親しくしてくれる人がいるのは少しくすぐったい気分になる。

「はい」

「いってきまーす！」

「はいはい、フィニアちゃんもいってらっしゃい」

横でぶんぶんと手を振るフィニアちゃんを連れて、宿を出る。相も変わらず賑やかな街並みだなぁ。

さてそんなことを思ったところで、リーシェちゃんをあまり待たせられない。早く武器屋に向かうことにしよう。

「ねぇフィニアちゃん」

「何かなっ？」

「元の世界に帰るのってどうすればいいんだろうね」

元の世界に帰る。

文字にすれば簡単、言葉にするのも簡単、でも実現するのは簡単じゃない。元来、歩いたり船に乗ったり飛行機に乗ったりして移動できる場所でもないんだ。全く別の世界に行くなんて、全然方法が思い付かない。

可能性があるとすれば、フィニアちゃんも使える『魔法』というファンタジーな代物。召喚魔法みたいなものがあるのなら、送還魔法だってある可能性はある。魔法には詳しくないけど、まずはそこから当たってみるかな。

「……何か方法はあるよ！　探せばきっと！」

でも、もしもそんな方法が存在しなかったら？　しおりちゃんに会う方法が存在しなかったら？　そう考えると、僕がこの世界に生きる理由がなくなってしまう。結構不安だ。

フィニアちゃんはこう言ってくれるけど、この不安は全く晴れない。あれだけの経験をしたから怖いものなんて何もないと思ってたけど、これぱっかりは無理そうだ。

「……そうだね」

まぁ今気にしても仕方がない。一先ずは考えないでおこう。

「あ、きつねさん！　武器屋だよ！」

「うん」

さて、武器屋に着いた、思考を切り替えていこう。

「ごめんくださーい」

「あいよー！」

店に入って声を掛けると、店の奥から野太い声が聞こえた。

そして少し待つと、小さなおじさんが出てきた。僕の胸元ほどの身長なのに、顔は僕よりも随分年上に見える。

多分ドワーフって種族なんだろう。物作りが得意で、武器屋にいるってのはまぁ印象通りかな。

「待たせたな、なんの用だ？」

「武器を買いたいんだ、安くても良いから僕でも振るえる剣やナイフとか」

「はーん……そのナリで剣を振るおうってか、随分と身の程知らずなガキのようだな」

僕の身体をまじまじと見たドワーフは、面倒くさそうにそう言ってきた。

確かに、武器を作る者からすればそれを振るう人間について、身体を見ればそれなりにわかるのも頷ける。

多分そういう意味で、ドワーフは僕を身の程知らずと評価したんだろう。

「お前さん、なんで武器が欲しいんだ？　遊びで持ちたいってんなら帰れ、コイツらは遊びで欲しがるような代物じゃねぇんだ」

そう言うドワーフは、僕のことを見極めようとしているような、探るような瞳をしていた。本気の意味で武器を欲しているのか、その真意を確かめようとしているのがわかった。

でも、僕がこの世界でやることは全て同じ目的に通じている。

これは僕の行動理念であり、たった一つの道標《みちしるべ》。

だから、その質問にはこう答えよう。

「生きる為」

僕が戦う理由は、それだけだ。

「……その眼、嘘じゃねぇみてぇだな」

「勿論。僕は死ぬわけにはいかない。生きないとならない理由がある」

「……そうかい、お前さんの眼を見りゃ本気なのはわかった。だが、お前みてぇなひょろっちぃ身体で振える剣っつったら、大したもんはねぇぞ？」

「それでもいいよ、ないよりはマシだ」

ドワーフは思案顔で数秒考えた後、一本の剣を取り出してきた。それは剣というには短く、僕の腕の長さくらいの小剣だった。

「こいつは比較的筋力で男に劣る女でも振るえる。そこそこ頑丈にできてっから身を護る程度のことはできるだろうよ」

「じゃあそれが欲しいな」

「ああ、銀貨一〇枚だ。鞘《さや》はまけといてやるよ」

「じゃあこれで」

銀貨一〇枚とは結構高くついたけど、払えない額じゃない。ポケットから銀貨を一〇枚取り出してドワーフに渡した。代わりに小剣を受け取る。

命を奪い合う為の武器だからか、本来の重みよりも少し重く感じた。

「手入れが必要なら持ってこい、手入れしてやる」

「うん、ところで貴方の名前は？」

「あん？　俺は見ての通りドワーフのグランだ」

「僕は冒険者のきつね、よろしくね」

「ああ、お前さんが生きているうちはな」

冒険者は自由の人、故にいつ死ぬかはわからない。だからこその言葉だろうが、僕は頷いた。死なない限りはよろしくしてくれるのなら良いことだ。僕は死ぬつもりなんてさらさらないからね。

「ありがとう、それじゃ」

「おう」

さて、武器も手に入れたことだし、リーシェちゃんの所に行くとしよう。

店を出て、小剣をベルトの付いた鞘に収めながら腰に提げた。

「それにしても珍しく静かだったね、フィニアちゃん」

「……なんか顔は渋いのに身体は小さいっていうちぐはぐな感じがちょっと怖かったの」

「あ……そう」

意外にもフィニアちゃんはドワーフが苦手のようだった。

＊＊＊

「おまたせ、リーシェちゃん」

「ん、来たか」

武器を手に入れてすぐ、桔音はその足で国の入り口へと向かい、リーシェと合流した。

門に寄り掛かって待っていたリーシェは桔音が来たことでその背中を門から離し、自身の足だけで地面に立つ。桔音の手に剣があることを確認して、一つ頷いた。防具がないことが気になったようだが、桔音の金銭面を考えたのか何も言わないことにしたらしい。

待っている間暇じゃなかったのかと思ったものの、どうやら暇潰しはしていたらしく、足元に何やら下手くそな絵が描いてあった。桔音は見なかったことにする。

「じゃあ、行こうか」

「ああ、だが雑魚とはいえ魔獣は魔獣。油断はするなよ？」

「うん」

「出発だよ！」

気を引き締めるようにお互いに注意を促し、フィニアの掛け声で門から外へと出た。

そこには一週間前に命からがら走り抜けた草原、遠くには桔音が何度も死にかけた森が広がっているのが見える。

桔音はその森を見て少しだけ瘴気の怪物のことを思い出してしまう。ぞくっと背筋に走る悪寒を感じ、少し躊躇してしまった。

今はその瘴気の怪物はいない、この悪寒は幻覚だ。

しばらく歩くと、門から少し離れた所に魔獣が現れた。桔音が逃げてきた時に遭遇した狼たちだ。数は一〇体ほど。あの時は『不気味体質』のおかげで退けることができたが、今回もそうなってくれるかはわからない。

桔音は改めて気を引き締めた。

「ハウンドドッグだ、普通は五、六体ほどで行動する雑魚魔獣だが、今回は一〇体以上いるな……少し厄介だ」

「そうなの？　狼なのかドッグなのか分からない名前なのに？」

「ああ、一体一体はそれほどでもないが、厄介なのはその連携だ。動きも対応できないほどではないし、爪と牙に気をつければさして脅威ではないが、全体が見えていないと多少苦戦するんだ」

「ふーん」

剣を抜いて、狼たちを見据えながら解説してくれるリーシェ。

桔音もその情報を聞きながら同じように狼たちを見た。リーシェはそれほど脅威ではないと言うが、とりあえず小剣を鞘から抜き、リーシェの構えを真似して構えておく。とはいえ戦闘経験など皆無な桔音だ。構えたは良いものの、ここからどうしたものか。

すると、そんな桔音の気持ちを察してか、リーシェが一歩前に出た。

「とりあえず私が全て相手する。桔音はできる範囲でサポートしてくれ、無理はしなくていい」

「……わかった、よろしく」

リーシェの指示に従い、桔音は初のまともな戦闘に臨む。

少し体が固くなっているような気がするが、相手としては全く怖くない。おそらく初めてやることに対する緊張感だろうと気分を落ち着かせた。

そして、リーシェが動き出す。

狼たちも戦いの開始を感じ、リーシェと同時に駆け出した。

桔音もリーシェの背後からそれを見ており、両者の衝突まで残り僅か。狼たちもリーシェも互いに互いの動きを警戒し、距離が縮まるほどに集中力を高めていく。

ソレにつられて桔音の戦意も高まり、自身の中でスイッチが入るのを感じた。

――――『不気味体質』発動。

「あ」

結果、自動的に『不気味体質』が発動した。

「キャンッキャン！」

当然、狼たちは桔音に恐怖を抱く。

以前桔音の『不気味体質』に恐怖を抱き逃げていった雑魚魔獣だ。今回も同様、動物的野性の本能に従って彼らは逃げ出した。

結果残されたのは、開戦とばかりに剣を振り上げていたリーシェのみ。唐突に逃げ出した狼たちに動きを止め、脱兎《だっと》のごとく逃げていく狼たちの背中を見ている。

「……」

「……」

「逃げてったね！」

呆然とするリーシェと、原因を察してやっちまったという表情の桔音、そして現状を言葉にしたフィニア。

桔音は思う。もしや『不気味体質』がある限り自分は雑魚モンスターとは戦えないのではないだろうかと。

これは手痛い事実だ。自分よりも強い魔獣や魔族でないと戦いにすらならないなら、安全にレベル上げもできないではないか。森で出会ったあの大蜘蛛ですら、『不気味体質』の威圧感で逃げていった。

つまり、あの大蜘蛛以上の魔獣でない限り戦ってくれないということだ。

「……きつね、何かしたのか？」

「ううん、何もしてないよ」

しれっと嘘をつく桔音。フィニアはそんな桔音に何か言いたげな表情で冷めた視線を送るも、どうやら口を挟むことはしないらしい。

「……そ、そうか、おかしいな……ハウンドドッグは強くはないが、群れの数が多ければ逃げることはないんだが」

リーシェが予想外な現象に首を傾げているが、それでも桔音はしらを切る。今のは僕のせいではありませんとばかりに、彼の顔には薄ら笑いが張り付いていた。

「きっとフィニアちゃんの強さに怯えて去っていったんだようん、きっとそうに違いない！」

「え？　そうかなぁ？　えへへへ……まぁそれほどでもある」

それでも首を傾げて戸惑っているリーシェに、桔音はフィニアのおかげだと更に嘘を重ねる。フィニアの実力を知らない以上、リーシェもそう言われては否定することができない。

結果、リーシェはとりあえず理由はわからないが、狼たちの本能に訴えかける何かがあったのだろうと結論を付けた。

「んん！　とりあえず、他の場所へ行こう。ハウンドドッグ以外にも下級魔獣は多いからな」

「わかった、全く臆病な狼たちだなぁ」

「(きつねさん、本当に息をするように嘘をつくなぁ)」

リーシェの言葉で移動を開始する三人。

桔音は小剣を鞘に収めながら飄々とそんなことを言うが、フィニアは全く嘘を感じさせない桔音の嘘っきっぷりにある意味感心する。異世界生活が始まって一週間、フィニアも桔音がどういう人間なのか、大分わかってきたようだ。

その桔音はといえば、『不気味体質』のせいで雑魚魔獣が逃げていくことがわかったので、最早戦う気も失せている。街を出てから渦巻いていた緊張感も、すっかり霧散していた。

「（そういえば、リーシェちゃんってどれくらい強いんだろ？　騎士見習いって言っていたから、それなりに戦えるんだろうけど）」

桔音はふとリーシェのステータスを見てみることにした。

彼女は二年間もこうして訓練をしていたという。ならばレベルもそれなりに高いのではないだろうか？　と考えたのだ。

一介の冒険者と騎士にどれほどの差があるのかはわからなかったが、彼女を見ればある程度の予想はできるだろう。

桔音は前を歩くリーシェを視界に捉え、『ステータス鑑定』を発動させた。

＊　＊　＊

おや？　と思った。

桔音は以前Dランクの冒険者にして、巨乳の受付嬢ミアに言い寄っていたジェノ・グレアスのステータスを覗いたことがある。その際、彼はリーシェの倍のレベルであり、ステータスも相応に高かった。

ステータス

《名前》トリシェ・ルミエイラ

性別	女　Lv23	種族	人間
筋力	420	体力	560
耐性	90	敏捷	550
魔力	120		
称号	『騎士見習い』『魔眼保有者』		
スキル	『剣術Lv2』『身体強化Lv2』『俊足』『先見の魔眼Lv0』		
固有スキル《ユニーク》	『先見の魔眼』		
PTメンバー	薙刀桔音、フィニア		

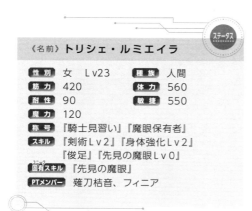

しかし今のリーシェはジェノのステータスの半分にも達していない。『敏捷』の能力値はそれなりに高いが、それ以外のステータスはレベルに対して些か低いように思える。

ジェノが特別才能に秀でていたのか、それともリーシェに才能がないのかわからないが、どうやらステータスの上昇率にも人それぞれ差が出るらしい、と桔音はそう考えた。

桔音は少し気になったことを問う。

「ねぇリーシェちゃん」

「なんだ？」

「リーシェちゃんは自分の能力値を見たことある？」

「ああ、騎士団の本拠や冒険者ギルドには自分の能力値を確認できる魔法具があるからな」

魔法具、また知らない単語が出てきたが、桔音は後ほどギルドで確認すれば良いと一旦置いておく。

ともかくそういった代物があるのなら、この世界の人間はステータスについて、ある程度研究している筈。神の加護だとか、聖なる力とか、そんな薄っぺらな結論のままでなければいいのだが。

「じゃあ『耐性』の能力値について教えてほしいんだけど」

桔音が気になっていたのは『耐性』のステータスについて。

桔音は自分のステータスの中で最も上昇率の大きいものが『耐性』であることを把握している。なのに、今まで見た中で一番実力のあるジェノを含め、これまで見てきた人間たちの『耐性』の数値は例外なく低かった。これはどういうことだろうか？

「『耐性』か……確かに『耐性』は他の能力値とは少し違う。その特徴として、全能力値の中で最も上昇値が少ないんだ。勿論、『耐性』に適性のある者は上昇値も多少多くなるが、亜人を含めても適性のある者はそういない。たとえSランクやAランクの冒険者だとしても、５００前後が関の山だ」

「そうなんだ」

　桔音はそれを聞いて、自分は『耐性』にかなり優れた適性があるのではないかと思う。実際のところ、人間は『耐性』という能力値に対しあまり適性がない。そもそも、肉体の構造上人間はあまり防御力に長けていないからだ。時折『耐性』に適性を持つ人間もいるが、その適性だって、他より多少良いくらいであまり最終的な数値に差はないのだ。

　逆に、魔獣や魔族といった生物は『耐性』に適性を持っているものが多い。人間とは違って鱗《うろこ》や厚い毛皮、鎧のような外殻を持っているからだ。

　だからこそ一般人では太刀打《たちう》ちできない。魔獣の人を喰らう性質もそうだが、そもそもの防御力が一般人の攻撃を通さないのだ。

「まぁあまり能力値に関わってこなかったのなら気になって当然か、大方きつねも他の能力値に対して『耐性』が低いのが気になったんだろう？」

「うんまぁそんなところ」

　思いがけず、自分の武器が予想以上に稀少なものだとわかって、少し余裕が出てきた。ここからレベルが上がればどこまで上がるのか、期待も膨らんでいく。

　だがしかし、その期待は次のリーシェの言葉で瓦解した。

「だが『耐性』以外の能力値も、適性があっても永遠に上がるわけではないんだ」

「え？」

「能力値には限界がある。幾らレベルが上がったとしても、その人間の限界値まで上がり切ればそれ以上は上がらないんだ」

「え、マジ？」

となると、桔音の考えた防御力という武器も限界値次第では武器たりえない可能性が出てきた。先ほど生まれた期待が一瞬で消し飛んでしまう。

「大丈夫だよきつねさん！　たとえきつねさんが永遠に弱いままでも、私が護ってあげるから！」

「今の僕にはかなりグサッとくる言葉をありがとう、フィニアちゃん」

「っと、お喋りはここまでだ……いたぞ」

ステータスについての簡単な講義を受けながら歩いていると、リーシェが目の前に一体の魔獣を捉えた。

群れではないが身体は随分大きい。見た目は熊のようだが、その口からは隠れ切っていない長い牙、地面を掴む手にも鋭く長い爪が見えた。

すかさず桔音はステータスを確認する。

＊　＊　＊

ステータス

《名前》　山岳熊《ヒルクライムベアー》

種族	熊型魔獣		
筋力	1500	体力	350
耐性	240	敏捷	350
魔力	100	称号	なし
スキル	『剛力』『立体機動Ｌｖ2』		

どうやらスキルはそれほど持っていないようだが、そのパワーは見た目通りのようだ。

あの牙や爪がステータス通りのパワーで振るわれれば、その威力は桁違いだろう。桔音の防御力だって紙切れのように引き裂くに違いない。

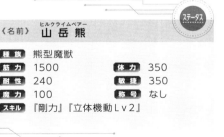

「あれは……ヒルクライムベアー……なんでこんな所に」

「知ってるの？」

「ああ、冒険者の基準で言うのならEランクの魔獣だ。だが山岳地帯に生息している魔獣の筈……何故この草原にいるんだ」

「どうする？」

「私たちでは太刀打ちできるような相手ではない……が、どうやら逃がしてはくれないらしい」

構えるリーシェ。

この場所にいる筈のない魔獣、スキルの『立体機動』も山岳地帯だからこそのスキルなのだろう。確かにおかしいと桔音も理解する。

見れば、熊もこちらを見て威嚇していた。どうやら敵として認識されたらしい。疑問は残るが、桔音も一先ず思考を切り替えた。

確かに強敵ではあるが、フィニアがいれば倒せない敵ではないだろう。だからこそ桔音はとりあえず、奴を敵として見ないよう精神を落ち着かせた。『不気味体質』が発動してこの熊に逃げられたら、次はもう誤魔化せない気がしたからだ。

「来るぞ！　構え――――」

「『妖精の聖歌《フェアリートーチ》』！」

――響く爆音。

――身体を吹き飛ばさんとばかりの爆風。

――真っ白に染まった視界。

──遅れて肌を焼く熱。

何がなんだかわからないが、一気に何かが起こったことだけは理解できる。

リーシェの言葉を遮るように目の前で起こった現象。混乱したリーシェは吹き抜ける熱と風と衝撃に身を晒すしかできない。

「な、何が……!?」

少しずつ肌を叩くようなその熱や衝撃が消えていく。

そしてゆっくりとリーシェが視界を取り戻した時──

「!?　こ、これは……!?」

──目の前に熊はいなかった。

代わりに、半径五メートルほどに及ぶ丸い焼け焦げた地面がそこにある。

慌てて振り返ると、桔音の隣を浮遊するフィニアが両手を前に突き出していた。おそらく彼女が魔法で先ほどの熊を消し飛ばしたのだろう。

フィニアはリーシェの視線に気がつくとふふんとドヤ顔を浮かべてくる。少しだけイラッとした。

「……きつね」

「何かなリーシェちゃん」

「お前たちと訓練していたら訓練になる気がしないんだが！」

「……うん、ごめん」

よくわからないが桔音と共に敵と認識すれば逃げられるわ、ちょっと強そうな魔獣が出てくればフィニアが消し飛ばすわ、今のところリーシェからすれば出鼻を挫かれっぱなしで散々だ。抜いた剣の行き先をどうしてくれるのか。彼女はまだ空気しか斬っていない。

「次はホラ、僕たち何もしないから」

「何もしないよ！」

「何もしないなら訓練の意味がないんじゃないか⁉」

ご尤もである。

どうやら桔音たちとリーシェでは凄まじく相性が悪いらしい。両者ともそれをしっかと理解した。

「それじゃまぁ……二手に分かれようか」

「そうだな……そうしてくれると助かる」

桔音が弱いということはわかっているが、フィニアの実力を目の当たりにした今では自分のフォローは必要ないと思ったリーシェ。だからこそ、桔音の言葉を素直に受け入れることにした。正直な話、その方がよほど訓練になるだろう。

「それじゃ、私たちはあっちに行くよ！」

「じゃあ私はあっちだな」

フィニアが先ほどやってきた方向を指差し、リーシェはその反対を指差す。そして桔音たちはお互いの方針に従って二手に分かれた。

ここまで魔獣と二戦二勝、だがこの時点でレベルが上がった者はいないのだった。

リーシェと別れてそれから、桔音とフィニアはまず自分たちがどうやってレベル上げするのかを考えた。そして一つの方法を見つける。

フィニアはそのまま『炎魔法』や『光魔法』で魔獣を倒し、桔音は『不気味体質』が発動しないように、流れ作業的な感覚で戦えば良い、と。

桔音は魔獣を敵だと認識すると『不気味体質』が発動してしまう。

精神的に強くなった桔音は、よほど脅威的な相手でなければ常に精神的優位に立ててしまうのだ。故に、この辺に生息する弱い魔獣はスキルの発動を察知して逃げてしまう。

そこで桔音は、敵を敵と思わなければいいと考えた。その辺の石ころ程度の認識で対峙すれば、スキルは発動しないと思ったのだ。かなり強引な発想だが、そうでもしないと桔音はレベル上げどころか戦うことすらできない。

それに、桔音はそういう自己認識の改変を一度実行した経験がある。元の世界で、いじめを日常として享受した時だ。あの時もそうやって自分の精神をねじ曲げることで問題を解決できた。だから今回もそうした。

それだけのこと。

「あ、レベル上がった」

結果、桔音は雑魚魔獣に逃げられることなく戦闘に持ち込むことができた。

魔獣を敵と思わず、石ころのように認識する。あとはそれを攻撃するだけ。幸い、そうすることで敵を挑発するような結果にもなった。敵として見られていないということが、魔獣たちの怒りを買ったのだ。感情に流されて単調になった動きを避けるのは、そう難しくない。

そしてその試みが上手くいってからはとんとん拍子、桔音たちは順調にレベルを上げることができた。

「ステータス」

桔音は自分のステータスを確認する。

ステータス

《名前》薙刀《ナギナタ》 桔音《キツネ》

性別	男　Lv6	種族	人間
筋力	40	体力	100
耐性	220	敏捷	90
魔力	60	称号	『異世界人』
スキル	『痛覚無効Lv2』『不気味体質』『異世界言語翻訳』『ステータス鑑定』『不屈』『威圧』『臨死体験』		
固有スキル《ユニーク》	???		
PTメンバー	フィニア		

＊＊＊

やはり桔音は耐性の適性が高いらしい。その証拠にたった二つレベルが上がっただけで、『耐性』適性のあるSランク冒険者のおよそ半分ほどまで数値を向上させることができたのだから。

だがその反面、落ち込む事実もあった。

「筋力全然上がらないなぁ」

桔音の筋力ステータスが全く伸びないのだ。リーシェの言っていた限界値ということなのだろうか。だとすると、二桁で筋力の成長限界とはつくづく恵まれない。フィニアやリーシェのステータスと比べれば、自分の筋力の限界がこんなに早く訪れるとは思わなかった。

「まぁいいか、攻撃力ならフィニアちゃんがいるし」

だが桔音は気にしない。進んで戦いたいわけでもなければ、攻撃力に困っているわけでもない。現状の自分にはさして必要ないステータスだ。

「きつねさーん！」

「ん？」

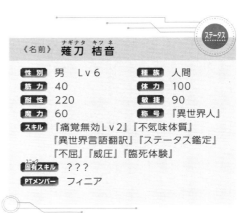

「私レベル上がった？　上がった？」

フィニアは先ほどからこうして逐一桔音の元へやってきてレベルを訊きにくる。彼女はステータスを見ることはできない故に、桔音に確認するしかないのだ。

「ちょっと待ってね、えーと」

ステータス

《名前》	フィニア		
性別	女　Lv16	種族	思想種妖精《イデアフェアリー》
筋力	510	体力	600
耐性	140	敏捷	500
魔力	5400	称号	『片想いの妖精』
スキル	『光魔法Ｌｖ３』『魔力回復Ｌｖ４』『治癒魔法Ｌｖ３』『火魔法Ｌｖ４』『身体強化Ｌｖ１』		
固有《ユニーク》スキル	？？？		
PTメンバー	◎薙刀桔音		

＊＊＊

「うん、五つレベルが上がってる」

「やったぁ！」

フィニアも順調にレベルを上げているようだ。

だがその中で、桔音はレベルが上がるごとに次のレベルへ上がりにくくなっているのを感じていた。おそらく必要経験値が高くなっているのだろう。その辺はゲームのような仕様らしい。

それよりも、桔音はフィニアのレベルがぐんぐん上がっていくことに少し劣等感を持っていた。内心、妖精はレベルが上がりやすいのかちくしょうめ、という感じだ。

「そろそろ疲れたね、帰ろう」

「うん！」

続々明らかになる情報や悲しい事実を受け、精神的にそろそろろ疲れてきた桔音。もっといえば、流石に小剣で肉を抉る感覚は慣れないもので、それも少し気を重くしていたのだ。後悔は毛ほどもしていないが、元の世界の死ぬ直前、あの男子生徒の肉を抉ったグロテスクな感覚が蘇ってくる。

桔音の歪んだ精神は殺すことに躊躇はしないが、不快な感覚は結局不快なものらしい。

「ところでリーシェちゃんは？」

「えーと……あそこで鹿みたいなのにマウント取られてるね！」

「何してんの」

桔音は急いで駆け付け、リーシェの上にのし掛かっていた鹿っぽい魔獣を蹴飛ばした。その衝撃に驚いたのか、鹿っぽい魔獣は逃げていく。

すると窮地を脱したリーシェが無駄に真剣な表情で噛み付いてくる。

「はぁ……はぁ……余計なことをするな、あれくらいやれた！」

「マウント取られてた奴がよく言えたな」

「ぐっ……」

「もしかしてリーシェちゃんって結構バカなのかな！」

リーシェは荒い息を整えながら強がったが、桔音とフィニアの言葉に打ちのめされると、がーんと四つん這いになって落ち込んだ。どうやらステータスの割にリーシェは結構弱かったらしい。

騎士見習いとはいえ、戦闘においては一日の長があると先輩風を吹かせていたようだが、その見栄も形なしだ。

「うぅ……能力的にはあの程度余裕の筈なんだが……敵を前にすると緊張してしまって……」

「あー……」

精神的な原因もあったようだ。

「そろそろ僕たち帰ろうと思うんだけど……リーシェちゃんも帰らない？」

「……わかった、私も帰る」

落ち込んだ様子のリーシェは暗い表情で立ち上がり、俯きながら国の入り口に向かって歩き出した。気まずい雰囲気の中、桔音もその後を追う。

あれだけ先輩風を吹かせた態度を取っておいて、いざ蓋を開けてみればこの有り様。リーシェからすれば内心かなり恥ずかしいのだろう。それくらいは幾ら桔音でも理解できる。彼は空気を読まない言動をよくするが、やろうと思えば空気は読める男なのだ。

だから、桔音は背中の煤《すす》けたリーシェに声を掛けることはしなかった。

そして無言の状態のままちょっと歩き、ミニエラの外門に戻ってきた桔音たち。

今回の訓練、リーシェにとっては散々だっただろうが、桔音にとってはレベルを上げる収穫があった。彼女には悪いが、桔音は有意義な時間だったと思う。

だが残念な事実として、今回桔音がとった石ころ認識戦法は、戦闘において不要な怒りを買うことになる。これでは人に使った際にはどんな怒りを買うことか。

とはいえ『不気味体質』を使えば虫よけスプレー程度の効果が期待できそうなのは僥倖《ぎょうこう》だ。

「はぁ……きつね、お前これからどうするんだ？ ヒルクライムベアーの件とかもあるし、ギルドに行くのか？」

「え？ どういうこと？」

「知らないのか？　冒険者ギルドは魔獣の素材以外にも有力な情報を買ってくれるんだ、Ｆランクとはいえ、生息地帯が異なる魔獣が草原に出現したことは、報告すればそこそこの値段で買い取ってくれると思うぞ？」

桔音はその情報に目を丸くした。冒険者ギルドは情報まで買ってくれるのかと。

ならばそれを利用しない手はない。桔音は、とびきりのネタを持っているのだから。

「それってＡランクの魔族を見つけた場合どれくらいお金もらえるかな？」

「嫌な例だな……Ａランクなら事前に対策もとれるし、金貨三枚位はもらえるんじゃないか？」

「それって銀貨何枚分？」

「銀貨一〇〇枚で金貨一枚だから、三〇〇枚だな」

つまり、三〇〇万円。とんでもない高額の金が手に入るではないか。

こうなれば不幸中の幸い、桔音は一週間前に瘴気の怪物――Ａランク魔族の『赤い夜』に遭遇している。

しかもすぐそこの森の中でだ。これをギルドに報告すれば金貨三枚で買ってもらえるのではないだろうか。

そしてそれだけの金があれば――桔音には、考えていたことがあった。

「……ありがとうリーシェちゃん、その情報売ってみるよ」

「ああ、それじゃあ私は先に宿に戻るよ」

「うん、行こうかフィニアちゃん」

桔音の様子がどこか変だなと訝しげなリーシェだが、そもそもいつも変な奴だったかと思い直し、何も言わずに宿へと戻っていった。

反対に桔音たちはギルドへ向かう。

「きつねさん、あの怪物のこと教えるの？」

「うん、この国にとっても有益な情報だし、大金が手に入るなら越したことはないしね」

「そっか」

フィニアが少し真剣な表情で訊いてきたことに、桔音もまた真剣な面持ちで答える。

桔音は大金があれば越したことはないと言うものの、大金を使ってやりたいこともあった。それに、できることなら早いうちにあの怪物をなんとかしてもらいたい。もしも次会った時は、おそらく左眼だけでは済まないのだから。

「まぁその前に元の世界に帰れればいいけど」

桔音がそう呟いた時、ギルドの前に辿り着いた。慣れたように中に入る。

いつもと違って何やら静かだった。というより、皆何かに怯えたように肩を狭くして俯いている。騒がしいギルドにしては随分と暗い雰囲気だ。桔音はそんな空気の中、首を傾げて歩き出す。

すると、俯いていた全員が顔を上げて桔音に気づくと、あたかも救世主のように見てきた。

「？」

そんな様子に桔音はまた首を傾げて進む。視線は冒険者たちの方へ向けながら受付の前まで辿り着き、ミアの下へとやってきた。

桔音はミアに視線を向けないまま、冒険者たちを見ながら話しかける。

「ねぇミアちゃん、なんかあったの？　なんかやけに静かだけど」

「なんでもありませんよ？」

「え？」

そこで初めて、桔音はミアの方を向く。ミアはいつも通り営業スマイルで桔音を見ていた。だがそこにはなんだか迫力があった。笑顔なのに全然目が笑っていない。

桔音は察した、ミアちゃんの不機嫌が原因だこれ、と。

桔音はミアが不機嫌だと察したので、ならばと隣の受付嬢の方へと移動しようとする。すると、ミアを除く全員が青ざめた顔をした。青髪の受付嬢もこっちに来ないでと全力で訴えている。

必死とか、死にもの狂いとはこのことだろうか、なんとかしろよという無言の圧が凄まじい。

「はぁ……ミアちゃん、何を怒っているの？」

「怒っていません。別に何もないです」

「怒ってんじゃん」

「怒っていません、それでなんのご用ですか？」

「あぁ、うん、リーシェちゃんと訓練に行ってて――――？」

「……それで？」

リーシェの名前を出した途端にミアのこめかみに青筋が立った。これ以上話したら殺される気がした桔音。

あの能天気なフィニアでさえ、すぐさまお面の中に逃げ込んでしまった。

冒険者たちの中には失神している者まで出ている。被害は甚大、今ならSランク冒険者だって倒せそうなミアである。

「う、うん……ちょっと情報を買ってもらおうと思って」

「……そうですか、わかりました」

桔音の言葉にミアのプレッシャーが一旦引く。ギルド内のあらゆる所からホッと安堵の息が漏れた。

　だが安心したのもつかの間、冒険者たちはすぐさま桔音の言葉を思案し始めた。流石は冒険者、人々の危機にはしっかり冷静に思考を働かせることができるらしい。桔音も内心感心した。

「あ、できればあまり人のいない所で話がしたいんだけど」

「……情報提供とは別件ですか？」

「ううん、買い取ってもらいたい情報がちょっと大勢の前で言うのが憚られる内容なんだ」

「そうですか……わかりました、それでは奥へどうぞ」

　ミアの威圧感がなくなったので桔音は話を進めていく。

　どうやら危険度の高い情報なのだろうと察して、カウンターの中へ桔音を迎え入れたミア。桔音の雰囲気に真剣な色を感じたのだろう。ギルドには、あまり公にできない話をする為に用意されている部屋があり、そこへ桔音を案内する。

　桔音はミアに付いていってカウンターの奥へ進むと、少し歩いた所に空き部屋があった。中は談話室のような部屋になっており、話をするには最適の空間だ。

「どうぞ、お座りください」

「うん」

　桔音はミアに言われた通り、テーブルを挟んで置かれた二つのソファーの片方へ座った。それをきっかけに、フィニアもお面からこっそり顔を出した。ミアがお茶を入れる為に背中を向けている隙に出てきたので、思想種《イデア》とはバレなかった。

　するとミアが二人分のお茶をテーブルに置いて、対面に座った。

「さて、なんのお話でしょうか」

「うん、手間かけてごめんね、危険度の高い話だったから」

「いえ、こちらこそお気遣いありがとうございます」

「順を追って説明すると、僕がこの国に来る前のことになるんだけど……僕はこの国に来る時近くにある森の中を通ってきたんだ」

「！」

ミアは驚いたような表情を浮かべた。桔音は今軽く言ったが、あの森はHランクの冒険者が通り抜けられるような場所ではない。数多くの魔獣が棲《す》まっており、その平均ランクはDランク。桔音が出会った大蜘蛛や大狼もDランクの魔獣だ。

その危険度は、たとえCランクの冒険者であっても、単独で突破することは容易ではない場所なのだ。そこを抜けてきた？　武器もなしに？　そんなことができた一般人など、とんでもない幸運の持ち主というしかない。

「……それで？」

だが、本題はそこではない。ミアは桔音に続きを促した。桔音も頷いて続きを語る。

「僕はその森の中で――――『赤い夜』に遭遇した」

「なっ……そんなっ⁉」

ガタッと音を立てて、ミアは立ち上がる。

『赤い夜』――――天災級《Aランク》の上級魔族。

出会った者は例外なく食い散らかされるとされる凶悪な魔族だ。『赤い夜』の他にも『深紅の地獄』『一夜の惨劇』とも呼ばれる存在。そんな化け物がこの国の近くに出現したなど、考えただけでも恐ろしい。

もしも『赤い夜』が襲撃してくれれば、一夜にしてこの国が崩壊する。

「それは本当ですか……⁉」

「うん、僕はあの森の中で黒い瘴気を纏った赤い瞳の怪物と出会って、死にかけた。フィニアちゃんがいたから治癒魔法でなんとか生き延びたけど、見ての通り左眼を喰われた」

「そんな……！」

確かにこのギルドにやってきた時桔音は『赤い夜』について訊いてきたし、左眼の包帯は痛々しいとも思っていたが、まさか『赤い夜』が近くへ来ているなど思いもしなかった。いや、考えたくなかったのだろう。

「なんで左眼だけを奪って殺さなかったのかはわからないけど……でも、このことは言っておくべきかなと思って」

「っ……はぁ……一週間も経ってから言わないでほしかったです」

ミアは溜め息をつきながら頭を抱える。それはそうだ、一週間も前からAランクの怪物が潜んでいたというのだから、そうなるのは仕方がないだろう。

だが、今は桔音によってその情報が齎《もたら》されたことを幸いに思うべきか、ミアは気を取り直して佇まいを正す。

「情報提供ありがとうございます。その情報、ギルドで買い取らせていただきます」

「うん」

「情報の有益さを考慮して……金貨三枚と銀貨一〇枚でどうでしょうか？」

「それでいいよ」

「では、用意してまいりますので少々お待ちください」

金額交渉が終わると、ミアは一旦部屋を出ていった。

すると、桔音はソファに寄り掛かり大きく息を吐く。情報提供の話が上手く進んだことで、リーシェの情報通り大金が手に入りそうだ。

「でもきつねさん、そんなにお金を手に入れてどうするの？」

そこで、気になったフィニアが桔音に問いかけた。

桔音は薄ら笑いを浮かべながら答える。

「――――奴隷を買う」

＊　＊　＊

それからしばらく待っていると、ミアちゃんが小袋を持って部屋に戻ってきた。多分あの袋の中に情報の代金が入っているんだと思う。

こんなに簡単な情報提供でお金がもらえるなら、嘘の情報でもお金がもらえるんじゃないかな？　そう思ってミアちゃんに訊いてみたけど、どうやら嘘発見器的な魔法具があって、この部屋で嘘をつくと反応するようになっているらしい。浮気話とかに使えそうだなと思った。些か高価な代物らしいし、誰でも易々と使える魔法具でもないらしいけどね。

とはいえ、それなら魔法具を持っているギルドにとって齎される情報は簡単に仕分けられるわけだ。嘘か、真か。

「それでは、こちらが買い取り金になります。確認しますが、情報は以上でしょうか?」

「一応関係あるかはわからないけど、外の草原に山岳地帯に生息するヒルクライムベアーがいたよ。こっちはフィニアちゃんが倒したけど……そのくらいかな」

「なるほど……もしも『赤い夜』から逃げてきたのだとしたら、何処から『赤い夜』が来たのかも特定できるかもしれませんね……情報料を金貨三枚と銀貨四〇枚に増額いたします。この件に関してはギルド長に報告し、その後早急に捜索隊を編成して、『赤い夜』がまだ森の中にいるかどうか確認することになると思います。今回は貴重な情報提供ありがとうございました」

「うん、確かに受け取ったよ」

ミアちゃんが頭を上げると、立ち上がって部屋の扉を開けた。出ろということなのだろう。

フィニアちゃんを肩に乗せて、立ち上がる。お金も手に入れたことだし、早いところフィニアちゃんに言った通り奴隷を買おう。僕も思春期の男の子だ、できれば女の子が良いけど、この世界の常識についてよく知ってることが大前提だから最悪男でもいい。最悪ね、最悪。

というか、僕はこの国において奴隷が認められているのかどうかも知らない。どうなんだろう、奴隷を使役することが犯罪的なものにならないと良いんだけど……。

今のうちにミアちゃんに訊いてみよう。

「ねぇミアちゃん」

「なんでしょう」

「この国は奴隷って認められているの?」

「そうですね……世間的には認められていませんが、法的には禁止されてもいません。なので奴隷を使役することは問題ありませんが、主人は奴隷の最低限の生活を保障しなければなりません。仮に奴隷を虐げる扱いをした場合、この国では処罰が下されることになっています」

「なるほど」

どうやらこの国では奴隷を買っても大丈夫そうだ。

僕としても人を虐げるのは気が乗らないし、多少レベルは上がったけど、今尚僕は子供にだって負ける自信がある。主に攻撃力的な意味で。

でもミアちゃんのこの言い方、この国ではってことは他の国では奴隷を虐げることもあり得るんだろうなぁ。他国に行く時は気をつけないといけない。とはいってもしばらくこの国から出ていく予定はないんだけど、出ていくことになったらそれなりに対策を考えておこう。

僕は弱いからね、権力者とか格上の冒険者に目を付けられたら堪《たま》ったもんじゃない。

「きつね様は奴隷を購入するおつもりで？」

「うん、宿で料理を作ってもらっているんだけどそれなりにお金が掛かるからね。それなら食事を作れる人がいた方が安く付くじゃない？　作ってもらおうと思って」

「きつね様は作られないんですか？」

「作れるけど……ほら、依頼から帰ってきたら疲れているから作る気になれないんだよねー」

「なるほど……」

ミアちゃんがなんだか訝しげな表情で見てくるから適当に誤魔化す。最近どこかでフィニアちゃんからも言われたけど、元の世界じゃしおりちゃんから呼吸するように嘘をつくね、と評価された僕だ。魔法具を使っていない限りは嘘だとバレることはない。

というか、この世界に来てから僕結構嘘つきまくってる気がする。すっかり秘密の多いミステリアスボーイだな、僕。

あれ、ミアちゃんの表情がなんだか神妙なんだけど……魔法具使ってないよね？　大丈夫だよね？

こうして来た道を辿ってカウンターから元の賑やかな広間に戻ってきた。

冒険者たちが怪しげに僕たちの方を見ているけど、君たちの考えてるようなことは何もない。しつこいと炭にするぞ、フィニアちゃんが。あれ、違った？

「それじゃ、僕は行くよ。今日はお休みの日らしいから」

「はい、それではまたのご利用をお待ちしております」

「またねミアちゃん！　もう怒らないでね！」

「怒っていません」

フィニアちゃん、余計なことを言うな。ミアちゃんの目がまた笑っていないから。蒸し返すことないだろ全く。

ちなみに帰り際にこっそり訊いたんだけど、『赤い夜』を捜索隊が発見できなくとも、他の場所へ移動したということで情報代の返却を求められることはないらしい。大事なことなのでそこはちゃんと訊いておいた。

さて、もう用事は済んだので退散退散。

ギルドから出た後、僕たちはまず奴隷商の元へと向かった。

この前すれ違った強面の男の台車が向かっていった先でうろうろしてみたらあった。多少小綺麗な建物の横に奴隷を運んでいた台車が置いてある。店構えは全然奴隷商っぽくない雑貨屋。世間的に奴隷は認められていないって言っていたから、きっとカムフラージュしているんだろう。

試しに建物の裏に入ってみたら、なんだかそれっぽい看板と入り口を発見。隠すのは良いけど裏に回ったら簡単に見つかるって隠せているとは言えないんじゃないのかなぁ。

でもまぁ、僕にとってはありがたいから良いとしよう。一見《いちげん》さんお断りじゃなきゃいいけど。

「失礼しまーす」

「おや……いらっしゃいませ。どのようなご用件で？」

中に入ってみると、僕の元いた世界でいう小さいバーみたいな空間が広がっていた。空間は狭くカウンターのみ、席は五つあって、バーテンダーのような佇まいの男性が各種の酒をバックに立っている。肝心の奴隷の姿は一人も見当たらなかった。

まぁ入ってきたのが騎士様だったりすると面倒だしね。二重のカムフラージュか、さっきは良いのかこれでと思ったけど、しっかり隠しているらしい。

「奴隷を買いたいんだけど、いいかな？」

「ええ、勿論でございます……奥へどうぞ」

カウンターの端が開き、中へ通される。酒瓶の載っていた棚の一つが隠し扉になっており、奥に続く道があった。

「こちらの通路を進んだ先にいる者に、用件をお伝えください」

僕たちがその通路に入ると、バーテンダーの男性がそう言って扉を閉めた。明かりがあるからまっ暗にはならない。

言われた通りに少し進むと、広い空間に出た。広間に出てすぐの所に立っていた男が近づいてくる。

「いらっしゃいませお客様、どちらの奴隷をご購入ですか？」

うわ、見るからに怪しそうな男だな。ぼけーっとしていた癖に、客だと見てすぐに顔色変えた。怖いなぁ、裏組織っぽくて。それにフィニアちゃんをじっと見ているのも気に入らない。

でも怪しいだけで危害を加えられたわけじゃないし、今は客と店員の立場だから流しておこう。

「とりあえず容姿は問わないから五体満足ですぐに動ける奴隷が欲しい。予算は金貨一枚まで出せる」

「なるほど……そうなりますと、そうですね……実物を見てもらった方が早いでしょう、こちらへどうぞ？」

すると、男は広間の奥へと案内してきた。なんだかミアちゃんとは大違いの胡散臭《うさんくさ》さだな。まぁ良いけど。

誘われるままに奥へと案内される。明かりが少ないからかなんだか薄暗い通路だけど、少し歩くと一つの扉に辿り着いた。

男が扉を開き、僕を招き入れる。僕は中に広がる空間を見て、目を丸くする。

どう表現すれば良いだろうか。まるでそこは元の世界で言うところの――

――ペットショップのようだった。

現代のようにガラスではないが、そこには幾つもの牢屋《ろうや》が整頓されたように並んでいて、中には申し訳程度にボロボロの布で作られた服を着た奴隷たちが、暗い表情で入っていた。

綺麗に並べられた奴隷たち。

その手足には枷《かせ》が嵌《は》められ、最低限の身動きしか許してもらえないようだ。奴隷の内容は様々、筋肉の引き締まった力のありそうな男の人間たちや、ミアちゃん以上に胸が大きくてスタイルの良い女の人間たち、まだ幼くとも将来が期待できる美少女や美少年たちもおり、性別分けしてひとまとめに入れられている。また更に奥を覗けば、人間以外にも猫耳や犬耳の生えた獣人や、使役できるよう調教された下級魔獣等々幅広く取り扱っていた。

反吐が出るな、ここは。

「どの奴隷も主人に従順に生きるよう調教を施しておりますので、購入してすぐでも命令に従いますよ」

「ふーん……」

「但し、それだけに少々高額となっております……金貨一枚では少々厳しいかと」

足元見るなぁこの人。

商売人としては当然なんだろうけど、やっぱり少しでもお金を絞り取りたいみたいだね。でもまぁ予算はある、とりあえず向こうが考えている金額を聞くかな。交渉なんてしたことはないけど、思い付いたことは言っておくべきだろう。

「幾らくらいなら買える？」

「そうですね……金貨、三枚ほどかと」

「そう」

見事にこっちの予算当てたなこの人。流石は商人、素人の僕とは年季が違う。とはいえ、金貨三枚でもさして問題はない。安く済むならラッキー程度だったし、ここは全額払うつもりで行きますか。下手に値引き交渉しても僕程度の交渉術じゃ太刀打ちできないだろうし。

「じゃ金貨三枚であそこの巨乳美女」

「彼女ほどになると人気ですので金貨一〇枚は……」

「……じゃ金貨三枚であそこの筋肉マッチョ」

「彼は貴重な労働力となりますので金貨八枚は……」

「……じゃ金貨三枚であそこの将来有望そうな美少女」

「将来有望なので金貨五枚は……」

どうしろってんだ。売る気ないなこの人、少なくとも人間を売る気はなさそうだ。そうこうしながら奥に進むにつれて、獣人の奴隷が増えてくる。

獣人の子か……でも獣人だと生活の常識が人間と違う気がするしなぁ。いやまぁ人間と同じ所に住んでいる以上、常識の差異なんて多少のものだろうけどさ。でも偏見だけど、気難しそう。

そんなことを考えていると、奴隷商の男はにんまりと笑いながら僕にこう言ってきた。

「お金にお困りな様子、ならば一つどうでしょう。そちらの妖精をお売りになられては？」

「は？」

「いや、最近では妖精を愛玩種として扱うお客様が多くなっておりまして、お売りになるようでしたら、金貨二〇枚で買い取らせていただきますが、如何《いかが》でしょう？」

この男、何を言っているんだろう、馬鹿なのかな？

どうやらお金の匂いには鼻が利くみたいだけれど、人を見る目は足りないらしい。でなければこんな風に僕の逆鱗《げきりん》に触れてくるようなことはしないだろう。

まさかここまでの僕たちを見て、こんなことを言うなんてね。

全く――フィニアちゃんを売るだと？

「あまり調子に乗るなよ」

よくわかった、この男は僕の敵だ。

「ヒッ……⁉」

スキル『不気味体質』が発動するのを感じた。

でも構わない、この男は僕の敵だ。本当ならここで消し飛ばしてやりたいくらいだ。その場合フィニアちゃんに頼むんだけどさ。それくらい腹が立って仕方がない。

でも僕はあくまで奴隷を買いに来た客、この場で目立つ行動を取るのも都合が悪い。だから殺しはしない。一刻も早く、この気分の悪い空間から立ち去ろう。

「ぁ……っ……か……⁉」

「そこの獣人の女の子でいいよ、金貨三枚で売ってくれるよね？」

「………！　……！」

恐怖心で息もできなくなっている奴隷商に、僕は薄ら笑いを浮かべてそう言った。

こうなれば獣人だろうと動けて話せるのなら良しとする。こんな所に長居したくないし、これ以上ここにいると目の前の屑《くず》を殺したくなっちゃうからね。

奴隷商の男は声にならない悲鳴を上げながらこくこくと全力で頷いた。この分だと、どうやらレベルが上がったことで『不気味体質』の効果も上がったらしい。この状態で更に『威圧』を発動したら失神させられそうだ。どんどん顔が青ざめていく、良い気味だ。

「じゃ、それでよろしく。早く連れてきてね」

「はっ……！　はぁっ……！」

スキルを解除して最初の広間へ一人で戻る。

ちらりと横を見ると、フィニアちゃんが凄く不機嫌な顔になって、目に見えるほど魔力を昂《たか》ぶらせていた。こんなに怒っているフィニアちゃんは初めて見る。僕も同じくらい怒りを抱いたし、あの奴隷商にも反吐が出たけれど、よく耐えてくれた。

ここで問題を起こすのは困るからね。

「ありがとうフィニアちゃん、耐えてくれて」

「ううん……でも、あの人嫌い。きつねさんは私を売ったりしないよね？」

「しないよ、フィニアちゃんは僕のたった一人のパートナーだからね」

「うん！」

僕がそう言うと、フィニアちゃんは向日葵のような笑顔を浮かべた。

手放したりする筈がない――僕はこの笑顔が、大好きだからね。

＊　＊　＊

その後、桔音は怯える奴隷商から獣人の少女を無事買い取った。

その際、形式的なものなのか奴隷用の契約首輪を渡された。なんでも『隷属の首輪』という魔法具で、この首輪を着けることで主従の契約が為《な》されるらしい。その効果は、首輪を嵌められた主人に対し、攻撃することや命令に背くことができなくなるというもの。

桔音はもらってはおいたが、着けさせるつもりはない。奴隷ではあるが、奴隷のように扱うつもりはないのだ。金を払い終えれば、首輪を着けずに奴隷の少女の手を引いて、店を出た。

「さてと……まずはこれを着なよ」

桔音は店を出てすぐ、買い取った少女に自分の学ランを着せた。ボロ布の姿は見ていてあまり良い気分じゃなかったからだ。しゃがんでいそいそと着せてやる。桔音のサイズだとかなり大きく、学ランで膝上ほどまで隠れてしまった。

桔音はそこで初めて少女の顔をちゃんと見た。

購入した時は何も考えずそこにいた少女を指差したけれど、改めて見てみれば、多少薄汚れているものの中々整った容姿をしている。ボサボサだが、太腿《ふともも》まで伸びた明るい茶色の長髪。獣人故に、頭には柴犬《しばいぬ》のような三角の犬耳が生えており、お尻には髪を掻き分けるように犬の尻尾も生えていた。感情のない表情、瞳は深い翡翠色《ひすいいろ》をしているが生気がなく、虚《うつ》ろ。

年齢は恐らく人間でいう一二歳程度、奴隷として最低限の食事しか与えられていなかったのか、身長は同年代と比べれば小さいように思える。身体も酷く痩せていて華奢《きゃしゃ》だ。

「………？」

学ランを着せられた少女は虚ろな瞳で桔音を見上げるが、やはり感情は希薄だ。

とはいえ桔音が手を引けば素直に付いてくるので、とりあえず宿へ向かう。会話はなかったが、桔音は気まずさを感じるどころか宿代一人分増えるのかなぁ、なんて考えていた。

「あ、そうだ……君、名前は？」

そこでふと桔音は問い掛ける。

ステータスを見てもいいのだが、こういう自己紹介に使うのは無粋というものだ。

少女は、桔音の問い掛けに少し間を置くと、ぽつりと微かな声で答えた。

「……ルル・ソレイユ」

「ふーん、ルルちゃんか……呼びやすくていいね」

桔音はそれ以上何も言わなかった。詳しいことは宿で全て話せばいい。今はただルルと名乗った少女の手を引いて宿まで連れていくだけ。少女もそれ以上は何も口にしなかったし、桔音に手を引かれるままに、よたよたと足を動かし続けた。その様子に、なんだか妹ができたみたいだ、なんて思う桔音。

だがこの時、桔音は思いもしなかった。

近い未来、この奴隷の少女ルルを購入したことがきっかけで、大切なものを失うことになるなんて――。

＊＊＊

宿に戻ってきた後の話。

エイラさんは僕が連れてきたルルちゃんを見ても特に何も言わなかったけど、無意識なのか少し僕に対して失望したような表情を浮かべた。やっぱりこの国の人からすれば、奴隷という制度はあまり受け入れ難いんだろう。

とはいえ、僕の借りている部屋を使う分には、ルルちゃんの宿泊費を払わなくても良いらしい。法的には奴隷は購入者の所有物という扱いになるようだ。食事代は出さないと駄目だけど。

そして、現在は僕の部屋。

この場にいるのは僕とフィニアちゃん、そしてルルちゃんの三人だ。さっきから何も喋らず大人しくしているけれど、従順というより諦めのような雰囲気を纏っている。それにほんの少し怯えているような印象もあった。

まぁ奴隷としてこれから僕が主人となるわけだし、如何にこの国が奴隷に対して温和だとしても、虐げられる可能性がなくなるわけではない。怖がるのも当然なのかな？　ルルちゃんの痩せこけた身体やボロボロの衣服を見れば、あの奴隷商の元でどんな扱いを受けていたのかも察しが付くし。

「さて、ルルちゃん。これから君は僕の奴隷となるわけだけど」

「……はい」

「まずは守ってほしい約束がある」

とはいえ、幸い会話はできそうだ。

僕は奴隷を買うに当たって考えていたルールがある。元々奴隷として扱うつもりはなかったし、今後共同生活をする上である程度の決まり事があった方が良いと思ったからだ。

「まず、僕に買われたからといって、自分が奴隷だと思わないこと」

僕としては、この世界で過ごす為に力を貸してもらうわけだから、奴隷ではなく仲間として扱いたい。だから嫌なことは嫌と言ってほしいし、食べる物も寝る場所も僕と同じ生活基準で過ごしてほしい。あくまで名目上の奴隷だというだけなんだから、そこに格差はない。

それに、流石の僕も幼い子供に暴行や夜伽《よとぎ》を命じるつもりはないし、しようとも思わない。

これから一緒に暮らすんだし、嫌われたくはないからね。

「それが、約束……？」

「そう、君は僕の命令に従わなくてもいい。仲間として基本的に指示は聞いてほしいけど、ルルちゃんが嫌だと思ったことはしなくてもいいよ。できないことは教えるし、したくないことをさせるつもりはないから」

「……」

なんだか不安げな表情で見てくるルルちゃん。

相変わらず無口な子だ。目に活力がないのもあって今にも死にそうな顔をしている。見れば髪もただ伸ばしただけで無造作な感じだし、肌も悪い意味で白い。比喩じゃなくても放っておいたら死んじゃうんじゃないかな。

とりあえずはある程度健康体になるまで面倒見ないと駄目かな。

「いい？」

「……はい、ご主人様」

「その呼び方はメイド服を着てから言うものだ」

「……申し訳、ありません」

「あ、ごめん、怒ったわけじゃないんだよ、でもほらご主人様ってメイドさんの呼び方っていうか、そこは譲れないっていうか、ルルちゃんの属性ってメイドというよりは犬耳っ娘だからさ。いや確かに犬耳に加えてメイド服を着た幼女っていうのも凄くポイント高いとは思うんだけど、今は学ランだし——いや、これはこれで良いのか……？　図らずも萌え袖なわけだし、ぶかぶかな服を着てる幼女っていうのも一部の大きなお友達からすれば可愛いんじゃ……？」

「きつねさん！　話がずれてるよ！　それに気持ち悪い人になってる！」

おっと、萌えについての考察は幾つになっても楽しいからつい。昔図書館に通っていた頃なんて、誰かが置いていった萌え漫画とかエロい小説とかあったから、そういう知識には事欠かなかったんだよね。

でもルルちゃんが物凄く困惑した表情しているから、この辺でやめておく。フィニアちゃんにも注意を頂いたことだし。

「とにかく、ルルちゃんはこれから僕と一緒に暮らして、僕の指示したことをやってくれさえすれば、あとは自由にしてて大丈夫だから」

「……わかりました」

「よし、じゃとりあえずご飯でも食べようか、そろそろ晩ご飯だし。おいでルルちゃん」

「……はい」

話は終わったので、晩ご飯を食べる為にルルちゃんの手を引く。

当然だけど、まだ心を開いてくれないのか言葉の直前に少し間がある……まぁ一緒に過ごすうちに少しずつ心を開いてくれれば良いんだけど。フィニアちゃんもいることだし、少しずつ頑張っていこう。

階段を下りると、丁度食事の匂いがした。エイラさんの旦那さんが料理人らしく、男一人で食事を作っているらしい。

「はいよ」

「ありがとうエイラさん」

「まさかアンタが奴隷を買うとは思わなかったよ」

「ちょっと人手があると助かるんだ、別に悪いようにはしないよ」

「当然だよ、その子を虐げるようなら客だろうと関係ない、即刻叩き出してやるからね」

やっぱりエイラさんは優しい人だ。今日初めて会ったルルちゃんをここまで思ってくれるなんて、相当心根が優しくないとできない。この宿を選んで良かった。

リーシェちゃんといい、エイラさんといい、良い人ばかりだ。

それはさておき、今日のご飯は野菜スープにパンと魔獣肉のステーキ。もう一週間も経てば魔獣肉にも慣れた。手を合わせて、小さくいただきますと言ってからスープに手を付ける。うん、美味しい。

ルルちゃんの身体を見て気を使ってくれたのか、ルルちゃんの食事はパンと野菜スープ、メインはステーキではなくポテトグラタンだった。わざわざルルちゃんの為に作ってくれたらしい。この気遣い、流石だね。

「……え」

「ん？　どうしたの？　おなか減ってない？」

「……」

見ればルルちゃんは料理に手を付けていないどころか、席に着いてもいなかった。

料理が苦手な物なのかと思えば、視線は料理の方をジッと見つめている。そういうわけではないらしい。

ただ、視線を料理と僕とで交互に動かし、困惑した様子で佇んでいる。

もしかして僕が食べ終わるのを待っている？　それとも僕が許可しないと食べないとか？　どこまで奴隷根性なんだこの子は。主人と同じ席に着くのも憚られているみたいだし。

「ほら座って、奴隷と思わないことって言ったでしょ？　一緒に食べよう、今日から君は僕たちと一緒に生活をするんだから、遠慮しないで」

「……はい」

そう言うと、ルルちゃんは若干躊躇しながらも、恐る恐る席に着いた。

スプーンを使って料理にゆっくり手を伸ばす。そしてグラタンを一口口に入れると、居心地悪そうにもぐもぐと食べ始めた。ちらちらと僕の様子を窺いながら、二口目を口に放り込む。

「んッ、けほっ……けほけほっ！」

するとルルちゃんが咳《せ》き込んだ。

味もまともに感じられていないような精神状態に加え、急にちゃんとした料理を食べたから胃がびっくりしたのかな？　よくよく考えれば、いきなり変な約束を命じてくる主人だし、困惑した中、緊張と不安で胃がひっくり返りそうになっていたのかもしれない。これは悪いことをしたかな？

「慌てなくても何もしないから、ゆっくり食べなよ」

「えほっ……はい……」

咳が収まって、少し落ち着いたのか僕の言葉に頷き、またゆっくり食べ始めたルルちゃん。少々心の壁が厚いけれど、なんだか子供ができた気分だ。犬耳生えてるけど。

でもまぁ、これで食事に関しては僕たち人間と同じもので大丈夫だってことがわかったし、良しとしよう。何より見てると可愛いしね。

それはさておき、これから色々考えないとね。ルルちゃんの服とか、痩せ細った身体も少しずつ肉を付けていかないと。あとは、戦う力も付けさせないとね。僕と一緒にいるってことは今後戦いに同行することになる可能性もあるし。

試しにルルちゃんのステータスを見ておこうかな。

「あ、奴隷商のとこでも見ればよかったかな」

感情的になっていたから奴隷たちのステータスを見るのを忘れていた。また行く気はないし、ルルちゃんに不満があるわけじゃないから良いけど。

ステータス

《名前》ルル・ソレイユ

性別	女　Ｌｖ１《衰弱》	種族	獣人
筋力	80/150	体力	40/100
耐性	10/50	敏捷	50/190
魔力	100	称号	『奴隷』
スキル	『五感強化Ｌｖ１』		
固有スキル《ユニーク》	？？？		
PTメンバー	◎薙刀桔音、フィニア		

＊＊＊

どうやらあまりスキルは持っていないようだけど、衰弱してて全ステータスが基礎能力よりずっと低下しているみたいだ。というか《衰弱》も状態異常に入るんだね。

でも、びっくりしたのは元々の能力の高さだ。獣人族だからか、万全の状態なら僕よりも初期ステータスが高い。レベル１の状態でここまでのステータスを持っているというのは、中々良い買い物だったのかもしれない。

でも耐性は僕の方が上だね。レベル１の時僕の数値１００だったし。いや別にレベル１の子供に負けているからって悔しいわけじゃないよ、うん。だって僕は耐性さえ上がれば別に良いし？　攻撃力なんか欲しくないいし？　全然悔しくなんてない。

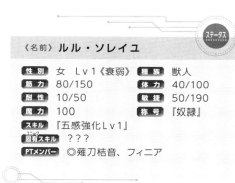

「けぷっ……」

「美味しかった？」

「……はい」

「それは良かった」

そこでルルちゃんが食べ終えた。咳き込んだ後は夢中で食べていたから、それなりに気に入ってくれたんだと思う。僕に話し掛けられてまた縮こまってしまったけど、気にせずテーブル備え付けの布巾で口を拭ってやる。

その際、一瞬怯えたようにびくっと硬直したけれど、ご飯を食べたからか死んだようだった表情も心なしか活力を取り戻したように見えた。良い傾向かな？

「よし、それじゃあ今日は部屋に戻ってゆっくりしようか。ルルちゃんも疲れただろうし」

「……はい」

「きつねさん！　私もお肉食べたいなぁ！」

「そう思って一欠片《かけら》残しておいたよ。ほら」

「わーい！　むぐむぐ……」

最近フィニアちゃんはご飯を食べる僕を見て羨ましそうにすることが多かったから、試しに分け与えてみたら美味しそうに食べるので、それからこうして食事を分けてあげている。サイズが小さいから一欠片で済むしね。不思議なことに食べなくても良い身体でも、味覚はあるらしい。

食べ終わった皿を返却口に戻して階段を上がる。ルルちゃんも手を引いてあげれば素直に付いてきた。

「さ、入って」

「……はい」

ルルちゃんを部屋に入れながら、明日からどうするかを考える僕。

まぁフィニアちゃんもルルちゃんを悪く思っているわけではないようだし、ルルちゃんも困惑しているみたいだけど別段嫌そうではない。これならなんとかやっていけそうかな。

「さて……今日は疲れたね」

「そうだねー、訓練してギルド行ってルルちゃんを買いに行って……色々あったね！」

「というわけで僕はもう寝ます」

「早いよ⁉ ご飯を食べてすぐに寝ると太っちゃうんだからね！」

「おやすみ」

「あれー⁉ 聞いちゃいない！」

騒ぐフィニアちゃんをスルーして寝転がると、傍でルルちゃんが手持無沙汰にしているのが見えた。身体を起こしてベッドに座り、おいでと言うとおっかなびっくり近づいてくる。何か怒られるかもと思っているのか俯いているので、隙だらけなその頭を優しく撫でた。獣人族だからか、凄くもふもふした撫で心地に癒される。

ルルちゃんはまた怯えるように肩を震わせたけど、しばらく撫でてあげると、眠気が襲ってきたのか気持ちよさそうに目を細めた。うん可愛いし、微笑ましい。

その後、僕も本当に眠くなってきたからフィニアちゃんとルルちゃんを両脇に寝かせて小の字になって寝た。僕はそれほど身体が大きくないし、フィニアちゃんはフィギュアサイズだし、ルルちゃんも子供だからアンバランスで小の字にはなっていなかったけどね。

まぁとりあえず、おやすみなさい。

＊＊＊

時刻は深夜。

私の主人たちはすっかり寝静まっており、主人の寝ているベッドで同じように横になっていた私は、未だに眠ってはいなかった。気づかれないように起き上がり、獣人特有の夜目を活かして主人を見下ろす。

私を買った主人は、気の抜けた顔で無防備に眠っていた。私が逃げ出すとは思っていないんだろうか。

「……」

私を買った主人は、よくわからない人だった。

私はたった数時間前まで奴隷商の営む店の中で、檻に入れられていた。奴隷として商品にされ、ボロボロの汚い服を着せられて、出される食べ物はパンと味の薄い野菜スープくらい。そんな中言うことを聞かなければ暴力を振るわれた。

気がつけば腕や脚は痩せ細って、毎日空腹と痛みに耐える生活を送る日々。

もう未来なんて期待していなかったし、人並みの幸せだって諦めていた。毎日与えられる痛みに耐えれば、ご飯がもらえる。それの繰り返し、そう思っていた。

でも、今日その生活に変化が訪れた。自分を買う人間《ものずき》がいたのだ。

「んん……ぐー」

「！」

びっくりした、起きるかと思った。寝返りを打っただけみたい。

どんな夢を見ているのか、なんだか楽しそうな表情をしている。私がその気になれば、いつでも逃げられるってわかっていないのだろうか。

でもこの人は、檻の中から自分を引っ張り出した。

同じ奴隷として売られていた大人の人は言っていた。『買われたところで、碌な生活はできない』と。奴隷は本来主人に使われる存在で、虐げられることが当たり前の存在。

私もそれを覚悟していたし、経験として知っていた。

だから、主人を見た時の感想はこうだ。

――ああ、これが私を虐げる人なんだ。

奴隷は買われた場合、必ず『隷属の首輪』を着けられる。

それを着けられた場合、奴隷は主人に逆らうことを全面的に禁止される。反抗したり、主人に攻撃したりすると首輪が締まる魔法具だ。だから、主人がその首輪を奴隷商から渡されているのを見た時、やっぱりと思った。

だが、私はここからずっと困惑することになった。

目の前で眠っている主人は、私に首輪を着けるどころか、自分に着ていた服を着せてきた。その後もいつ首輪を着けるかと思えば、そんな素振りも見せない。名前を訊かれて答えたら、良い名前だと褒められる始末。

そして一番驚いたのは、手を繋いできたこと。

普通、奴隷に進んで触れる主人はいない。酷い主人だと新しい武器の試し切りの為に奴隷を買うこともあるし、魔法の試し撃ちに使う時だってある。優しく手を引かれたことは私にとって驚愕する出来事だった。想像していたことより、覚悟していたことより、あまりに違いすぎる。

そして主人の住んでいる宿に連れてこられたかと思えば、更に驚きの言葉を言ってくる。

『そう、君は僕の命令に従わなくてもいい。仲間として基本的に指示は聞いてほしいけど、ルルちゃんが嫌だと思ったことはしなくてもいいよ。できないことは教えるし、したくないことをさせるつもりはないから』

一瞬、聞き間違えたのかと思った。命令を聞かなくても良い、なんて言葉を奴隷に言うとは思わなかったからだ。ならば何故自分は買われたのだろう。

命令されなければ自分に存在する価値はないというのに。

でも、それが命令ならばと思って了承し、『ご主人様』と呼んだら怒られた。メイドがどうのとか犬耳っ娘がどうのと言っていて私にはよくわからなかったが、主人が怒るのならば呼ばないようにしようと心に決めた。主人の怒りを買えばどんな目に遭わされるかわからない。

そこで主人の名前に様を付けようと思ったら、自分は主人の名前をまだ聞いていなかったことに気づいた。これでは呼びようがない。しかし名前を聞くのも失礼なのかもしれないと思うと、自然と無口になってしまった。

その後、主人は更に驚くような行動を取る。食事を取ろうと言ってまた主人に手を引かれた。連れていかれたテーブルには主人と私の二人分、温かい食事が置かれた。

この時点で私は困惑する。どうして主人と同じテーブルに、私の食事が用意されるんだろう。そしてどうして主人と同じテーブルに座ることが許されるのだろう、そう思った。

私は奴隷、主人と一緒に食事を食べるなんて許されない。目の前の食事はとても美味しそうな匂いを放っていて空腹感を誘うけれど、我慢した。

我慢は得意だ、毎日毎日、そうやって生きてきたんだから。

『一緒に食べよう、今日から君は僕たちと一緒に生活をするんだから、遠慮しないで』

でも、主人はそんな私にそう言った。一緒に食べようと、そう言ったのだ。

どうしてこの人は奴隷の私にこんなに優しくするんだろうと思ったけれど、既に空腹の限界だった私は、恐る恐るではあったけれど、気がつけば食事に手を伸ばしていた。

口に広がる温かい味と、もういつぶりなのかわからないほど久々に感じる満たされる感覚。私はもう死んでも良いとさえ思った。緊張のせいかむせてしまったけれど、主人は微笑みながら私の口元を拭いてくれた。落ち着いて食べろと言われてからはゆっくり食べたけれど、主人はあの奴隷商人のように途中で食事を奪い取ったりはしなかった。

いつのまにか食事に夢中になっていて、食べ終わった後に美味しかったかと聞かれて、ハッとなった。どこかへ旅立っていた筈の緊張が戻ってきて、はいと返すしかできなかった。

私は奴隷なのだから、分を弁えないといけない。

今はこうして優しくしてくれてはいるが、もう夜だ、もしかしたら夜伽を命じられるかもしれない。そういう経験はないけれど、奴隷として買われたのならばそれに応えないといけない。内心少し怖かったけれど、主人に手を引かれて階段を上り、部屋に戻った。

いつ命じられるのかとそわそわしていたら、寝転んだ主人は私を呼んだ。

ついに来たかと思って俯いていたら、頭を撫でられた。どういうことなのかわからなくて困惑していたけれど、優しい手付きが気持ち良くてしばらく撫でられるがままになっていた。

それから主人は私を自分の隣に寝かせると、何もしないまま眠ってしまって、今に至る。

「なんで……」

わからない。この人は一体私をどうしたいのだろう。

首輪も着けずに、無防備に眠っている主人。今ならば寝ている主人を殺すことだってできるし、このまま逃げることだってできる。首輪が着いていない以上、私と主人の間に強制力のある主従契約はないのだから。

なのに、なんでこの人は――全くわからない。

「眠れないの？」

「⁉」

突然、主人の陰からにょきっと小さな頭が出てきた。急に話し掛けられたから、驚いて後退ってしまう。見れば、主人と一緒にいる妖精様だった。

「あはは、別に取って食ったりしないよ……どうして首輪を着けないのか不思議って顔してるね」

「……はい」

妖精様は音もなく宙を泳いで、私の目の前までやってくる。まるで太陽みたいに笑う人だな、なんて思ってしまった。

妖精様に心の内を見透かされて少し驚いたけれど、あまり表には出さずに頷いた。

すると妖精様は、そうだよねーなんて言いながら主人の方へ困ったような視線を送る。どうやらこの人は私に首輪を着けない主人のおかしさに気がついているらしい。気がついていて尚、それを受け入れているみたいだった。

「でもね、きつねさんは本当にルルちゃんを奴隷として扱うつもりはないんだよ。そういうの、一番嫌っている人だから」

「……どこまでいっても、私は奴隷です」

「そうだね、でもきつねさんはそう思ってない……だからルルちゃんが選ぶと良いよ」

妖精様の言葉にもやもやしたものを感じ、少しだけ言い返してしまった。けれど妖精様はなんともない様子でそんなことを言ってくる。

「選ぶって……何をですか？」

私は問い掛ける。

「ルルちゃんが諦めていることを、だよ」

妖精様は、はっきりとは言ってくれなかった。

「じゃ、おやすみ！」

そしてそのまま主人のお面の中へと消えてしまう。また静寂の空間が戻ってきて、私の元に自由が帰ってきた。今ならば、どこへだって行ける。

私は扉を見て、逃げようかと思った。

――ルルちゃんが諦めていることを、だよ。

「……」

もう一度眠っている主人を見て、私はその考えを打ち消す。

今逃げたところで私にその後生きる術はない。それに、どうしてこの人が私に優しくするのか、奴隷を家族みたいに扱うのか、それが知りたかった。

奴隷を買ったのに、奴隷を嫌うこの主人のことを、私は知りたい。

「おやすみなさい……」

欲を言うなら――妖精様の言葉の意味も、知りたいと思った。

＊
＊
＊

夜が明けて、一人目を覚ました僕は身体を起こした。

僕は基本的に朝に強い、目を覚ましてすぐにクリアな頭で物事が考えられるタイプだ。いつまでも寝ていると母親らしい人から殴ったり蹴ったりされたからね、彼女よりも早く自分で起きないといけなかったんだよ。

そんなクリアな頭で横を見ると、寝ている間に転がり出てきたのか、お面の隣で大の字になって寝ているフィニアちゃんがいる。そして反対側にも、丸くなって寝ているルルちゃんがいた。

これ今思ったけどルルちゃん逃げ放題だったな。なのに逃げなかったってことは、そういう風に言い聞かせられてきたからか？　昨日の様子もあったし、心身共に奴隷根性が染み付いているなぁ。まぁ、おいおい打ち解ける予定だから良いけど。

二人を起こさないようにベッドから下り、一つ伸びをする。パキパキと小気味良い音が体内に響いて、固まった筋肉が解れるのを感じた。多少ラジオ体操的な運動をすれば、完全に頭も身体も目を覚ます。

「さてっと」

改めて見てみると、今までフィニアちゃんだけだったベッドの上にルルちゃんみたいな可愛い子がいるというのは少し新鮮だ。滅茶苦茶長い髪の毛がベッドの上に広がっている。

小さい子に欲情するほど変態ではないけど、なんとなくほっこりした。

「耳とか尻尾とかどんな感覚なんだろ？　いつか訊いてみようかな、できれば触らせてもらおう」

そう呟いて、二人を起こす為に歩み寄る。

フィニアちゃんは指先でつっついてやればいつも起きる。その際変な寝言を吐くけど、それが中々面白い。

毎回何かフィニアちゃんのキャラではない口調だから、きっと夢の中では大男だったりセクシーな女性だったりするんだろう。

「フィニアちゃーん、起きて」

「な、何をする……！　やめろォ！　やめるんだッ……！　はっ、おはようきつねさん！」

「うん相変わらず変な夢だね、おはよう」

今日はなんだか緊迫感溢れる台詞《せりふ》だったな。どんな夢を見ているんだか知らないけど、フィニアちゃんほんと個性的だよね。今日は多分銃撃戦とかやっている世界観だな、もしくは世紀末か。

さて、ルルちゃんも起こさないと、そう思ってルルちゃんに近づいた。

すると、僕の影が彼女の顔に掛かった瞬間、ルルちゃんは怯えるように飛び起きた。ベッドから転がるように床に逃げると、自分の身体を護るように抱きしめ、震えながら僕を見上げてくる。寝起きとは思えないほど俊敏な動き、青ざめた表情は今にも死にそうなほど生気が失せている。

なんか凄く悪いことした気分。あの奴隷商、どんな生活させていたんだよ。寝起きだけでこんな風になる？　普通。

「あー……おはよう、ルルちゃん。よく眠れた？」

「ッ……ごめんなさい……！」

「うーん僕はよく気味悪がられる方だけど、こういう怖がられ方は中々心に来るなぁ」

「奴隷根性が凄い！」

「はぁ、あの奴隷商のせいか……ほらルルちゃん、僕は叩いたりしないし、別にこれからも起こすまでは寝ていていいから、そんなに怯えないで」

多分昨日からずっと気を張っていたんだろうな。奴隷商人ってなんで奴隷をちゃんと養わないんだろう？　ちゃんと食事を取らせて見栄え良くした方が商品価値も上がるし、より買い手も付くだろうに。管理者と奴隷で上下関係をはっきりさせたかったのかな？　それともただ奴隷を見下していただけ？　まぁどうでもいいけど、器小さいな。

「ルルちゃん、大丈夫だよ」

「ッ……」

震えるルルちゃんに近づいて、目線の高さを合わせるように膝をつく。するとルルちゃんは更に怯えたように目をぎゅっと瞑《つむ》って身体を強張《こわば》らせた。この分じゃ僕の言葉は耳に入っていないっぽい。絶体絶命、処刑を待つ罪人のようだ。

「ほらルルちゃん、大丈夫だから」

言葉が耳に入っていないなら仕方がない。僕はルルちゃんの頭を優しく撫でた。触れた瞬間より一層身体をビクつかせたけれど、撫でられているのがわかるとゆっくり目を開いて僕を見てくる。どうやらようやく頭がちゃんと目覚めたらしい。身体の力がゆっくりと抜けていく。

「あ……」

「おはようルルちゃん、目は覚めたかな？」

「……はい……おはよう、ございます」

僕が撫でるのをやめて立ち上がると、ルルちゃんもゆっくり立ち上がる。見れば昨日着せた学ラン姿のままだ。

いつまでもこのままでいるわけにもいかないし、今日はルルちゃんの服を買いにいかないとな。その後はギルド行って、お手伝い系の依頼を受けて……ルルちゃんにも僕たちの生活に慣れてもらわないといけないし、今後の為に少しずつ彼女のレベルも上げていかないとね。

「まぁ、まずは朝ご飯だね。行くよ、二人とも」

「うん！」

「……はい」

見ると、ルルちゃんが手を握ったり開いたりしているのが見えた。どこか調子悪いのかな？　ご飯を食べて一晩ぐっすり寝たから顔色は良いみたいだけど、どうかしたんだろうか？

そう思って、少し考えてみる。えーと、確か昨日……あ、そういうことか。

「ほら、ルルちゃん」

「！　……はい」

ルルちゃんに手を差し伸べてやる。そうすると、思っていた通り無表情に、けど少しだけ戸惑ったような雰囲気でおずおずと僕の手を取った。昨日はどこへ行くにもルルちゃんの手を引いていたからね。それを思い出していたんだと思う。

そのまま部屋を出て、一階へ向かう。

当たり前だけど、幼くして奴隷になる子は親と別れているんだよね。そうなると、手を繋ぐとか抱きしめてもらうとか、そういう人の温《ぬく》もりを感じる経験は少ないのかもしれない。

そういうことなら、こんな僕で良ければ幾らでも繋いであげるよ！　っていうか寧ろこっちから繋いでほしいくらいだ。あれ？　ちょっと待って、そういえば僕も人と手を繋いだのってこれが初めてかも。うわーしかも初めての手繋ぎが可愛い幼女、下心はないけどこれは漲《みなぎ》ってきた！

「？」

「なんでもないよ、うん、やましいことなんて考えてないからね」

ルルちゃんの純粋な視線がとても心に刺さった。

「おや、おはよう」

階段を下りていくと、宿泊客が数人。各々テーブルに着いていて、食事の準備をしているエイラさんがいた。準備といっても旦那さんの作った料理をテーブルに運んでいるだけだけどね。

「おはようございます、エイラさん」

「おっはよー！　今日も良い朝だね！」

「ああ、食事もできているから、さっさと食べちゃいな」

今日の朝ごはんはパンと昨日の野菜スープ、目玉焼き、少量のサラダ、如何にもな朝食セットだ。気のせいか、さっきよりお腹が空いてきた。

基本的にこの宿の朝食はパンとスープ、そこに簡単な一品が付く形。なんでも朝が弱い人が朝食を食べにこないことが多いらしく、朝は温めればすぐ出せる料理にしているらしい。

すると、エイラさんが僕たちに挨拶してきたのを見てルルちゃんが俯いた。奴隷生活をしていた故に、コミュニケーションを取るのが苦手なのだろう。

「ルルちゃん、挨拶できる？」

「……おはよう、ございます」

「ああ、おはよう」

少し困ったような表情を浮かべたけど、軽く背を押してあげればルルちゃんはちゃんと挨拶した。偉いぞ、僕がルルちゃんくらいの年齢の時は、挨拶する相手がいなかったからね。

とはいえ、子供ができたら褒めてあげるのが親。親じゃないけど。

とりあえずルルちゃんの頭を撫でてあげた。撫でられることに慣れたのか、ルルちゃんは素直にそれを受け入れてくれる。犬系の獣人だからかルルちゃんは頭を撫でられるのが好きみたいだ。

「この子、名前はなんていうんだい？」

「ルルちゃん」

「ルルちゃんっていうのかい、可愛い名前だね」

「でしょ？　もっと褒めて良いよ」

「なんでアンタが誇らしげなんだい……」

軽口を叩きながらテーブルに着く。勿論ルルちゃんも座らせてからだ。そうしないと奴隷根性の染み付いたこの子は僕と同じテーブルに座らないからね。

それからいただきますと言って食べ始める。やっぱり僕が食べ始めないと食べようとしないルルちゃんだったけど、頷いてあげればゆっくりと食べ始めた。

うん、良い傾向だ。

「今日はどうするのきつねさん？」

「ルルちゃんの服を買ってから、ギルドに行こうかなって」

「確かにずっときつねさんの服じゃイヤだもんね！」

「うん、確かにそうかもしれないけどなんか傷付くな」

「あはっ☆」

時々フィニアちゃんは僕のことが嫌いなんじゃないかって思うほど辛辣な言葉を吐く。悪意が感じられないから全然不快ではないけど、こう……胸にグサッとくるものがある。全く、ルルちゃんが真似したらどうするんだ。

この子の純粋な眼差しで罵倒された日には、興奮しちゃうだろ間違えた、立ち直れないだろ。

「きつね……？」

「ん？　ああ、そういえば僕の名前言ってなかったっけ？　僕の名前はきつねだよ」

「きつね……様」

「うん、まぁ好きに呼ぶと良いよ」

そんな話をしながら、食事を終える。

早速ルルちゃんの服を買いにいこうかな。ていうか服って何処で買うんだろ？　武器屋で売ってないかな？　流石に売っていないか。

「ねぇエイラさん、ルルちゃんの服を買いたいんだけど……何処行けば買えるかな？」

「服？　それなら私の小さい頃の服が余っているけど、あげようか？」

「え、本当？　じゃあ欲しい」

やった、服代浮いた。

エイラさんが持ってきたのは緑色中心の服が多く、痩せているルルちゃんには気持ち大きめだったけど、肉が付けば問題ないサイズ。試しに一つ着せてみれば、淡い緑色の服に明るい茶髪はよく映えた。エイラさんのセンスが良いのか適度におしゃれだし、ルルちゃんの素材が良いからよく似合っている。

「うん、可愛いよ、似合ってるね」

「……ありがとうございます」

「じゃあ服も手に入ったことだし、ギルドに行こう！」

フィニアちゃんの声で、宿を出発する。

その際服を着たルルちゃんから学ランを受け取って着る。やっぱり学ランが一番しっくりくる。ステータス上げれば防具とかいらないしね。あって困る物でもないんだろうけど。

まぁ、そもそも防具を買い揃えるお金がないんだけどね。

＊　＊　＊

私は今、きつね様たちに連れられて、冒険者ギルドにいた。

今日は朝目覚めた時から調子が狂う。主人よりも後に起きるだなんて、奴隷としてありえない失態。寝起きだというのに一瞬で眠気は覚めて、顔が青ざめるのを感じながら謝った。

結果としてきつね様は私を許したけれど、挽回《ばんかい》しないと。私は奴隷、如何に奴隷として生活することを禁じられたからといって、身の程は弁えないといけない。

朝食を食べてから、きつね様が泊まっている宿の女将様が私に服を与えてくれた。動きやすく、何より緑色主体の綺麗な布で作られた、私が着たこともない可愛らしい服だった。

奴隷がこんな服を着ても良いのか戸惑ったけれど、きつね様が可愛いと褒めてきたから、素直に受け取った。主人がそうしろと言うのなら、私は従うだけだ。

そして現在。

冒険者ギルドに連れてこられてから、きつね様が依頼を受けるまで大人しく椅子に座って待機している。

ここに来て初めてきつね様が冒険者であることを知った。

物珍しいのか、冒険者の人たちが大人しく待機している私をじろじろ見てくる。少し怖い。

「よっ、と！　依頼は選んだし、あとは手続きだけだからきつねさんだけでもできるしね。一緒にきつねさんを待ってよ！」

そうして居心地の悪さに縮こまっていると、座っている私の膝の上に妖精様が座ってきた。相変わらず太陽のような笑顔を浮かべてそう言う妖精様だけれど、きっと私の気持ちを察して来てくれたのだろう。少しだけ肩の力が抜けるのを感じた。

「まだ緊張してるね、ルルちゃん」

「……」

妖精様は私の心を見透かしているようだった。

「まぁきつねさんはあんなだから、パッと見童顔で可愛らしい顔立ちだけど、ただの薄ら笑いの気持ち悪い怪しい人だし、そうなるのも仕方ないね！」

「……違うんですか？」

「うん、違うよ」

妖精様は時折きつね様を罵るような言葉を言うけれど、その表情はどこか嬉しそう。きっと私の知らないきつね様をいっぱい知っているんだと思う。けれど私にとってはただの主人で、奴隷に首輪を着けない常識外れで、不気味な雰囲気を纏った怪しい人でしかない。

それでも、妖精様はそうではないと断言した。

「きつねさんは優しい人だよ」

「……」

優しい人。

確かに、私に対して奴隷扱いは一切しないし、温かい食事や綺麗な服もくれた。いつも私に対して気を配ってくれていると思う。妖精様が言う通り、優しい人なのかもしれない。

でも、それはそれだ。

「……私は、奴隷ですから」

それでも私が奴隷で、きつね様が主人であることに変わりはない。首輪を着けていなかろうと、契約が結ばれた以上それは変わらぬ事実。きつね様がどれほど優しい人だとしても同じこと。

私は奴隷――主人に従い、役に立たなければ捨てられるだけの存在。

「……そっか、ルルちゃんは信じたくないんだね」

何を、とは訊けなかった。

妖精様は、尚も見透かしたような瞳で私を見る。その目は本当に私の心を見透かしているようで、動揺した私は反射的に目を逸らしてしまった。このまま目を合わせていると、何か見られたくないものを暴かれるような気がした。

妖精様はそんな私を見て苦笑する。

「まぁ、安心してよルルちゃん」

パッといつもの雰囲気に戻った妖精様は、空を飛んで私の顔の目の前に来る。そして両手を広げてこう続けた。

「いつか、きつねさんがルルちゃんを変えてくれるよ」

自信たっぷりに、堂々と。

「お待たせ、依頼を受けてきたよ」

私が言葉に困っていると、きつね様が戻ってくる。依頼受注の手続きが済んだらしい。

妖精様は話は終わりとばかりに飛んでいき、きつね様の肩へと座る。そして二言三言言葉を交わせば、いつものように明るい笑顔で笑っていた。

そしてきつね様が私の手を取って、私の歩幅に合わせるように歩き出す。遅れて私も付いていくけれど、私の頭の中では妖精様の言葉がぐるぐると繰り返されていた。妖精様の言う私が信じていないというものがなんなのか、それは私自身にもわからない。

けれど、きっとそれは私の気持ちの核心を突いているのだろう。

そうでなければ、これほどまでに私の心がざわつく筈もない。

「そう不安そうな顔しなくても大丈夫だよルルちゃん、今回受けた依頼は採取依頼だからさ。命の危険はないよ」

そんなことを考えていると、私の表情を見て何やら勘違いしたらしいきつね様が、私を安心させようとそう言ってくる。どうやら不安が表情に出ていたらしい。

妖精様は何故か私の心や感情を見透かしているみたいだけど、きつね様にそれを伝えてはいないみたいだった。

きつね様の言葉に、私はただ無言で頷いた。

＊＊＊

桔音の受けた依頼内容は、『森林近くでの薬草採取』。

この国ミニエラの外にある森林は、その名前を『エラ大森林』といい、Dランク以上の魔獣が生息する危険地帯の一つとされている。桔音の出会った大蜘蛛や大狼もその魔獣たちの仲間。この森はゴブリンやスライムといった下級ランク魔獣が生きていられないような弱肉強食地帯なのだ。

だがこの森の魔獣たちは滅多に森の外へ出てこない。強者だからこそ縄張り意識が高く、そこで暮らす生活を守るように生きているからだ。また下手に格上の縄張りを荒らして命を失うことを避ける意味もある。故に、森林に入りさえしなければ魔獣に襲われることは殆どない。

だから桔音の受けた依頼は森林の近くでの採取であるが、殆ど危険がないHランク依頼になっている。採取しなければならない薬草は『ヒラシナ草』、回復薬やポーションの材料としてポピュラーな薬草だ。

「さて、それじゃ役割分担を決めようか」

桔音たちは早速森林近くに来ており、ヒラシナ草の群生している場所へとやってきていた。一応宿から小剣を持ってきてできる限りの武装は整えているものの、武器らしい武器は小剣のみで、防具なんてありもしない。武装というにはあまりにも丸腰に近い。

「ルルちゃんと僕はこの辺に生えているヒラシナ草の採取、フィニアちゃんは周囲の警戒でいこう。比較的安全といっても、万が一は考えておかないとね」

そう言って、桔音は万が一の為の役割を決めた。

森の中でも証明されたが、最高戦力のフィニアさえいれば大抵の魔獣はなんとかなる。それにこうして森の外にいれば、蜂の魔獣の時のように群れで襲われる可能性も殆どない。姿を見せても単体になるだろう。だからこそフィニアが警戒していれば、仮に魔獣が森から出てきてもすぐに排除できる。

「わかった！　私に任せて！」

「うん、任せたよ。じゃあルルちゃん、依頼されたヒラシナ草の数は二〇〇本だよ。この辺に群生しているのだけでも十分足りると思うけど、品質が大事らしいからきちんと根っこから抜いて、この袋に入れてね」

「……わかりました」

桔音の指示に従って、ギルドから依頼用に渡されていた布袋を受け取るルル。ギルドでフィニアと話した時から、少しだけ纏う雰囲気が重たくなっていた。勿論桔音もそれには気がついていたが、ここまで来ると依頼が不安なわけでないことも気づいている。

桔音はどうしたものかと考えたが、ルルがしゃがみ込んでヒラシナ草を丁寧に採取し始めたのを見て、まずは依頼かと自分もしゃがみ込んだ。

「うわ、これ結構面倒くさいな」

依頼にあった通り、ヒラシナ草は品質を保つ為に根っこから採取しなければならない。つまり、いちいち地面を掘って抜かなければならないということだ。それは大分手間を掛ける作業なわけで、二〇〇本も取るには中々時間が掛かる。

やめたいと思う桔音だが、ルルを見ればせっせと丁寧に言われたことをやっていた。幼女が頑張っているのに、自分がそれをしないのも格好悪い。

「はぁ……頑張るかな」

桔音はぼやきながら手を動かし始めた。

＊＊＊

――その魔獣は、森の中を必死に逃げていた。

その姿は昆虫、八本の脚と八つのギョロリと輝く目、カシュカシュと動く牙は涎《よだれ》と血が混ざった赤透明な液体で濡れている。

彼は桔音の遭遇したあの大蜘蛛だった。

巨大な胴体部分には幾つかの傷があり、その様子は傍《はた》から見ても満身創痍だ。蜘蛛に表情なんてないが、その八つの瞳にははっきりと恐怖が刻み込まれている。力の入らない足を必死に動かし、時には粘着性の糸を使ってまで、彼は全力で逃げていた。

――ガサガサッ
ビクッ、と後方から聞こえた音に極端に反応する大蜘蛛。殆ど反射的に糸を吐き出し周囲の木々に巻き付けると、勢いよくその場を飛び退《の》いた。だが、それで足を止めたりはしない。飛び退いた先の木に足が着いた瞬間、力いっぱい木を蹴って前へと進んだ。

追いかけてくる気配が少しだけ遠のく。

だが安心はしていられない。大蜘蛛が逃げる速度よりも、追いかけてくる気配の方がずっと速いのだ。

――ズチャッ
不意にそんな生々しい音が響く。

途端に大蜘蛛の体勢が崩れ、ズザザと地面を削るようにこけてしまった。その状況に焦燥と困惑が大蜘蛛の頭の中を支配する。何故、どうしてこけた、今の音は、痛み、何が、知性のない魔獣である大蜘蛛の頭を、動揺と恐怖が埋め尽くした。

――――痛み？

大蜘蛛はパニックになった精神状況で、己の身体に走る新たな激痛に気がついた。遅れて気づく己の身体に与えられた新たな痛み。

大蜘蛛の八本あった足が二本、なくなっていたのだ。左右の足が一本ずつ、関節の途中で喰い千切られたように消失している。

「ギシャァァアアア！？！？」

すると大蜘蛛が叫び声を上げた。

自身の足が喰い千切られた痛みや事実に、ではない。消えた足は背後にあったのだ、自分の背後でバキバキと音を立ててソレを喰らう黒い影と共に。

「――――♪♪♪」

大蜘蛛は残った六本足で再度駆け出した。

足を二本失ったことで多少スピードが落ちるが関係ない。大蜘蛛は先ほどよりも大きな恐怖に心を支配され、もがくように逃げる。

そして大蜘蛛はどこをどう走ってきたのか自分でもわかっていなかったのか、目の前に森の出口を見た。

森の外へ出ることなんて一度もなかった大蜘蛛だが、大量の出血と恐慌状態にある精神も相まって、森の中へ差し込む出口の光に根拠も何もない希望を抱く。

あそこまで行けば、助かるのだと。

逃げる、逃げる、逃げる、もう放っておいても死んでしまう重傷を負っているにも拘らず、知性もなければまともな理性も失った魔獣はその判断すら付けられない。

そして、大蜘蛛は森の外へと身を投げ出すように飛び出した。

＊　＊　＊

事態が動いたのは唐突だった。

ヒラシナ草を取る為に行動を開始してから約一時間が経った頃、僕とルルちゃんは最初にしゃがみ込んだ場所から少しずつ離れるように薬草を取っていた。気がつけば最初は手を伸ばせば届く距離にいたのに、お互い数メートルほど離れた場所に移動している。

僕は腰に若干の疲労を感じながら立ち上がり、腰に手を当て反るようにして身体を伸ばす。パキパキと小気味良い音がした。

そしてルルちゃんの方へと近づこうとして――

「きつねさん！　離れてッ‼」

――フィニアちゃんの必死の声で、僕は一気に駆け出した。

フィニアちゃんの声を追いかけるように、森の方からバキバキと木々をへし折るような音が迫ってくる。

何かがこちらに来ているのを理解し、事態の変化に手を彷徨わせているルルちゃんの近くまで来た。

小剣を抜き放ち、ルルちゃんの手を摑んで森から離れるように走る。

「――ッ、きつ、ねさま……⁉」

ルルちゃんが引っ張られた力に驚愕の声を上げるけれど、今はそれに構っている暇がない。フィニアちゃんが後ろを守ってくれているけれど、もしも手に負えないような相手だったなら命を落とす。ルルちゃんだけでも逃げられるようにしなければならない。

そして森から十数メートル離れた場所まで走ってきた時、ようやくその迫り来る何かが森を突き破るようにその姿を現した。

「ひっ……」

ルルちゃんが悲鳴を上げる。

当然だろう、姿を現したのは巨大な大蜘蛛だったのだから。

「こいつは――」

「きつねさん！」

大蜘蛛は血まみれで、以前見た時とは全く違う満身創痍な姿で現れた。それも駆け抜けてきた、というより身を投げ出すように跳んでくる形で。その証拠に大蜘蛛の身体は森の中から放り投げられたように飛んでくる。それも、フィニアちゃんのいる場所を大きく越えて、僕とルルちゃんのいる方へ。

焦るようにフィニアちゃんが魔法を用意するけれど、しかし間に合わない。どれだけ最速で魔法を放ったとしても、この巨体を吹き飛ばす威力なら僕たちも巻き添えだ。

「うぐっ……！」

フィニアちゃんもそれがわかったのだろう。魔法を用意しても放つ前に動きを止めてしまう。魔法が駄目ならとこちらに全速力で飛んでくるが、やはりそれより早く大蜘蛛の身体が僕たちを押し潰すだろう。

なら――！

「ルルちゃん、しゃがんで！」

「!?」

僕は強引にルルちゃんを地面に蹲《うずくま》らせて、その上に覆い被さるように四つん這いになる。幸い地面は柔らかい芝生、運が良ければルルちゃんは助かるだろう。僕が生き残るかどうかは、それこそ耐性値に懸けるしかない。

大蜘蛛の身体が僕の上に影を作った。空中でひっくり返った大蜘蛛の身体は、背中から僕たちを押し潰そうと落ちてくる。

そして遂に僕たちにぶつかろうとしたその瞬間、ギュッと目を瞑って衝撃に備えた。

〝――☆♪☆〟

その直後、聞き覚えのある音を聞いた。

「何――がッ!?」

そしてそれが何か考える前に轟音《ごうおん》が響く。

続いて吹き荒れる暴風が力強く身体を揺らした。

すると大蜘蛛の影になっていたのに、瞼の裏からでも日の光が差すのを感じる。

衝撃は幾ら待っても僕らを押し潰すことはなく、遅れて少し離れた所に何かがボトボトと落ちる音が響いた。

「何が……？」

目を開いて、僕は状況を確認する。

周りを見渡すと大蜘蛛の姿は空中にはなく、代わりに僕のいた位置より少し先にバラバラになった大蜘蛛の死体が転がっていた。砂煙が舞い上がり、少し砂っぽくなった空気に口が渇く。

フィニアちゃんはすぐそばまで来ていたけれど、驚いたような表情で呆然としていた。おそらくフィニアちゃんは何が起こったか見ていたんだろうけど、僕が見る限り、ほんの一瞬の間に大蜘蛛が死体になったという事実しかわからない。

「フィニアちゃん……今何が起こったの？」

「……わかんない。大蜘蛛の身体が急に吹っ飛んで、バラバラになった」

フィニアちゃんの目にも、何が起こったのかはわからなかったらしい。視認できない何かが起こったのだろう。けれどどうやら危機は去ったようで、周りを見渡しても敵の姿はない。

警戒は必要だが、一先ずは大丈夫だと判断した。

「ルルちゃん、怪我はない？　もう大丈夫だよ」

「っ……は、はい」

丸くなっていたルルちゃんを起こし、怪我がないことを確認して一安心。

ルルちゃんの表情は先ほどよりも動揺したものに変わっていて、危機が去った実感がないのか少し青ざめていた。ルルちゃんの視線は自分の両手を見ていて、何かに気がついたように勢いよく立ち上がると、何かを探すように視線を彷徨わせる。

そして何かを見つけたのか、視線は一つの場所に留まった。

「あ……！」

それを見て更に顔を青ざめさせたルルちゃんは、転がるようにその場所へと走り出した。

「あぁ……あああ……」

そして落ちていたソレを拾い上げると、ルルちゃんは絶望したような力のない声を上げる。

近づいてみると、ルルちゃんが持っていたのは僕が渡した採取用の布袋だった。僕が手を引っ張った際に落としたらしく、大蜘蛛が飛び出してきた時に倒れてきた木々の破片に押し潰されたのか、中身はぐちゃぐちゃになっている。見たところ一〇〇本近くのヒラシナ草が入っていた。

「ルルちゃん」

「!? ……あ、その……申し訳ありません、集めた薬草が……申し訳ありません……！」

僕が声を掛けると、ルルちゃんは肩をビクリと震わせた後、ただでさえ青ざめていた顔を蒼白に染め上げる。そして、必死に謝りながら土下座を始めた。

何度も何度も、土下座したままルルちゃんは謝ってくる。ガタガタと身体を震わせて、僕に許しを乞うていた。先ほどまで命の危機に瀕していたというのに、そんなことより薬草を駄目にしたことを恐れていた。

「……そっか」

その姿を見て、僕もようやく理解した。

僕は今までルルちゃんの従順な姿勢に対し、これはルルちゃんの心に根強く染み込んでいる奴隷根性のせいなんだろうと思っていた。幼い頃から奴隷として虐げられ、酷い環境で生きる為に身につけた、彼女なりの処世術なんだと。

でも違った、これはそんな生易しいものじゃなかったんだ。

ルルちゃんはさっき大蜘蛛に対して怯えの色を見せたけれど、反射的に逃げようとしなかった。あの時は僕も必死だったから気にしなかったけれど、あの瞬間ルルちゃんは逃げるより先に布袋を手に取った・・・・・・ように見えた。

つまり、自分の命よりも僕の指示を優先したということだ。

「ルルちゃん、別に怒ってないから顔を上げて。時間はまだまだあるし、もう一回集めればいいんだよ」

「申し訳、ありません……」

いつまでも土下座しているルルちゃんを、優しく引き起こす。それでも目を合わせてくれないけど、謝り続けるのは止まったみたいだ。

ルルちゃんの心に根付いているのは奴隷としての在り方だ。

主人に従い、従順でいることで最低限命を繋ぐだけの生活を送る奴隷としての在り方。主人の顔色を窺い、主人に媚び、主人の役に立つことを証明する為に全力を尽くす。そうしなければ生きられないから、そうしなければ捨てられるから、奴隷は縋り付くことで生きている。ここまでの振る舞い方から、ルルちゃんがそういう強迫観念にも似た在り方しか知らないのだろうということは、僕も気がついていた。

でも、ルルちゃんが抱えていた心の闇はそれだけじゃなかったらしい。

「(ルルちゃんは、自分の幸福を信じられなくなっているんだ……)」

ルルちゃんは幼い頃から奴隷として生きてきた。いつ奴隷になったかはわからないけれど、奴隷になったきっかけは誰だってそれなりの事情があるものだ。

だからこそ、ルルちゃんは自分がこの先の人生で幸福になる未来を信じない。

奴隷として生き、捨てられないように働いて、惨めに生きること。それが自分の人生において得られる、最大限の幸福だと決めてしまったんだ。

ルルちゃんはきっと、この先僕がどれほど裕福な生活を送らせたとしても、僕に媚び、僕に縋り付き、僕

の役に立つことにしか存在意義を見出さない。どんなに恵まれた環境にいても、命令されなければそれを享受しないだろう。

一生奴隷として生きることでしか、自分の意味を信じられないから。

「きつねさん」

「……今日は帰ろっか」

フィニアちゃんが声を掛けてきた。その表情を見るに、どうやらフィニアちゃんはルルちゃんの闇に気づいていたらしい。感情から生まれる妖精だし、そういう心の動きには聡《さと》いのかもしれない。

「疲れたしね」

ルルちゃんの手を取って、国の外門に向かって歩き出す。手を引かれたルルちゃんは黙って大人しく付いてきた。相変わらず俯いて、落ち込んでいる様子だ。

それにしても、自分の幸せが信じられないなんて根強い闇を抱えているなぁ。

「もう傷付く必要ないのにね」

「え？」

「なんでもないよ」

フィニアちゃんの頭をぐりぐりと撫でると、誤魔化すように、僕は少しだけ歩く速度を上げた。

＊＊＊

宿に戻るまで、桔音とルルの間に会話はなかった。

手を繋いではいてもその繋がりに力はなく、歩み寄ろうとする桔音とそれを拒絶するルルの間には、筆舌に尽くし難い心の壁がある。ルルの表情は暗く絶望に満ちていた。

桔音は考えていた。

ルルに心を開いてもらう為には、薄っぺらな言葉や行動では効果がないだろう。それこそ、長い時間を掛けて少しずつ信頼を得る以外に方法はない。彼女の心に強い衝撃を与えるほどの、よほどのことがない限りは。それほどまでに、彼女の生きてきた環境の影響は強いのだ。

――幸せであることは、幸せだと認識できなければ不幸と変わらない。

それは桔音が一番わかっている。何せ今のルルと正反対の生き方をしてきたのだから。不幸も同じなのだ、不幸であることは、不幸だと認識できなければ幸福と変わらない。そして桔音自身、自分の生き方がそう簡単に変わらないことを知っている。

宿の部屋に戻ってから、桔音は疲労したままベッドに腰掛けた。フィニアもベッドの上に寝転がり、ルルは部屋に入った所で立ち尽くしている。今回の依頼、どうやらルルの心的外傷《トラウマ》を強く刺激してしまったようだ。

「……ルルちゃん」

「っ……はい」

桔音が呼ぶと、ルルはびくりと身体を震わせて近づいてくる。最早主人から声を掛けられるだけで怯えるようになっている。非常に心が脆《もろ》くなっている状態だ。今のルルは、絶望と恐怖の間で震えている。

「ほら座って……あのね、誤解しないで聞いてほしいんだけど、僕は別にルルちゃんに役に立ってほしいわけじゃないいんだよ」

「!?」

「ああ、別に期待していないとか必要としていないとかそういうことじゃない。言ったでしょ？　誤解しないで聞いてほしいって」

桔音はルルを自分の隣に座らせると、ゆっくりとした口調で語り掛けた。

突然投げ掛けられた桔音の言葉にルルは動揺したが、桔音はルルの思考を察してすぐに否定する。

確かに元々は異世界における常識を知りたいという目的で奴隷を求め、結果的に感情のまま購入してしまったのがルルだった。だがだからといって彼女を不要と思ったことはない。仮にルルが奴隷として幼少期を過ごしたせいで、桔音の求める知識や常識を知らなかったとしても。

「最初に言ったけど、僕はルルちゃんがやりたくないことやできないことはやらせるつもりはないし、仮にルルちゃんが指示したことをできなかったからといって、それで君を叱るつもりもない」

「なんで……」

「約束したよね、奴隷として過ごすことは禁止するって……そうだね、ルルちゃんとは家族みたいな関係になりたいんだよ」

「か、ぞく……？」

桔音の言葉にルルは目を見開いて桔音の言葉を反芻《はんすう》する。

奴隷の身に堕ち、奴隷として日々調教を受け、奴隷として生き、奴隷としての人生を日常として受け入れたルルにとって、家族なんて存在は最早忘却の彼方に消え去った光だ。過去には自分を産んだ両親がいて、兄弟もいたのかもしれない。けれど今はもう、どんな家族構成だったか、どんな顔だったのかも、ルルには思い出せない。それほどまでに、彼女は自分の人生を諦めている。

だから桔音の言葉に、ルルは心の中に闇が生まれるのを感じた。

ルルはソレがどんな感情なのか言葉にできなかった。奴隷にとってこれ以上ない待遇を与えようとする主人、そんな彼に対して感じたこの闇は一体なんなのか。

けれど、その闇は考えれば考えるほど大きく膨らんで、ついには堪え切れない感情がそれを言葉にさせた。

「そ、それは、それは――ありえません！」

初めてルルが、声を荒げた。

震える瞳は見開かれ、自分の髪を掻き乱し、ルルは座ったまま蹲る。グシャグシャと自分の髪どころか、頭を引っ掻くように爪を立てて呼吸を乱すルル。完全に恐慌状態、しかも精神的に脆い状態で陥ったそれは、ルルの脳内にこれまで受けてきた洗脳とも取れる調教を想起させた。

「ルルちゃん!?」

「違う違う違う！　私は、私は奴隷！　奴隷‼　主人の役に立つことが存在意義の、無価値な存在です！　ごめんなさいごめんなさいごめんなさいなんでもしますからッ、だからぶたないでくださいッ！　やめてやめてやめて！　痛いッ痛いの！　死にたくない死にたくない！　申し訳ありませんもうしません！　だから許してくださいッ‼」

「ルルちゃん！　しっかりして！」

桔音はガリガリと身体を引っ掻き出したルルを揺さぶる。

今までの調教がフラッシュバックしたらしく、ルルはガタガタと震えながら脈絡もない記憶の奔流に飲み込まれていた。最近の記憶から昔の記憶まで思い出しているのか、口調も時折変化してしまっている。

幾ら呼びかけても幾ら揺さぶっても、ルルは正気を取り戻さない。震えは更に大きくなり、最早痙攣といえるほどにガクガクとルルの身体が跳ねた。

「ぁ────」

そしてガクン、と一際大きく身体が跳ねた途端、ルルの動きや言葉が止まった。まるで心臓が止まってしまったように顔は天井を仰ぎ、身体は力なく枯音に支えられるのみ。

「……きつね、さま」

「！　ルルちゃん、だいじょ────」

「わたしがかぞくなんて、ありえません」

ルルは天井を仰いだまま、虚ろな瞳で滔々《とうとう》と言葉を零し出した。

恐慌状態の心とフラッシュバックが許容量を大きく超えた結果、ルルの心は反射的に意識を失わせることで、精神の崩壊を防いだらしい。だが、それでもルルが受けた衝撃は大きかったようで、夢と現《うつつ》の間────微睡《まどろ》みの中にいるようなふわふわとした状態にルルはいた。

「わたしはどれい、そう生きることをきめたときに、わたしはなにもかもをあきらめました……だから、かぞくなんていらない……しあわせなんていらない……失うことはつらいから」

そんな状態だからか、ルルの心の内に秘められたものが溢れるように言葉として出てくる。

彼女の時間は、彼女が奴隷として生きることを決めた時に止まった。家族と引き裂かれ、奴隷になる以前にあった幸せな生活も忘れ、幸福という幸福を諦めた時に、彼女の人生は終わった。

「やくにたたなければ捨てられる……そうなったらおしまい、わたしは死ぬだけ……でも私は死にたくない……！」

ルルの虚ろな瞳から涙が流れる。

対して桔音は、ルルの正直な気持ちを聞いてどうしたものかと目を閉じて少し考える。たまたま買った奴隷にしては中々大きな闇を抱えた子を買ってしまった、とそんなことを思いながら、この子に掛けてあげるべき言葉を探した。

さっきの様子、そして叫びはまるで命乞いだ。

仮に主人と奴隷の関係だとしても行きすぎている。奴隷として育てられ、過剰な暴力と洗脳にも似た言葉が溢れる環境では、皆こうなってしまうのだろうか——否、そんなことはない。これはおそらくルルの境遇だったからこそ、こうなってしまったのだろう。

物心が付くか付かないかのデリケートな時期に奴隷に堕ち、家族と引き裂かれた悲しみも癒えないまま暴力と洗脳に晒され、同じように調教を受けている奴隷を日常的に見て、時に甘い言葉で不必要に優しくされ——まさしく飴《あめ》と鞭による教育で、『抵抗しなければ、役に立てば痛みから逃れられる』と強く刷り込まれたのだ。

「うーん、どうしよう」

桔音はようやくルルの現状を全て理解でき、頭の中で整理してから目を開いた。

「フィニアちゃん、この場合僕はどうしたらいいと思う？」

一人ではいいアイデアも出ない故に、フィニアに問い掛ける桔音。生まれてからしおりに会うまでずっと独りぼっちだった桔音は、こういう時にどうすればいいのか経験が味方をしてくれない。そんな経験がないから。

すると、フィニアはなんの心配もいらないとばかりにニコリと笑みを浮かべると、当たり前のように言い放つ。

「きつねさんの好きなようにすればいいんだよ。どうするべきとか、そんなことは考えないで、きつねさんのやり方で、きつねさんなりの言葉でさ」

その言葉から伝わってくるのは、フィニアの桔音に対する全幅の信頼。

どんな結果になろうとも、どんな言葉を投げようとも、フィニアは桔音のやり方を肯定する。桔音が歪んだ価値観、人格の持ち主だとしても、誠実な優しさを持っていると知っているから。

桔音は丸投げじゃーんと呟きながら、溜め息を一つ。

「じゃあ、そうする。全責任はフィニアちゃんが取ってね」

「え⁉」

「ルルちゃん、聞こえるかな？」

納得いかないとばかりに声を上げたフィニアを無視して、桔音はルルに語り掛ける。ここまではルルを気遣って、繊細な美術品を扱うが如く優しい言葉を掛けてきた桔音だが、今からは違った。

桔音の言葉にルルの視線だけがゆっくりと桔音の方を向く。

「そもそもルルちゃんって、何か役に立てるの？」

「！」

「戦えるわけじゃないし、家事ができるわけでもないし、僕は守備範囲広いけどルルちゃんほどの子供に手を出す趣味はないし、そうなると奴隷にありがちな性的奉仕だってできないじゃん？　最近のライトノベルじゃ美少女奴隷を購入した主人公がその日の夜にベッドインする、なんてよくある話だけど、ルルちゃんがやるには五、六年は早いもん」

「それ、は……」

桔音はありのままの事実だけを述べた。

ルルが深い闇を抱えているのはよくわかった。何度も何度も同じような台詞を聞いて、頭の中で整理し直して、さっきの叫びで完全に理解した。確かに可哀想な境遇、同情するし、そうやって虐げていた連中には怒りすら覚える。

だから、ルルが存在意義を示す為に必死に役に立とうとするのも理解はできた。

「あのねルルちゃん」

けれど、桔音は同情に流されることなく、ルルの思い違いをきちんと正す。

「君はまだなんの力もないただの子供で、多分僕がやってほしいことの大体はできないよ？」

「あ……でも、でもでも！ それなら私は……私は……」

桔音が購入する奴隷に求めるのは、この世界における常識の教授、身の回りの家事、冒険者業の手伝い、もっと言えば魔獣との戦闘において戦力になれば文句なしだ。

けれどルルにはどれもできはしない。

奴隷として虐げられてきた彼女に、一般人の常識なんて教えられない。ルルだって知らないから。

奴隷として生きてきた彼女に、家事なんてできない。ルルにはわからないから。

奴隷として怯え続けてきた彼女に、冒険者業、ましてや戦闘なんてできない。ルルは臆病なのだから。

桔音が求めることの殆どが、彼女にはできない。年齢や身体のサイズ、生きてきた環境、性格、ステータス、その全てにおいて彼女は未発達すぎた。それでは到底役に立つなんてできない。

「ルルちゃんは自分がなんでもできるとでも思っているの？ できないよ、君には何も」

「あ……う……」

桔音はまずその事実をルルに突き付ける。

そもそもの前提条件が間違っているのだ。ルルは自分が役に立てるという前提の下、話を進めていたけれど、それは違うのだとまず自覚しなければならない。

ルルはそんな桔音の言葉に顔を青ざめさせ、揺れる瞳に涙を浮かばせた。当然だ、自分が役立たずであることを突き付けられたのだから。役に立つことだけが、自分が生きていられる唯一の方法と思っていた彼女にとって、この事実は相当なショックだろう。

全身の力が抜け、項垂れるルル。

「でもね、それでも僕は君を捨てないよ」

「え……!?」

だが、桔音の話はまだ終わらない。

「家事ができなくたって良いよ、勿論戦えなくたって良い。朝寝坊したって良いし、好き嫌いもあって良いし、嫌なら嫌と言って良いし、嫌なところがあれば文句を言ったって良いし、我儘《わがまま》だって大歓迎だ」

ルルは揺れる瞳で、零れそうな涙を堪えながら桔音を見た。

桔音は笑みを浮かべて、ルルの頭を優しく撫でる。それは泣いた子供をあやすような、頑張った子供を褒めるような、そんな優しい手付き。頭を撫でる温もりに、ルルはくすぐったさを感じて身を捩《よじ》る。

ルルは初めて、桔音の顔をちゃんと見たような気がした。

桔音は撫でる手を止めて、ルルの両手を同じく両手で持ち上げ、そっと包み込んだ。そして優しく、けれど断言するように力強く、ルルの瞳を見つめながらこう言った。

「たとえ何もできなくたって――――君は生きていて良いんだよ」

ルルの瞳から、ついに涙が零れた。

どんどん溢れてくるそれは、自分でもわからないくらい勝手に出てくる。桔音の両手から片手を抜いて何度も拭うけれど、止まってはくれない。これでは自分の身体の中の水分が全て抜け出ていってしまうのではないかと思うくらいだった。

それはきっと、幸福を諦めたルルがずっと求めていた言葉。

美味しい食事も、綺麗な服も、温かいベッドも、優しい言葉も、心を打たなかった。恵まれた生活なんて要らないから、幸福な人生でなくても良いから、ルルはただ認めてほしかった。

誰かに生きていて良いんだと、言ってほしかった。

「幸せになることを諦めるなら、別にそれでも良い。不幸な人生だって立派な人生、精いっぱい謳歌《おうか》しようよ」

「っ……ぐしゅ……きつねっ……さま……」

「ルルちゃんがどんなに不幸な人生を選んでも、僕が一緒にいてあげる」

ベッドに座ったまま向き合っていた二人。ルルは桔音の言葉に鼻をすすりながらポロポロと涙を零し続け、それを隠すようにゆっくりと桔音の胸にぽすりとおでこをくっつける。震える肩は涙の勢いが強くなったことを伝えてくれた。

桔音は漫画の中の主人公のように、誰かの心の傷を癒すことなんてできない。

出会って一日そこらで心の傷を癒すことができるなんて、それこそフィクションの中の話。身体に不治の病や傷跡、はたまた呪いを抱えているヒロインを救う都合の良い力なんてないし、借金や政略結婚、冤罪《えんざい》で死刑なんて境遇を一気に解決できる都合の良い権力だって持っていない。

だから、全ての不幸を受け入れて、どんな道でも一緒に歩こう。

「そうしていつかそれが、君の幸せになるといいね」

ルルは泣きながら、桔音の胸の中で何度も頷いた。

＊　＊　＊

――泣いて、泣いて、一生分の涙が流れたと錯覚するくらい泣いた。

そうして落ち着いた後、私はきつね様の胸から離れる。きつね様の服が自分の涙やら鼻水やらでぐしょぐしょなのを見て、少し気恥ずかしさを感じながら、申し訳なく思う。主人の服を汚すなんて、本来許されない所業だ。すぐさま謝罪する。

けれど、きつね様は謝る私にへらっと笑って許してくれた。ぐしゃぐしゃと私の頭を撫でるきつね様の手は、冒険者とは思えないくらい柔らかい手をしている。優しくて、温かい手だった。

「落ち着いたかな」

「……はい、大丈夫です」

「なら良かった」

きつね様はいつも通り不気味な薄ら笑いを浮かべてそう言う。

さっき私に何もできなくて良いと言ってくれた時の笑顔は、凄く自然で優しい笑顔だったのに、元に戻ってしまった。少し残念。

そう思っていると、きつね様は顎に手を添えながらジッと私を見ていた。なんだろうと思いながらそわそ

わしていると、きつね様はうんと頷きながら私の髪を一房取る。

「ルルちゃんの髪、伸びっぱなしでボサボサだし……切り揃えてあげようか？」

「え……？」

きつね様が口にしたのは私の髪を切り揃えるという、主人が奴隷にすることではないようなことだった。

でも確かに私の髪は細く柔らかめの髪質だから、ここまで放っておけば伸びてボサボサになってしまう。見た目的にはあまり清潔ではないかもしれない。

けれど……そんなことが許されるのだろうか、主人に奴隷が髪を切り揃えてもらうなんて我儘が。

「良いじゃん！　切ってもらいなよ、ルルちゃん！」

「妖精様……」

「え、ルルちゃん心の中で私のことそう呼んでたの⁉　フィニアって呼んでよ！」

そんなことを考えていると、妖精様――いえ、フィニア様も良い案だと言ってくる。

「ルルちゃん、今更奴隷がどうとか考えなくていいんだよ。きつねさんも言ったでしょ？　我儘だって言っていいーの！」

「……じゃあ、お願いします」

「あはは、了解」

背を向けた私の髪を、きつね様が部屋に備えてあったハサミで切っていく。チョキチョキと刃と刃が擦れる音が少し耳を擽《くすぐ》った。

私は多分、まだ奴隷としての闇から抜け出せてはいない。今だって、幸せな環境を素直に享受することに少なからず恐怖を感じている。この幸せが失われたらと思うと、最初から手に入らない方が良いと思ってしまう。

でも――。

「ルルちゃん、ちゃんと選べそう？」

フィニア様が私にしか聞こえないような声でそう聞いてきた。

以前フィニア様が言った、私が諦めてしまっているものを選べるかどうか――正直、その答えはまだわからない。けれど私が諦めた人生はきっと今、私の手の中にある。

私は両手をきゅっと握って、答えた。

「わかりません……でも今は――きつね様とフィニア様の傍にいたい、です」

「……そっか！」

フィニア様が満足そうに笑う。

今はこれが私の気持ちで、私の精いっぱい。奴隷として刻まれた傷はまだ癒えないけれど、それでも私は今、きつね様とフィニア様の傍にいたいと思っている。私を大切にしてくれるこの二人の役に立ちたいと思うのだ。

役に立たなければ、ではなく、役に立ちたいと。

「うん、こんな感じかな？」

すると、髪を切り終えたきつね様が満足げに頷いた。

きつね様が手櫛《てぐし》で切り落とされた髪を払うと、一気に視界が広がる。鬱陶しかった前髪が綺麗に切り揃えられて、頭がするりと軽くなったのを感じた。試しに両手で髪に触れると、重たかった髪の毛がさっぱり軽くなっている。心なしか気持ちも少しだけ軽くなったのを感じた。

「おー！　いいね、きつねさん髪切るセンスあるよ」

「なんとなく勘でやってみたけど、意外に良い感じにできたと自負している」

お二人が絶賛するということは、少なくとも変な感じにはなっていないのだろう。まぁ、他の人にどう思われようと、お二人が良いというのならそれで良い。

「ありがとうございます……」

「うん、可愛いよルルちゃん」

「私の次にね！」

「はいはい、フィニアちゃんも可愛い可愛い」

「あれ？　きつねさん？　私にもルルちゃんに言ったみたいな熱い台詞をくれても良いんだよ？　ばっちこいだよ！」

相変わらずお二人は仲が良い。

すると、ベッドの横に置いてあったゴミ箱の中に『隷属の首輪』が捨てられているのに気がついた。捨てるつもりだったのかと思いながらも、何げなしに拾い上げてしまう。

奴隷に堕ちてから数年、私も二度ほど着けたことがある首輪。碌な主人はいなかったけれど、今にして思えば酷い思い出ばかりだった。

「『隷属の首輪』……」

「あ、うん……大丈夫だよ、着けたりしないから」

「……いいえ、着けてください」

「え？」

何度も言うけれど、私は未だ奴隷の運命に囚《とら》われている。それはきっと今まで受けた仕打ちの傷が深いからだ。幸せを受け入れることは怖いし、役に立たなければ奴隷に生きる価値はないと思って生きてきた自分も、今すぐ変えることはできない。

それでも、きつね様は私と家族になりたいと言ってくれた――だから、その想いに応えたい。

「きつね様は、私と家族になりたいと言ってくれました……でも、私はそれを受け入れる勇気がありません……だから私に、きつね様との繋がりを、ください」

私には勇気がない。今の自分を変えるだけの勇気が。

だからこそ、今まで奴隷として生きてきた凄惨な人生を覆すほどの想い出を、同じように奴隷として、これからきつね様と過ごそう。そうすればきっと、私はいつか自分の心の傷を乗り越えることができる筈だから。そうすればいつか、私はきつね様と家族になれると思うから。

「奴隷としてではなく、家族の証《あかし》として首輪を着けろってこと？」

「……きつね様が嫌なら、構いません」

きつね様はきっと私に酷い命令はしないし、傷付けることもしない。だからこそ『隷属の首輪』を着けても良いと思った。自分のことは信じられないけれど、きつね様とフィニア様のことは信じることができる。

でもそれ以上に、私は目に見えるきつね様との繋がりが欲しかった。

「……わかった、でも約束は守ってね」

「……はい」

約束――それは奴隷として生きることを禁止するという、きつね様の優しさ。

私の首に、カチリと首輪が着けられる。身体にじんわりと何かが広がる感覚があり、魔法具としての効果が私の身体を支配したのを理解した。

「ルルちゃんは僕の家族だ、よろしくね」

「――はい、きつね様」

きつね様がもう一度、素直で優しい笑顔を浮かべた。

思わず私の頬も緩む……笑うなんて、もう何年振りだろうか。ガチガチな表情筋がなおさらおかしくて、少し痛みを感じながら笑ってしまう。

ともかく、

――こうやって主人《あなた》と奴隷《わたし》は家族になったんだ。

＊　＊　＊

うぞうぞ、ごちゅ、ずぶり――

暗い森の中で、漆黒の瘴気がゆらゆらと漂っていた。ソレに触れた魔獣は、命の危機を察したように逃げ出し、気がつけば知らないうちに命を落としている。

「――♪♪☆☆」

その瘴気の渦の中心で、その存在は大量の魔獣を食い散らかしていた。辺り一面を血の色に染めて、漆黒の瘴気と赤い血の色で彩られたその場所は、最早狂気に満ちた光景を作り出している。

見た者全てが恐怖を感じ、そして恥も外聞も投げ捨てて逃げ出すほどの狂気。

ぐちぐち、ぶちゅ、ぶちぶち、ごくり――

すると、食事を終えたからか、どこか満足げにゆらゆらと動き出す瘴気。その瘴気の中で揺らめく瞳は、満足というよりは快楽に浸るような熱を帯びている。

「――……」

その瞳が夜空を見上げ、数秒の間何かを思い出すように動きを止めた。ぞわぞわと瘴気が風に揺れ、千切れた所から霧散して消える。夜空を見上げていた赤い瞳は、にぃ、と楽しげに笑った。

「……あはっ♡」

とても欲望に満ちた、そんな笑い声と共に。

［特別書き下ろし］フィニアの隠しごと

私の名前はフィニア、○歳、種族は思想種《イデア》の妖精。

私の名前はきつねさんが付けてくれたものだけれど、結構響きが綺麗で気にいってる。きつねさん、意外に普通の感性も持ち合わせているみたい。あんな不気味な雰囲気だから、呪い染みた名前を付けられたらどうしてやろうか――どうしようかと思ったよ。

こほん。それはさておき、私が私《フィニア》として生まれたのはきつねさんが異世界にやってきた後からなんだけど、私は思想種《イデア》の妖精だから、当然私の素になった感情がある。だから私の最初の記憶は、私が生まれるよりずっと前からあったんだよね。

つまり私の生みの親――篠崎しおりちゃんがきつねさんに恋心を抱いた瞬間から、今みたいな自我はなかったけど、私はいたんだよね。

だから私は、実はきつねさんが知らないしおりちゃんの姿だって知っていたりする。しおりちゃんに悪いから、きつねさんには内緒だけど。

「ふふーん♪」

「……どうしたんですか？」

「ん、なんでもないよー」

現在時刻は深夜、私とルルちゃんは常時開放されている食堂のテーブルに着いていた。私は小さいからテーブルの上に座っているんだけど、いいよね？　今私たちしかいないし。

きつねさんも寝ちゃった後だし、時間的に他のお客さんももう寝ているんだろうな。

私たちが此処にいるのも、ルルちゃんがそわそわして眠れない様子で、なら眠くなるまでお話でもしようかって私が誘ったからだしね。私は眠る必要ないし。

「その首輪しんどくない？　大丈夫？」

「……はい、大丈夫です」

ルルちゃんの首にある『隷属の首輪』は結構ゴツイ。ルルちゃんが望んでさっききつねさんに着けてもらったわけだけど、重くて肩が凝りそう。でもルルちゃんの様子を見るとそうでもないのかな？　魔法具って言っていたし、普通の首輪とは少し違うのかもしれない。

「なら良かった！　さて、何を話そっかー……あ、そうだ、これはきつねさんが以前いた場所での話なんだけどね？」

「きつね様の？」

「うん、えっとね――――」

実はきつねさんとしおりちゃんの誕生日ってすごく近いんだよね。

きつねさんが六月六日で、しおりちゃんが六月七日、一日違いなんて凄い偶然じゃない？

ん？　うん、しおりちゃんっていうのは……あーきつねさんの大切な人なんだよ。今は全然会えないくらい遠い所にいるんだけど――ああ、死んじゃったわけじゃないから大丈夫だよ。え？　ああ大切な人っていっても恋人ではないよ。どっちかというと親友？

で、きつねさんとしおりちゃんが親友といっても、基本的にはしおりちゃんからきつねさんに話しかけるのが当たり前だったんだ。その時のきつねさんはしおりちゃん以外に心を開いていなかったからね。だから誕生日の話を始めたのもしおりちゃんの方。

そうそう、ルルちゃんもそうだったか分からないんだけど、誕生日って普通祝われるじゃない？　誕生日プレゼント貰ったり、美味しいもの食べたりしてさ。

でもきつねさんは母親から捨てられていたようなものだったから、誕生日は祝うものって認識がなかったみたい。

「きつねさん誕生日おめでとう！　これ誕生日プレゼント！」

「え？　誕生日プレゼント？　なにそれ？」

「え、知らないの？　誕生日だから、お祝いしようと思ったんだけど……」

「あー……そっか、そうなんだ……誕生日ってお祝いするものなんだ……そっか」

だからしおりちゃんがきつねさんの誕生日に、今きつねさんが持っているあのお面をプレゼントした時は、一体なんのプレゼントなのか分からなくて凄く驚いていたんだよ。

「ちょっとびっくりした……でも、うん、ありがとう……凄く嬉しい」

「ッ……っはぁー、いやちょっと危なかったよー、きつねさんそんな風にも笑うんだねー、ずるいなー」

「ん？」

「なんでもないよっ！」

でもその時きつねさん心底嬉しかったみたいで、とっても嬉しそうに笑ったんだよ。その顔がまた小さい子供みたいに凄く純粋でね？　いつもはあんな不気味な雰囲気だから、そのギャップにしおりちゃんの心は見事に撃ち抜かれちゃったんだ。いやぁ一撃だったね！

あ、なんとなくわかる？　そうだよねー、さっきルルちゃんにも優しい笑顔向けてくれたもんね。いつもあんな風に笑えばいいのにね？　でも無自覚だから仕方ないか。

「……これ、狐のお面？」

「うん！　きつねさんに似合うと思って！　あときつねさんの名前にちなんで、かな」

「なるほどね」

プレゼントに対する反応は薄いんだけど、この日以降必ず持ち歩いていたくらいだし、きつねさん、凄く気にいっていたんだろうね。こうして離れた今も持ち歩いているんだし。

え？　なんで私がそこまで知っているのかって？　んー、まぁルルちゃんならいいかな？　実は私、しおりちゃんの恋心から生まれた思想種（ルビ：イデア）の妖精なんだ。ほら、あのお面に込められたしおりちゃんの感情から生まれたんだよ。あ、他の人には内緒だよ？

で、面白いのはここから！

きつねさんは誕生日は祝うものって認識がなかったから、祝ってもらってからしおりちゃんの誕生日が翌日だって思い出してさ、慌ててプレゼントを用意したんだよ。ただ人の誕生日を祝うことなんて初めてだったから慣れてなくてね。しおりちゃんの真似をして、名前にちなんだ『本の栞』にしたんだよ。

しおりちゃんがあんまり本を読まないこと知っているのに、相当焦ってたんだろうね！

「あの……しおりちゃん」

「ん？　どうしたの？　珍しいね、きつねさんから話しかけてくるなんて」

「あー……誕生日、今日って言ってたから……これ、誕生日おめでとう」

「え」

しおりちゃんもまさか祝われるとは思ってなかったみたいだし、勝手が分からずたどたどしくプレゼントを渡してくるきつねさんは、それはもう新鮮だったんだろうね！　しおりちゃんも固まっちゃって、びっくりしてたよ。

それで何か間違えたかって内心狼狽えていたきつねさんも、中々可愛かった！

「えへへ……ありがとうきつねさん！　きつねさんが誕生日をお祝いしてくれるなんて、欠片も思ってなかったよ！」

「失礼な……でもまぁ、僕だけ誕生日プレゼントを貰って返さないのもなんだからね」

「嬉しいなぁ！　本当にありがとう！」

それにしても、周りの人が凄い嫉妬の目で見てる中でこんなやりとりするなんて凄いよね。世の中の恋人たちって相手しか見えない状態だと何でもできちゃうんだから。いや、この二人は恋人ですらないんだけどさ。

まぁでも、この時のきつねさんにとってしおりちゃん以外に大事な人なんていなかったし、そもそもしおりちゃん以外は名前を覚えている人だっていなかったから、仕方ないよね。

「……どういたしまして」

「うん！」

というわけでね、きつねさんの誕生日にはそんなやりとりがあったんだ。

今はしおりちゃんと離れ離れになっちゃって簡単には会えない状況なんだけど、しおりちゃんとの思い出は、きつねさんにとってとっても大事な思い出なんだ。

だからきつねさんはもう一度しおりちゃんに会うために、色々頑張っているんだよ。


私が話し終えて一息つくと、大人しく話を聞いていたルルちゃんは少し力が抜けたように背もたれに寄り掛かった。ちゃんと聴こうとして身体に力が入っていたみたい。

「……そうだったんですか」

「うん、多分今話したのがきつねさんの一番の思い出じゃないかな？」

「その……なんできつね様はしおり様と離れ離れに……？」

ああ、そうだよね。この話を聞けば、当然気になることだよね。この世界がファンタジー世界だとしても、いきなり離れ離れになる状況なんてちょっと想像つかないだろうし。

「まぁ、複雑な事情があってさ、きつねさんは知らないうちに此処に飛ばされてきたんだ。右も左もわからないし、元の場所に帰るまでは、生活するためにお金を稼がないといけないし……だからとりあえず冒険者をやってるんだよ。奴隷を買おうと思ったのも、元々は見知らぬ場所での常識を教えてもらうためだったしね」

「……そうなんですか」

ルルちゃんがそう呟いて、少し悲しそうに俯く。

この子も性根は優しい子なんだろうな。今はきつねさんのおかげで奴隷の心的外傷《トラウマ》も回復に向かっているみたいだけど、きつねさんの事情を知った今、きつねさんの求めていることに応えられない自分をまた責めちゃっている。

確かに、きつねさんがそんな大変な状況の中で役に立てない自分に優しくしてくれていて、あんな言葉を掛けてくれていたなんて、今のルルちゃんなら罪悪感凄そう。

「まぁ、そんな事情がなくたって、きつねさんはルルちゃんに寄り添ってくれたと思うけど」

「……どうしてですか？　きつね様が奴隷に求めていたものは、私にはなかったのに……」

「そういう人だからだよ」

きつねさんは捻くれていてどこまでも残酷になれる人だけど、心の奥底では優しい人。

自分のことならどれだけ酷い目に遭っても平気で笑っている人なのに、しおりちゃんやルルちゃんみたいに自分の大事な人になると、無条件で命を懸けてでも護ろうとする。

それこそ、元の世界じゃそれで殺されちゃったくらいだしね。正直頭おかしいよね、他人の為に本当に命を投げ出せるなんて、どう考えても狂ってる。

まぁ、きつねさんはそうしないとまともじゃいられなかったんだろうけど。

「大丈夫、ルルちゃんならきっと、きつねさんが求めていたものより大切な存在になれるよ」

「求めていたもの以上に、大切なものに……ですか？」

「ルルちゃん次第だけどね……そろそろ戻ろっか」

そう言って私がテーブルから飛び立つと、ルルちゃんも遅れて椅子から立ちあがる。思ったより思い出話に花咲かせちゃったね、まぁ私の思い出話じゃないんだけど。

「……フィニア様、今のお話、私に話してよかったんですか？」

「そうだねー……もしかしたら怒られちゃうかも？」

立ち上がりながらルルちゃんが訊いてくる。確かに、私がきつねさんの過去を知っているからといって、勝手に人に話すのは怒られても仕方ないよね。んーどうしよう。

でもこうして話しておけば、少なくともきつねさんの傍にいる人だけでもきつねさんをきちんと見てくれるでしょ？　きつねさんは自分のことを話すのが苦手だから。

「じゃあ……きつねさんには内緒だよ？」

他人を信用できないきつねさんは、自分から嫌われにいくところがあるから。

それならパートナーとして、そこは私が支えてあげたい。

――きつねさんは、私が護るって決めたんだから。

異世界来ちゃったけど帰り道何処？／完

あとがき

皆様初めまして、こいしと申します。

この度は私にとって処女作でありデビュー作でもある本作を手に取っていただき、誠にありがとうございます。

ついに『異世界来ちゃったけど帰り道何処？』一巻の発売となりました！

タイトルなどでお察しの通り本作は「小説家になろう」様で執筆していたのですが、実は書籍化打診のご連絡をいただくまで、私自身書籍化や作家になるといった思惑は一切ありませんでした。完全な趣味だったからです（汗）

こうして小説家になる道が拓いたのはまさに青天の霹靂、本当に突然の出来事でしばらく言葉が出なかったのを覚えています。

それから制作作業が始まり、本作を一から読み返したのですが、やはり稚拙な部分があると苦笑しましたね。

本作は執筆開始から七年以上も書き続けていた作品なので、初期の文章は状況の描写や人物への理解、それぞれの感情の動きから起こる行動など、そういう繊細な部分に対する理解が全く足りていなかったんです。

結果、「いや、そうはならないだろう」と思うような部分が多かったですね（汗）

それでもやっぱり桔音君たちは自分の子供の様に可愛くて、原稿作業は凄く楽しかったです。こういう描写を入れたらどうかな？　このキャラはこういう時どうするかな？　そんなアイデアと空想に満たされた時間を過ごさせていただきました。

それこそ、書き始めた当初はただの空想だった子たちが、いつの間にかこうして皆様の手に渡る本にまで大きく成長してくれたのですから、これも色々な方とのご縁や、読者の皆様の支えあってのことだなと感じています。本当に、ありがとうございます。

さて、第一巻では特に、しおりちゃんやルルちゃんに焦点を当てた内容となっていましたが、実際この二人と桔音君を繋いでくれているのはフィニアちゃんの存在が大きいです。今後もフィニアちゃんのそういう活躍に注目していただけると嬉しいですね！

そして次巻ですが、また新たなキャラクターが登場します！　リーシェちゃんにも焦点を当てる予定ですので、桔音君たちを取り巻く環境の変化にご期待ください！


それでは最後になりましたが、謝辞を。

この度、本作を拾ってくださった担当編集のO様、素敵なイラストを描いてくださった又市マタロー様、Ｗｅｂ版から応援し続けてくださっている読者の皆様、そして本作を手に取ってくださった一人一人の皆様に、心から、感謝申し上げます。

今後も魅力的な作品になるよう精進してまいりますので、どうか温かい目で見守っていただけたらと思います。

それでは、また次巻でお会い出来ることを願っております。

こいし

MAG Garden NOVELS

異世界来ちゃったけど帰り道何処？

発行日　2019年12月25日 初版発行

著者 こいし　イラスト 又市マタロー

発行人 保坂嘉弘
発行所 株式会社マッグガーデン
〒102-8019 東京都千代田区五番町 6-2
ホーマットホライゾンビル 5F
編集 TEL：03-3515-3872　FAX：03-3262-5557
営業 TEL：03-3515-3871　FAX：03-3262-3436
印刷所 株式会社廣済堂
装　幀 ガオーワークス

ISBN978-4-8000-0871-8 C0093